ANMERKUNG

Auf das in Schweden übliche Duzen wurde zugunsten der Lesbarkeit verzichtet.

Die Geschichte sowie sämtliche Protagonisten, Institutionen und Handlungen sind in diesem Roman frei erfunden. Ähnlichkeiten mit realen Personen sind rein zufällig und nicht beabsichtigt. Wo tatsächlich existierende Orte erwähnt werden, geschieht das im Rahmen fiktiver Ereignisse.

PROTAGONISTEN

- Linda Sventon – Kommissarin
- Lillemor und Elina – Töchter von Linda Sventon
- Jörgen Persson – Kollege von Linda Sventon
- Alex Berg– Fallanalytiker
- Jördis Thomas – Psychologin

- Lilja Gunnarsson – Vermisste
- Aron Gunnarsson – Ehemann von Lilja
- Nora und Ella Gunnarsson – die vermissten Töchter von Lilja und Aron
- Ingrid Jolms – Mutter von Lilja
- Anders Jolms – Vater von Lilja
- Finna Löv – beste Freundin von Lilja
- Lars Löv – Ehemann von Finna

PROLOG

Aron fuhr wie jeden Morgen die Einfahrt hinunter, die zu einem schmucken Einfamilienhaus gehörte. Der Neubau, der vor zwei Jahren errichtet worden war, verfügte über viel Platz und Wohnkomfort, wie man ihn sich nur erträumen konnte. Auch der großzügige Garten hinter dem Haus ließ keine Wünsche offen und war der ideale Platz für Kinder zum Toben.

Die Kinder.

Zwei Mädchen, fünf und sieben Jahre alt, und das dritte Kind, ein Junge, bereits unterwegs. Lilja hatte ihn vor zwei Monaten mit dieser freudigen Nachricht überrascht und sein größter Wunsch würde nun in Erfüllung gehen. Alles war perfekt, beinahe zu perfekt, denn hinter der Fassade brodelte es gewaltig.

Lilja war eine willensstarke und zielstrebige Frau, und genau aus diesen Gründen hatte er sich sofort in sie verliebt. Sehr zum Ärgernis seiner Eltern, die Lilja nicht für gut genug befanden. Dabei war seine Frau eine Kämpfernatur par excellence. Lilja hatte eine schwere Krankheit besiegt, und obwohl es danach hieß, dass sie keine Kinder mehr bekommen könne, war sie tatsächlich schwanger geworden.

Ihr war es auch zu verdanken, dass sie sich dieses großzügige Anwesen überhaupt hatten leisten können. Voller Ehrgeiz hatte sie sich in jungen Jahren die ersten eigenen vier Wände allein erwirtschaftet, eine großartige Leistung in seinen Augen, damals jedenfalls …

Heute ging ihm Liljas Charakterstärke gehörig auf den Geist. Sie bestimmte in der Beziehung, wo es langging, und duldete nur selten Widerspruch. Ja, sie hatte ihr Leben gut im Griff, ging sogar arbeiten, trotz Kinder, Haus und Schwangerschaft. Aber er fühlte sich eingeengt, mit jedem Tag mehr. Das Gekreische der Mädchen, die endlosen Diskussionen, was als Nächstes angeschafft werden sollte und, und, und …

Er hatte das Gefühl, zwischen dem ganzen Trouble auf der Strecke geblieben zu sein. Natürlich wollte Lilja noch Sex, ganz besonders während der Schwangerschaft, aber er verspürte keine Lust mehr auf sie und verweigerte sich ihr sogar.

Hätte er damals doch nur auf seine Eltern gehört, jetzt saß er in der Falle. Lilja stand mit seiner Mutter auf Kriegsfuß, es kam ständig zu Streitereien zwischen den Frauen. Erst letztens waren wieder die Fetzen geflogen, weil seine Mutter Nora Nussplätzchen gegeben hatte. Lilja war regelrecht ausgeflippt, weil ihr kleines Mädchen auf Nüsse allergisch reagierte. Dabei hatte es seine Mutter bestimmt nicht absichtlich getan.

Er stieß einen tiefen Seufzer aus, setzte den Blinker und bog auf die Schnellstraße. Arbeiten, Familie, essen, schlafen. Wo zum Teufel blieb da der Spaß am Leben?

Früher war er eher der gemütliche Typ gewesen – ein paar Kilos zu viel und immer ein freundliches Lächeln im Gesicht. Aber irgendwann hatte er sich gefragt, ob das alles war, was da noch kommen würde, und hatte sein Leben komplett umgekrempelt.

Zuerst hatte er gejoggt, dann seine Ernährung umgestellt und sich schließlich im Keller eine Hantelbank aufgebaut, um regelmäßig zu trainieren. Das Ergebnis konnte sich durchaus sehen lassen – ein durchtrainierter Kerl in den besten Jahren.

Aber er wollte mehr, wollte höher hinaus, wollte sich mit dem Erreichten nicht mehr zufriedengeben. Endlose Diskussionen standen mit Lilja auf der Tagesordnung und seine kleinen Töchter weinten, weil sich Mama und Papa ständig uneins waren. Und jetzt war auch noch ein drittes Kind unterwegs.

Wer hielt das auf Dauer schon aus? Er jedenfalls nicht.

Trotz allem hatte er Gewissensbisse, seine Familie zu verlassen. Die Leute würden sich das Maul über ihn zerreißen, dabei wollte er nur frei sein, frei wie der Wind. Er wusste, dass es Lilja auch allein schaffen würde, und genau dieser Umstand wurmte ihn am meisten. Die Männer drehten sich oft nach seiner Frau um, und selbst jetzt war dieser Gedanke unerträglich für ihn. Teilen kam für ihn auf gar keinen Fall infrage.

Er würde demzufolge eine Entscheidung treffen müssen, eine Entscheidung, die gut für ihn wäre. Und dann könnte er die Zukunft mit offenen Armen empfangen.

1

Finna drückte vergebens auf den Klingelknopf und horchte angestrengt. Doch aus dem Haus drang kein einziger Laut nach draußen. Kein fröhliches Gekicher der Mädchen, keine mahnende Stimme von Lilja. Nur der kleine Mischling der Familie hob ab und an seine Stimme, weil er sich anscheinend alleingelassen fühlte.

„Felix, ist ja gut", beschwichtigte Finna ihn.

Verdammt, wo steckte Lilja nur? Dabei hatten sie sich zum Brunch verabredet.

Es war noch nie vorgekommen, dass ihre beste Freundin einen Termin vergessen oder nicht eingehalten hatte. Immer, wirklich immer hatte sie vorher abgesagt oder das Treffen verschoben.

Finna konnte den genauen Grund nicht benennen, aber sie spürte, dass etwas ganz und gar nicht in Ordnung war. Die Angst schnürte ihr die Kehle zu und ihre Hände zitterten leicht.

Abermals drückte sie auf den Klingelknopf, dann trommelte sie mit den Fäusten gegen die Tür.

„Lilja, alles okay?"

Nichts. Nur Felix echauffierte sich.

Finna zog ihr Smartphone aus der Hosentasche, um Aron, Liljas Ehemann, anzurufen.

„Hast du eine Ahnung, wo Lilja stecken könnte?", fragte sie, als er endlich ans Telefon ging.

„Nein, warum?" Aron klang ungewöhnlich distanziert.

„Weil wir verabredet waren und sie die Tür nicht öffnet. Das hat sie noch nie gemacht. Könnte sie mit den Mädchen zum Arzt gefahren sein?"

„Dann hätte sie mich informiert."

„Aber ..."

„Mach dir nicht so viele Gedanken, es wird wahrscheinlich einen ganz banalen Grund für ihr Fortbleiben geben."

„Dass du so ruhig bleiben kannst", wunderte sich Finna. „Ich möchte dich trotzdem bitten, herzukommen und die Tür aufzuschließen, ja?"

„Finna, ich kann hier nicht weg, das weißt du doch genau."

„Jetzt hör mir mal zu ...", hob Finna ihre Stimme, doch Aron hatte das Gespräch bereits beendet. Ein derbes Schimpfwort lag ihr auf der Zunge, das sie widerwillig hinunterschluckte.

In ihrer Verzweiflung wählte sie die Nummer von Liljas Eltern. Vielleicht war Lilja im Krankenhaus, weil sich eine ihrer Töchter verletzt hatte. Alles war möglich und es musste einen triftigen Grund geben, davon war sie felsenfest überzeugt.

„Hej Ingrid, Finna hier. Ich war mit Lilja zum Frühstück

verabredet, aber sie öffnet nicht die Tür. Ich hege mittlerweile die Befürchtung, dass etwas passiert sein könnte."

„Lilja ist nicht da?", wunderte sich auch Ingrid. „Sie wollte doch am Nachmittag mit Aron zum Ultraschall."

„Eben", bekräftigte Finna. „Ich entschuldige mich vorab, falls es falscher Alarm ist. Aber ich mache mir inzwischen wirklich große Sorgen."

„Ich mir auch. Dass Lilja grundlos einen Termin vergisst, ist so gut wie noch nie vorgekommen. Sie kann manchmal sehr anstrengend sein, aber sie ist der zuverlässigste Mensch, den ich kenne."

„Ingrid, was meinst du? Soll ich die Polizei verständigen? Oder willst du vorbeikommen und die Haustür aufschließen? Du hast doch einen Schlüssel, wenn ich mich nicht irre."

„Natürlich habe ich einen Schlüssel, aber Anders ist nicht da, um mich zu fahren."

„Mist", fluchte Finna leise.

„Es wird das Beste sein, wenn du die Polizei informierst. Ich habe hier keine ruhige Minute mehr." Ingrid war den Tränen nahe.

„Alles klar. Ich melde mich wieder bei dir, sobald die Polizei im Haus gewesen ist."

„Danke Finna, ich sehne deinen erlösenden Anruf förmlich herbei und wünsche mir, dass mit meiner Tochter und meinen Enkelchen alles in Ordnung ist."

Umgehend wählte Finna den Notruf. Erst wurde sie vertröstet, bis sie ihrem Unmut lautstark Luft gemacht hatte, und die Frau am anderen Ende der Leitung versprach, einen Streifenwagen vorbeizuschicken.

Nervös lief Finna vor dem Haus auf und ab und beruhigte Felix, der in regelmäßigen Abständen wie ein Wahnsinniger kläffte. Ständig kontrollierte sie die Uhrzeit und wurde fast verrückt, weil mittlerweile schon fünfzehn kostbare Minuten sinnlos verstrichen waren.

Als endlich der Streifenwagen um die Ecke bog, fiel Finna

eine tonnenschwere Last von den Schultern. Jetzt war sie mit ihrem Kummer nicht mehr allein.

„Hej", grüßte der Mann in Uniform. „Gibt es einen Schlüssel zum Haus?"

„Nein. Liljas Ehemann kann nicht von der Arbeit weg", antwortete sie.

„Das wird er aber müssen. Haben Sie seine Nummer?"

Finna nickte und nannte dem Beamten Arons Telefonnummer.

„Er wird gleich hier sein, um die Tür aufzuschließen", sagte der Polizist, nachdem er Aron angerufen hatte.

Finna fuhr sich mit beiden Händen nervös durchs lange blonde Haar. Diese Warterei machte sie noch verrückt. Es dauerte geschlagene zwanzig Minuten, bis Aron endlich den Wagen vor dem Haus abstellte.

„Jetzt mach schon ...", drängte Finna voller Ungeduld und konnte nicht verstehen, dass Aron die Ruhe in Person war. Das Schlüsselbund klimperte leise, als Aron die Tür aufstieß.

„Lilja, Nora, Ella, seid ihr zu Hause?", rief er.

Felix kam wie ein Wirbelwind angefegt und sprang an seinem Herrchen hoch. Doch Aron stieß ihn achtlos zur Seite.

„Lass das, nicht jetzt", herrschte er den Mischling an.

Finna schob sich an Aron vorbei. Auch sie rief mehrmals den Namen ihrer besten Freundin, ohne eine Antwort zu erhalten.

„Ich möchte einen Blick in die Garage werfen", sagte der ältere der beiden Polizisten und Aron kam bereitwillig seiner Aufforderung nach. „Ist das der Wagen Ihrer Frau?"

„Ja", lautete Arons knappe Antwort.

„Seltsam, dass das Fahrzeug hier steht. Könnte Ihre Frau von jemandem abgeholt worden sein?"

Aron zuckte ratlos mit den Schultern. „Nicht, dass ich wüsste", antwortete er.

„Ich muss die Vermutung der besorgten Freundin teilen, dass hier etwas nicht stimmen kann“, fuhr der Beamte fort.

„Nun ja …“, hob Aron zögerlich seine Stimme. „Lilja und ich hatten am Morgen einen heftigen Streit und sie hat mir angedroht, mich zu verlassen. Vielleicht wollte sie keine Spuren hinterlassen und hat sich ein Taxi genommen.“

„Das ist doch totaler Blödsinn“, schaltete sich Finna dazwischen.

„Warum?“, fuhr Aron sie an.

„Sie hat mich immer angetextet, sobald es wieder zwischen euch gekracht hat.“

Aron schnaubte. „Aber sonst geht es dir gut?“

„Nein, geht es mir nicht, weil Lilja spurlos verschwunden ist“, fauchte sie.

„Hatten Sie des Öfteren Streit“, hakte der Polizist nach.

„In letzter Zeit schon“, gestand Aron kleinlaut.

„Was war der Grund?“

Aron atmete tief durch und verbarg seine Hände in den Hosentaschen. Er war sichtlich nervös, so hatte Finna ihn noch nie erlebt.

„Ich bin überarbeitet und meine Frau ist zum dritten Mal schwanger. Da kommt wahrscheinlich eines zum anderem.“

„Aha“, kommentierte der Beamte kurz und dachte sich wohl seinen Teil.

„Liljas Tasche steht noch auf der Kommode“, rief Finna aus dem Schlafzimmer in Richtung Flur und riss anschließend die Schranktüren auf. Die Fächer quollen regelrecht über, es schien kein einziges Kleidungsstück zu fehlen und in den Kinderzimmern der Mädchen das gleiche Bild. Finna wusste, dass Ella ohne ihre Lieblingsdecke nirgendwo hingehen würde. Da war Zwergenterror vorprogrammiert.

„Es muss etwas passiert sein“, sagte sie, als sie die Treppe wieder nach unten lief. „Ellas Kuscheldecke ist noch da und es scheint kein einziges Kleidungsstück zu fehlen.“

„Schön, dass du den Überblick hast", brummte Aron verstimmt und wippte unruhig auf und ab.

„Wir werden Verstärkung anfordern und die Nachbarn befragen. Vielleicht haben die etwas gesehen."

Das Funkgerät knackte leise, als sich der Polizist an die Zentrale wandte.

Finnas Nacken kribbelte, so als würde sie jemand von hinten anstarren, und sie drehte sich ruckartig um.

„Lilja? Bist du da?"

Aron musterte sie skeptisch mit zusammengekniffenen Augen. „Ist etwas?", fragte er.

„Ich weiß nicht", murmelte Finna. „Mit einem Mal fühle ich mich so unwohl. Keine Ahnung, woran das liegen könnte."

„Du machst dich nur unnötig verrückt", sagte Aron. „Vielleicht klärt sich die Situation in ein paar Minuten auf und wir lachen am Ende darüber."

„Das glaubst du doch selbst nicht", zischte Finna. „Verdammt, du musst doch spüren, dass irgendetwas nicht in Ordnung ist."

Arons Worte wollten so gar nicht zu seinem momentanen Zustand passen. Ständig rieb er sich die Hände, wippte nervös auf und ab, während sein Blick hektisch durch den Raum geisterte. Er schien das reinste Nervenbündel zu sein.

„Ein Nachbar will uns sprechen", wandte sich der Polizist an seinen Kollegen. „Würdest du hierbleiben?" Mit einem unauffälligen Nicken deutete er in Arons Richtung.

„Klar."

„Dürfte ich Sie begleiten", bat Finna.

„Von mir aus", erwiderte der Beamte und Finna folgte ihm nach nebenan.

Der Nachbar führte sie ins Wohnzimmer, wo ein überdimensionaler Flachbildfernseher die Geräuschkulisse dominierte. „Entschuldigung", sagte er und schaltete das Gerät mit der Fernbedienung aus.

„Was gibt es denn?", fragte der Polizist.

„Keine Ahnung, ob das wichtig für Sie ist, aber ich habe gestern eine Beobachtung gemacht", sagte Lennard, der Nachbar.

Finna kannte ihn vom Sehen und nickte ihm zu.

„Dann schießen Sie los", forderte der Beamte ihn auf.

„Also, Aron lässt seinen Wagen immer, und die Betonung liegt auf *immer*, an der Straße stehen. Ihm ist das viel zu umständlich, sich mit dem Geländewagen in das Nadelöhr von Einfahrt zu fädeln."

„Und weiter?"

„Na ja, was soll ich sagen, ausgerechnet gestern ist er direkt bis ans Haus gefahren. Ich habe ihn wie immer gegrüßt, aber er hat so getan, als würde er mich nicht sehen. Sonst lässt er sich keinen Plausch entgehen."

„Sie haben Kameras am Haus?", fragte der Polizist.

Lennard nickte.

„Dürfte ich die Aufzeichnungen sehen?"

„Aber sicher doch." Lennard schaltete das Monstrum von Fernseher wieder ein und steuerte von seinem Smartphone aus die Aufnahmen. „Bitteschön."

Leider war der Winkel der Kamera sehr ungünstig auf das Nachbarhaus gerichtet, aber man konnte immerhin erkennen, dass Aron den Kofferraum entweder be- oder entladen hatte.

„Schade, ich hatte mir mehr erhofft", sagte der Beamte. „Meine Kollegen werden ein Backup der Aufnahme machen."

„Kein Problem. Sie sollen einfach bei mir klingeln."

„Sehr gut."

„Ist dir noch etwas Ungewöhnliches aufgefallen?" Finna hing gebannt an seinen Lippen.

„Leider nein. Ich habe mich auch nur an die Aufnahme erinnert, weil ich dich so verzweifelt rufen gehört habe."

„Es muss etwas passiert sein. Lilja würde niemals ihre Tasche vergessen oder den Wagen in der Garage stehen lassen, wenn sie mit den Mädchen irgendwohin wollte. Selbst die Schuhe ihrer Töchter stehen noch im Flur. Außerdem würde sie es mir sagen, falls sie sich von Aron getrennt hätte."

„Ich kann nur hoffen, dass die anderen Nachbarn etwas bemerkt haben. Vielleicht löst sich der ganze Spuk recht bald auf."

„Danke dir, Lennard."

Mit hängenden Schultern kehrte Finna in Liljas Haus zurück und bedachte Aron mit einem giftigen Blick. Er war so anders als sonst, wirkte hypernervös und stand völlig neben sich. Allerdings schien sich seine Sorge wegen Lilja und der Kinder in Grenzen zu halten und Finna beschloss, zum Angriff überzugehen.

„Du kannst sagen, was du willst, aber ich glaube dir kein einziges Wort, wenn du behauptest, nichts von Liljas plötzlichem Abtauchen zu wissen. Sie würde niemals einen Ultraschaltermin sausen lassen und auf Nimmerwiedersehen verschwinden."

„Jetzt reiß dich mal zusammen, Finna", zischte Aron ungehalten. „Ich bin in großer Sorge um Lilja und meine beiden Mädchen."

„Klar, das merke ich. Erst die Polizei musste dich hierher zitieren, damit du die Haustür aufschließt."

„Lass es gut sein."

Seine Stimme hatte einen drohenden Unterton angenommen und Finna erstarrte. Aron hatte sich total verändert, und das gewiss nicht zu seinem Vorteil. Aus dem gemütlichen Familienvater war ein muskulöses egomanes Kraftpaket geworden, der inzwischen mehr auf sein Äußeres als auf seine Kinder achtete.

Lilja hatte Finna in letzter Zeit sehr oft ihr Leid geklagt. Dass sie seit der Schwangerschaft keine Zärtlichkeiten mehr mit Aron austauschte, dass er sie beim Sex nicht nur einmal zurückgewiesen hatte. Dass die Mädchen schon bei Kleinigkeiten von ihm ausgeschimpft wurden. All das war ungefiltert auf Finna niedergeprasselt.

„... werden Leichenspürhunde anfordern ..."

Finna hob ruckartig den Kopf und ihr Puls schnellte in die Höhe. Hatte der Beamte tatsächlich Leichenspürhunde gesagt?

„Wie ... wie kommen Sie denn auf die Idee mit den Hunden?", stammelte sie und ballte die Hände zu Fäusten.

„Weil wir den Verdacht haben, dass hier eine Straftat vorliegen könnte."

Finna schluckte.

„Bitte setzen Sie sich, sobald die Kollegen mit der Arbeit beginnen."

Die Polizisten führten einige Telefonate. Zuerst würden die Hunde zum Einsatz kommen und anschließend die Kriminaltechniker. Erst jetzt wurde sich Finna der Tragweite des Ganzen bewusst – Lilja musste tatsächlich in Schwierigkeiten stecken. Aber warum? Bis auf die Eheprobleme hatte nichts darauf hingedeutet.

Sie setzte sich in den Sessel und wartete ungeduldig darauf, was als Nächstes geschehen würde. Die Beamten hatten ihr untersagt, zu gehen, und so hob sie Felix auf den Schoß, der verstört durchs Haus gelaufen war.

„Wir müssen den Hund wegbringen", sagte der Polizist, und eine Frau mit einer Gitterbox betrat das Wohnzimmer.

„Nein!", widersprach Finna heftig. „Ich werde Felix zu mir nehmen."

„Das geht jetzt nicht, die Hunde sind bereits da. Der kleine Kläffer würde nur stören."

Die Frau steckte Finna eine Visitenkarte zu, dann schnappte sie sich Felix. Sie war vom Amt und würde den Hund vorübergehend in einer Auffangstation unterbringen. Finna zerriss es das Herz, wie Felix jaulend am Gitter kratzte, während er von einem Polizisten nach draußen zum Wagen getragen wurde.

Dann wurden mehrere Kameras aufgebaut, um die Suche zu dokumentieren. Schließlich begannen zwei Hundeführerinnen mit der Spurensuche und erteilten knappe Kommandos. Die Hunde hefteten ihre Nase auf den Boden, um die Gerüche aufzunehmen.

„... lebend entkommen ..."

„Was zum Teufel ...", rief Finna und sprang auf.

„Bitte setzen Sie sich sofort", forderte der Beamte mit scharfer Stimme.

„Aber Sie müssen die Stimme doch gehört haben", erwiderte Finna verwirrt.

„Lassen Sie die Hunde in Ruhe ihre Arbeit machen", lautete die unmissverständliche Aufforderung des Beamten.

Finna schluckte, die Stimme war klar und deutlich zu hören gewesen. Aber nicht nur das, sie hatte auch wie die von Lilja geklungen.

Die Hunde waren gerade dabei, die Küche zu untersuchen, als Finna mehrmals hintereinander ein „Nein" hörte. Setzte ihr der Stress dermaßen zu, dass sie halluzinierte?

Ihr Blick wanderte zu Aron, der leichenblass im Sessel hockte und stark zu schwitzen schien. Hatte er die Worte auch vernommen?

Im Schlafzimmer der Eltern hielten sich die Hundeführerinnen besonders lange auf.

„Das ist mein Haus ..."

„Da! Da war es wieder", flüsterte Finna, während ihr die Nackenhaare zu Berge standen. Der Polizist nickte ihr zu und schaute sich dann suchend um. Nein, sie war nicht verrückt, er hatte es ebenfalls gehört. Was ging hier vor sich?

Die Hundeführerinnen wechselten ins Spielzimmer.

„Wow!", entfuhr es einer von ihnen.

„Mein Güte, hast du das auch gehört?", fragte die ältere ihre jüngere Kollegin.

„Das hat sich wie das Kichern eines Kindes angehört."

„Aber die Hunde haben bis jetzt nichts gefunden."

„Ja, das wundert mich auch."

Finna hatte das Gefühl, gleich zu hyperventilieren. Alle Anwesenden hatten das Kinderlachen hören können. Die Einzigen, die bisher keinerlei Reaktion gezeigt hatten, waren die Spürhunde.

„Aron, ist das Kichern nicht unheimlich?", flüsterte Finna in seine Richtung.

„Welches Kichern?"

Er zog fragend die Stirn kraus, aber Finna sah ihm an, dass er sich absichtlich dumm stellte. Seine Atemfrequenz hatte sich erhöht und er schwitzte noch stärker als zuvor.

Genau in diesem Moment kehrten die Hundeführerinnen ins Wohnzimmer zurück. „Wir haben keinerlei Spuren gefunden", verkündeten sie.

„Vielen Dank. Dann kann ich nur hoffen, dass die Kriminaltechniker mehr Glück haben." Der Beamte wandte sich an Aron und Finna. „Sie werden uns auf die Behörde begleiten."

„Muss das wirklich sein?", legte Aron lautstark Protest ein.

„Ja. Ich muss Ihnen sicher nicht erklären, warum Sie unter Verdacht stehen? Alles deutet auf ein Gewaltverbrechen hin."

„Gewaltverbrechen?" Aron erblasste.

„Ihre Frau und Ihre Töchter werden nicht barfuß dieses Haus verlassen haben."

Wortlos und mit gesenktem Kopf ging Aron zum Streifenwagen. Finna folgte ihm und fragte sich, ob er tatsächlich etwas mit dem Verschwinden von Lilja und den Mädchen zu tun hatte.

2

Linda Sventon ließ sich von einem Kollegen kurz auf den neuesten Stand bringen, während sie mit Jörgen Persson die Vernehmung von Aron Gunnarsson vorbereitete.

Jetzt saßen sie zu zweit vor dem Monitor und schauten die Aufnahme an, in der die Hunde das Haus durchsuchten.

„Unglaublich“, murmelte Jörgen. „Man kann die Stimmen und das Kinderlachen klar und deutlich hören“, sagte er und selbst Linda rieb sich fröstelnd über die Arme.

„Ich habe so etwas während meiner gesamten Laufbahn noch nie erlebt“, antwortete sie.

„Das sind sogenannte EVPs, electronic voice phenomenon.“

„Ich weiß schon, diese Abkürzung für Tonbandstimmen. Aber ich habe diesem Phänomen nie eine größere Bedeutung beigemessen und schon gar nicht in einem Mordfall. Mir läuft es eiskalt den Rücken herunter, wenn ich die Stimme höre, die flüstert, dass es ihr Haus ist." Linda stand auf. „Ehrlich gesagt bin ich jetzt schon ein wenig voreingenommen, was das mysteriöse Verschwinden von Lilja Gunnarsson und ihren Töchtern betrifft."

„Mich macht dieser Umstand ebenfalls nachdenklich, obwohl die Aufnahmen geradezu grotesk sind", bestätigte auch Jörgen. „Ich meine, wer glaubt schon an Geistergeschichten?"

„Darauf kann ich dir leider keine Antwort geben. Auf mich wirkt das Ganze eher verstörend."

„Nun gut. Kümmern wir uns lieber um diesen Aron, er macht auf mich einen völlig überdrehten Eindruck."

„Dann auf ins Getümmel", sagte Linda voller Tatendrang und lief zur Tür.

Aron Gunnarsson hatte auf einen Anwalt verzichtet, warum auch immer. Er schwitzte stark und war sehr nervös. Alles an ihm schrie danach, ihn gehörig in die Zange zu nehmen.

Nach der knappen Begrüßung eröffnete Linda die Vernehmung und drückte die Taste des Aufnahmegerätes.

„Aron Gunnarsson, Sie sind zum jetzigen Zeitpunkt die letzte Person, die Ihre Frau Lilja und Ihre Töchter Nora und Ella lebend gesehen hat. Stimmt das?"

„Ja." Er wischte sich die feuchten Hände an seiner Jeans ab.

„Von Finna Löv haben wir erfahren, dass sie am gestrigen Abend mit Ihrer Frau noch ein Telefongespräch geführt hat. Die Stimmung Ihrer Frau soll wegen des anstehenden Ultraschalltermins freudig gewesen sein. Hatten Sie danach einen Streit?"

Aron Gunnarsson schluckte, bevor er antwortete.

„Wir haben uns gestritten, wie so oft in letzter Zeit. Lilja will immer mit dem Kopf durch die Wand, sie gibt nie nach oder schließt einen Kompromiss, und sei er noch so klein."

„Ihre Frau ist demnach eine starke Persönlichkeit?", fragte Linda.

Er nickte stumm.

„Worum ging es in diesem Streit?"

Der Kiefer von Gunnarsson mahlte. „Ich habe mir schon immer einen Sohn gewünscht, und jetzt geht dieser Wunsch in Erfüllung. Allerdings hat Lilja ohne mein Wissen die Pille abgesetzt und mich vor vollendete Tatsachen gestellt."

„Das hat zu Spannungen in Ihrer Ehe geführt?"

Linda fiel auf, dass Aron Gunnarsson nicht in der Vergangenheitsform von seiner Frau sprach. Hoffentlich war das ein gutes Zeichen.

„Wir sind gerade knapp bei Kasse, weil wir das Dach komplett erneuern mussten. Lilja ist noch jung, sie hätte ein Jahr warten können. Aber nein, sie musste mich mit dieser frohen Botschaft regelrecht überrumpeln."

Linda konnte beide Parteien verstehen, aber das war jetzt nicht das Thema.

„Aber Sie haben sich letzten Endes doch gefreut?"

„Selbstverständlich habe ich das." Seine Worte klangen jedoch wenig überzeugend.

„Ist es in diesem Streit um die Schwangerschaft gegangen?"

„Nicht direkt."

„Sondern?"

„Um ganz allgemeine Dinge. Unsere Beziehung hatte sich im Laufe der Zeit festgefahren und wir sind nicht die einzigen Menschen auf diesem Planeten, die mit Problemen dieser Art zu kämpfen haben."

Aron Gunnarsson reagierte mit ausweichenden Antworten. Er fühlte sich unwohl in seiner Haut und Linda dachte kurz darüber nach, woran das liegen könnte. Auf der einen Seite erschien er ihr verdächtig, auf der anderen frei von jeglicher Schuld.

„Gut, dann wollen wir darauf zu sprechen kommen, was nach diesem Streit geschehen ist."

Gunnarsson wirkte irritiert.

„Ein Nachbar hat uns eine Videoaufzeichnung zur Verfügung gestellt, in der Sie am Abend Ihren Wagen beladen haben."

Aron Gunnarsson hob ruckartig seinen Kopf. „Nein, ich habe den Zement für die neue Terrasse hinter dem Haus abgeladen", widersprach er.

„Im Dunkeln?"

„Das ist doch meine Sache, wann ich mich darum kümmere", fauchte er.

„Wir haben den Kaufbeleg in Ihrem Fahrzeug gefunden." Linda ließ einige Sekunden verstreichen. „Wollen Sie allen Ernstes behaupten, dass Sie eine Woche lang mit den schweren Säcken durch die Gegend gefahren sind?"

„Na und? Ich bin einfach zu faul gewesen, den Zement wegzuräumen."

Linda beugte sich nach vorn. „Genau an besagtem Abend nach einem heftigen Streit?"

„Was spielt das noch für eine Rolle? Sie haben anscheinend Ihr Urteil längst gefällt."

Gunnarsson stand die Erschöpfung ins Gesicht geschrieben. Vielleicht würde es ihnen tatsächlich gelingen, ihm in diesem Zustand ein Geständnis abzuringen.

„Sie fahren also eine Woche lang den Zement spazieren und entladen das Fahrzeug just an jenem Abend, bevor Ihre Frau spurlos verschwindet. Wie würden Sie darüber denken, wenn Sie nicht in diesen Fall involviert wären?"

„Sie haben ja recht. Aber es ist trotzdem nur ein dummer

Zufall gewesen, der mir ausgerechnet jetzt zum Verhängnis wird." Gunnarsson fuhr sich mit beiden Händen nervös durchs Haar. „Könnte ich vielleicht einen Kaffee haben?"

„Selbstverständlich."

Linda nickte dem Beamten zu, der sich neben der Tür postiert hatte. Dieser verließ umgehend den Verhörraum und kehrte mit einer Tasse Kaffee zurück. Dankbar trank Gunnarsson ein paar Schlucke.

„Ihr Fahrzeug stand nur deswegen so nah am Haus, weil Sie es entladen wollten, richtig?"

„Genauso ist es", bestätigte er.

Linda schaute kurz aufs Protokoll, bevor sie wieder ihren Blick hob.

„Warum haben Sie bis zur Dunkelheit gewartet?"

„Weil Lilja und ich uns vorher gestritten haben. Ich hielt es für das Beste, wenn ich mich auf diese Weise abreagiere", antwortete Gunnarsson.

„Das Telefonat Ihrer Frau mit der besten Freundin hat vor dem Entladen stattgefunden?"

Gunnarsson deutete mit einem Nicken auf den schmalen Ordner.

„Warum fragen Sie, wenn schon alles in den Unterlagen steht? Lilja wird Finna sofort alles berichtet haben, während ich zum Wagen gegangen bin. So sind Frauen eben, können nichts für sich behalten."

Der spitze Pfeil, den Gunnarsson in Lindas Richtung geschossen hatte, prallte an ihr ab.

„Sie hätten den Wagen auch sofort nach Ihrer Rückkehr entladen können", fuhr sie fort.

„Warum beißen Sie sich so an diesem Thema fest?" Gunnarsson war wütend aufgesprungen. „Verdammt noch einmal, ich habe nichts damit zu tun!"

„Bitte setzen Sie sich wieder", entgegnete Linda kühl.

Inzwischen hatte sie eingesehen, dass sie so nicht weiterkommen würde. Sie stellte ihm noch einige Fragen, die sie sich notiert hatte, und beendete schließlich die Vernehmung. Aron Gunnarsson wurde in seine Zelle abgeführt, da er nach wie vor als dringend tatverdächtig galt.

Linda blieb nachdenklich sitzen und stützte den Kopf auf ihre Hände.

„Jörgen, was schlägst du vor? Wie sollen wir weiterverfahren?"

„Gute Frage, nächste Frage."

„Sehr witzig." Linda griff nach dem Ordner. „Dass Gunnarsson nicht aufrichtig ist, kann man schon an seiner Körpersprache erkennen. Trotzdem habe ich so meine Zweifel, dass er nicht für das Verschwinden seiner Frau und den Töchtern verantwortlich sein könnte."

„Er ist mir unsympathisch und scheint ein eher schwieriger Zeitgenosse zu sein. Wir müssen herausfinden, woher sein plötzlich auftretendes egoistisches Verhalten stammt. Damit haben die Eheprobleme der Gunnarssons schließlich angefangen."

„Guter Punkt. Ich hatte zum Beispiel an einen Lügendetektortest gedacht, denn die Zeit läuft uns davon. Vielleicht ist seine Familie ja noch am Leben."

„Jördis soll sich gleich morgen früh darum kümmern. Ich kann das Ergebnis kaum erwarten", erwiderte Jörgen.

„Geht mit ganz genauso", stimmte Linda ihm zu.

Ob es noch eine Rettung für Lilja Gunnarsson und ihre Töchter geben würde?

3

Ella erwachte allmählich und sie fühlte sich noch total benommen. Ihr war schwindelig und das Atmen fiel ihr ausgesprochen schwer.

„Mami?", krächzte sie und war den Tränen nahe.

Um sie herum herrschte eine undurchdringliche Finsternis und sie konnte nicht einmal die Hand vor den Augen erkennen.

„Mami?", hauchte sie nochmals und fürchtete sich.

Hier an diesem Ort herrschte eine beinahe eisige Kälte und Ella fror erbärmlich. Wie konnte das sein, wo doch Spätsommer war?

Irgendwo hinter ihr tropfte es. Platsch. Platsch. Platsch. Das Echo hörte sich wie das in einer Kathedrale an, dieser großen, die sie in Stockholm besucht hatten. Sankt Erich hieß sie wohl.

Ella hockte sich auf den Boden und schniefte leise. Sie konnte sich einfach nicht erinnern, wie sie hierhergekommen war.

„Mami?“, schluchzte sie abermals.

Frierend rappelte sie sich auf und schlang die Arme um ihren Oberkörper. Der Boden war hart und kalt und sie musste unbedingt hier raus. Sie machte einen Schritt nach vorn und stolpert über einen Gegenstand, der mitten im Weg lag. Was war das?

Mit ihrer kleinen Hand fuhr sie über den Boden, bis ihre Fingerspitzen einen seidigen Stoff zu spüren bekamen. Dieser fühlte sich wie das eigene Nachthemdchen an, dass sie noch am Leib trug. Vorsichtig tastete sie weiter.

Arme, Beine, ein Körper und langes weiches Haar.

Ella beugte sich nach vorn, um daran zu riechen.

„Nora? Bist du das?“ Ihre Stimme vibrierte.

Das Haar roch wie das ihrer großen Schwester, aber deren Körper war wie zu Stein erstarrt. Vielleicht schlief Nora nur tief und fest?

Ella versuchte an der Schulter ihrer Schwester zu rütteln, aber ihr Körper war steif wie gefrorenes Eis. Ella erinnerte sich an eine tote Maus, die sie beim Spielen im Garten gefunden hatte. Diese hatte auch wie ein Stein in ihrer Hand gelegen.

„Nora, du musst jetzt aufwachen!“, schrie Ella in ihrer Verzweiflung, so laut sie konnte. Aber ihre Schwester rührte sich nicht.

Ella wurde von schweren Schluchzern geschüttelt, als Stück für Stück die Erinnerung auf sie niederprasselte.

Papa.

Mama und Papa hatten sich am Abend, nachdem Nora und sie ins Bett gegangen waren, fürchterlich gestritten. Ganz tapfer hatte sie sich die Ohren zugehalten, bis ein gurgelnder Laut zu hören gewesen war. Erschrocken war sie aufgesprungen und in den Flur geschlichen. Die Tür zum elterlichen Schlafzimmer hatte offen gestanden …

Ella schloss die Augen, um dieses schreckliche Bild nicht sehen zu müssen. Aber es wollte ihr einfach nicht gelingen. Papa hatte rittlings auf Mama gesessen und die Hände um ihren schlanken, fast schwanenhaften Hals gelegt. Mama hatte wie wild mit den Füßen gestrampelt, gekeucht und versucht, Papas Hände von ihrem Hals zu lösen.

Plötzlich war Mamas Gegenwehr jedoch erstorben und sie hatte wie eine leblose Puppe dagelegen, ganz still und blass. Ella konnte sich nicht mehr daran erinnern, wie sie in ihr Zimmer gekommen war, und irgendwann musste sie ein erlösender Schlaf übermannt haben.

Mitten in der Nacht war sie dann wiederholt wach geworden, weil ihre Zimmertür leise knarrend aufgeschwungen war. Eine dunkle Gestalt war in Ellas Zimmer gehuscht und hatte ihr solange das Kissen aufs Gesicht gedrückt, bis sie in einer alles verschlingenden Schwärze versunken war.

Und jetzt war sie in dieser finsteren Hölle aufgewacht.

„Mami? Nora?“

Es herrschte eine gespenstische Stille bis auf das Echo der Tropfen, das von den Wänden widerhallte.

Ella zupfte an den Haaren ihrer Schwester, denn sie traute sich nicht, sie noch einmal zu berühren. Irgendetwas stimmte nicht mit Nora, aber sie wusste nicht genau, was es sein könnte. Die weiche Haut ihrer Schwester war stets warm gewesen und hatte nach Pfirsich geduftet. Aber jetzt war Noras Körper kalt, feucht und steif wie ein Brett.

Ängstlich hockte sie sich wieder neben ihre Schwester. Ella fürchtete sich regelrecht davor, weiterzulaufen. Würde sie dann vielleicht über ihre Mami stolpern? Nein, dieser Gedanke war ganz, ganz furchtbar. Dann blieb sie lieber neben Nora zu sitzen.

Platsch. Platsch. Platsch.

Ella hielt sich die Ohren zu und summte ein Lied, um dieses unheimliche Geräusch nicht mehr hören zu müssen. Wenn sie doch nur etwas sehen könnte. Als hinter ihr ein Stein über den Boden kullerte, fuhr sie erschrocken in die Höhe.

„Mami, Mami, ich will hier weg!", kreischte sie und krallte sich mit ihren Fingern ängstlich an Noras Nachthemdchen fest. Sie wollte nicht sterben, sie war doch noch viel zu jung.

Vielleicht würden die Großeltern nach ihr suchen, um sie zu retten, ja, ganz bestimmt.

4

Finna saß mit einer Tasse Tee auf dem Sofa und dachte angestrengt darüber nach, was mit Lilja und ihren Mädchen geschehen sein könnte. Alles in ihr sträubte sich, daran zu glauben, dass Lilja davongelaufen war, ohne ihr eine Nachricht zukommen zu lassen. Die Aussage des Polizisten, dass Lilja keinerlei Spuren hinterlassen wollte, erschien ihr geradezu absurd. Niemand konnte einfach so untertauchen.

Lars schloss die Eingangstür auf und betrat das Haus. Er zog im Flur seine Schuhe aus und kam sofort ins Wohnzimmer gelaufen. Mit ernster Miene setzte er sich neben Finna und nahm sie tröstend in den Arm.

„Gibt es schon Neuigkeiten?", fragte er.

Finna schüttelte bedauernd ihren Kopf. „Nein, nichts. Lilja und die Mädchen sind wie vom Erdboden verschluckt."

„Denkst du auch, was ich denke?" Lars suchte ihren Blick.

„Du meinst Aron?"

„Mhm."

„Glaubst du, er hat ihnen etwas angetan? Ich meine, Lilja war schließlich mit seinem lang ersehnten Sohn schwanger."

„Ich habe den Typen noch nie besonders gemocht. Seine radikale Wandlung ist mir von Anfang suspekt vorgekommen, daraus habe ich nie ein Geheimnis gemacht."

„Das weiß ich doch auch. Aber er war Liljas Ehemann, den sie abgöttisch geliebt hat. Als beste Freundin habe ich das respektiert, auch wenn er sich in letzter Zeit wie ein richtiges – entschuldige bitte den Ausdruck – Arschloch benommen hat."

„Hast du das der Polizei gesteckt?"

„Nein, das musste ich gar nicht. Sie haben mich darum gebeten, ihnen den Chatverlauf der letzten Tage von Lilja und mir zukommen zu lassen, was ich natürlich sofort getan habe."

„Was habt ihr euch geschrieben, wenn ich fragen darf?"

„Zum Beispiel, dass Aron Lilja abgewiesen hat, wenn sie Zärtlichkeiten von ihm wollte. Dass sich sein Dasein nur noch um den Sport gedreht und er alles andere vernachlässigt hat. Sogar seinen Job."

„Oh, das lässt tief blicken. Ich hätte nie gedacht, dass es so schlimm um ihre Ehe steht, zumal sie ein weiteres Kind erwarten."

„Lilja ist ungewollt schwanger geworden, aber Aron hat behauptet, dass sie ihm das Kind absichtlich untergeschoben hätte."

„Das ist wirklich bitter."

„Du sagst es", seufzte Finna.

„Und nun?" Lars sah sie fragend an.

„Ich will auf gar keinen Fall die Sache auf sich beruhen

lassen und habe am Rechner ein Suchplakat angefertigt, das ich mehrfach ausdrucken und in der Stadt verteilen möchte. Würdest du mir helfen?"

„Na klar, ich bin dabei. Vielleicht hat jemand etwas Verdächtiges gesehen."

„Genau das denke ich auch." Sie küsste Lars auf die Wange. „Deshalb solltest du auch das Papier mitbringen."

„Schlaues Mädchen."

Während der Drucker ein Suchplakat nach dem anderen ausspuckte, bereite Finna in der Küche rasch das Abendessen zu. Lars war gerade von der Arbeit gekommen und mit Sicherheit hungrig. Sie war sehr dankbar für seine Hilfe und morgen würden zwei gemeinsame Freundinnen Finna bei der Verteilung der Plakate unterstützen.

„Danke fürs Abendessen, mein Schatz. Jetzt bin ich bereit."

Finna ging zu ihrem Mann, schlang die Arme um seinen Hals und küsste ihn leidenschaftlich.

„Wow, womit habe ich denn das verdient?", fragte Lars verwundert.

„Du ahnst gar nicht, wie dankbar ich bin, mit dir verheiratet zu sein", raunte sie ihm ins Ohr.

„Und ich mit dir." Er drückte sie an sich und strich ihr durchs Haar. „Aron ist ein komischer Kauz und ich fand ihn schon immer unsympathisch. Aber dass er seine Frau und seine Töchter auf dem Gewissen haben soll, ist selbst für mich unvorstellbar."

„Lilja hat mir vieles anvertraut, ihre Ehe lief alles andere als gut. Für mich war Aron schon immer ein sehr oberflächlicher Mensch." Finna verstaute die Suchplakate in ihrem Rucksack. „Ich bin wirklich froh, dass Isa bei deinen Eltern ist und davon nichts mitbekommt."

Isa und Ella waren eng miteinander befreundet und hatten fast jeden Nachmittag miteinander gespielt. Nicht auszudenken, wenn ihre Tochter davon erfahren würde.

„Wir müssen positiv an die Sache herangehen“, sagte Lars. „Was, wenn Lilja tatsächlich nur weggelaufen ist?“

Finna dachte an die Stimmen, die sie klar und deutlich gehört hatte. „Das ist mein Haus.“ „Lebend entkommen.“ „Nein.“ Himmel, was war das nur gewesen? Besonders die Erinnerung an das Kinderlachen, das wie von Nora geklungen hatte, jagte ihr einen Schauer über den Rücken.

„Alles okay?“

„Nichts ist okay“, antwortete Finna betrübt.

„Dann los. Suchen wir gemeinsam nach Antworten.“

Es war bei Weitem nicht so mühsam, die Plakate zu verteilen und aufzuhängen, wie Finna es sich vorgestellt hatte. Die Passanten waren interessiert, zeigten Mitgefühl und versprachen, zu helfen und sich zu melden. Ein Mann in Finnas Alter riss ihr ein Plakat regelrecht aus der Hand und betrachtete es aufmerksam.

„Das ist doch Lilja. Oder täusche ich mich da?“

„Sie täuschen sich nicht“, bestätigte Finna.

„Sie wird vermisst?“

„Ja, sie und ihre kleinen Töchter.“

„Das habe ich gar nicht mitbekommen.“

„Woher kennen Sie Lilja?“, hakte Finna nach.

„Ich bin ein Jugendfreund von Aron, wir haben früher viel Blödsinn angestellt. Natürlich bin ich auch bei seiner Hochzeit mit Lilja dabei gewesen“, antwortete er und überlegte einen Moment lang. „Ich will meinem Kumpel auf keinen Fall in den Rücken fallen, aber …“ Er stockte.

„Bitte, nun sagen Sie schon“, bat Finna.

„Ich bin gerade um drei Uhr von der Spätschicht nach Hause gefahren, als mir sein Wagen auf der Biblioteksgatan entgegengekommen ist.“

„Was sagen Sie da? Aron ist nachts unterwegs gewesen?“

„Ja. Aber ich habe keine Ahnung, ob das in irgendeinem Zusammenhang mit Liljas Verschwinden stehen könnte."

„Und ob", rief Finna. „Bitte, Sie müssen zur Polizei gehen und sich als Zeuge melden", beschwor sie ihn.

„Ich würde mir wie ein Verräter vorkommen", sagte der Mann zweifelnd. „Kaum vorstellbar, dass Aron ..."

„Das sollten Sie der Polizei überlassen", unterbrach Finna ihn forsch.

„Sorry, aber ich bin hin- und hergerissen."

„Wenn Sie nicht zu einer Aussage bereit sind, werde ich die Polizei informieren."

„Schon gut, ich habe verstanden. Trotzdem bin ich der Meinung, dass Sie falschliegen. Ich kenne Aron schließlich seit der gemeinsamen Schulzeit."

„Darüber möchte ich mir kein Urteil erlauben", sprach Finna. „Wenn Aron unschuldig ist, wird ihm Ihre Aussage sicher nicht schaden."

„Das mag schon sein, aber sie schadet garantiert unserer Freundschaft."

„Sie werden das Richtige tun", bekräftigte Finna ihn und widmete sich wieder dem Verteilen der Suchplakate.

Mit so viel Schreibkram und Unterschriften hatte Finna nicht gerechnet. Sechs Hunde schnüffelten ausgiebig an ihrer Hose, während Felix leise fiepend auf ihrem Schoss saß und sie ihn beruhigend streichelte.

„So, hier noch eine Unterschrift, dann können Sie den Rüden mitnehmen", sagte die Frau.

Finna nahm den Stift in die Hand, setzte die Unterschrift unter das Formular und erhob sich. „Leine und Halsband habe ich dabei", sagte sie.

„Wunderbar. Wollen wir hoffen, dass Felix seine Familie bald wiedersieht."

„Das wäre schön", erwiderte Finna, die genau das Gegenteil befürchtete. Aber Felix könnte bis an sein Lebensende bei ihnen wohnen, das hatten Lars und sie von Anfang an beschlossen.

Die Rute von Felix wirbelte wie ein Propeller, als sie nach draußen zum Wagen liefen.

„Da ist ja unser kleiner Racker", begrüßte Lars den Mischling und strich ihm durchs Fell.

„Er freut sich bestimmt, weil er annimmt, dass wir ihn nach Hause bringen", sagte Finna bedauernd.

„Das ist bitter", antwortete Lars und startete den Motor. „Aber wir haben eine Menge erreicht und du hast sogar einen Zeugen gefunden. Das ist mehr, als wir erhoffen konnten."

„Das ist wohl wahr. Trotzdem werde ich nicht zur Ruhe kommen, solange ich nicht weiß, was mit Lilja und den Mädchen tatsächlich geschehen ist."

Lars griff nach Finnas Hand und drückte sie sacht. „Alle suchen mit Hochdruck, vertrau darauf."

Schweigend legten sie die restliche Strecke zurück, dann stellte Lars den Wagen in der Einfahrt ab.

„Es wird wohl das Beste sein, wenn ich mit Felix noch eine Runde laufe", sagte Finna.

„Klar, mach das. Bis gleich."

Finna spazierte mit Felix um die Häuser. Der kleine Rüde war ausgesprochen unruhig und in einem Moment der Unachtsamkeit schlüpfte er aus seinem Halsband.

„Felix, komm sofort zurück", rief Finna aufgebracht und stürmte dem Mischling hinterher. Sie hatte völlig unterschätzt, wie schnell Felix auf seinen krummen Beinchen unterwegs war. Er sauste um die Ecke und war kurz darauf auf Nimmerwiedersehen verschwunden.

„Verdammt!", keuchte Finna und rief noch eine Weile nach dem Hund, dann kehrte sie mit hängenden Schultern zurück.

„Was ist los?", fragte Lars, als sie den Flur betrat.

„Felix ist aus dem Halsband geschlüpft und davongerannt. Ich habe es ihm wohl zu locker umgelegt."

„Hast du gesehen, in welche Richtung er gelaufen ist?"

„Nein. Zack, ist er um die Ecke geflitzt und war wie vom Erdboden verschluckt."

„Ich habe da so eine Idee, wo er stecken könnte", sagte Lars und griff nach den Autoschlüsseln, die auf der Garderobe lagen. „Jetzt komm schon."

Er fuhr auf dem schnellsten Weg zum Haus von Aron und Lilja. Felix lief aufgeregt vor der Eingangstür hin und her und kläffte unentwegt.

„Woher wusstest du …", fragte Finna.

„Wir hatten auch einmal einen Hund, der ist nach dem Umzug immer wieder zurückgelaufen."

Finna stieg aus und redete beruhigend auf Felix ein, der sich ohne Probleme das Halsband wieder umlegen ließ.

„Merkwürdig, dass in den Kinderzimmern und in der Garage das Licht brennt", sagte sie.

„Stimmt", erwiderte Lars. „Wahrscheinlich sind die Eltern von Lilja oder Aron im Haus."

„Ich schau gleich mal nach." Finna drückte mehrmals auf den Klingelknopf, ohne dass sich im Haus etwas gerührt hätte. „Komisch, ich rufe gleich mal bei Liljas Mutter an", murmelte sie und zog das Smartphone aus der Hosentasche. „Hallo Ingrid, hier ist Finna."

„Gibt es Neuigkeiten?", fragte Ingrid hoffnungsvoll.

„Leider nein, entschuldige bitte. Aber wir stehen gerade vor dem Haus …"

„Ja und?", fiel Ingrid ihr aufgeregt ins Wort.

„In der Garage und in den Kinderzimmern brennt das Licht und ich wollte fragen, ob ihr heute hier gewesen seid?"

„Nein, natürlich nicht. Die Polizei hat das Haus noch gar nicht freigegeben."

„Oh", hauchte Finna. „Aber wer hat dann das Licht angeschaltet, wenn Aron noch in Untersuchungshaft sitzt?"

„Gute Frage. Vielleicht haben sich sensationslüsterne Personen Zugang verschafft", sagte Ingrid zornig.

„Das könnte sein. Ich werde sicherheitshalber die Polizei verständigen."

„Ja, Finna, das wäre wohl das Beste", stimmte Ingrid ihr zu. „Rufe mich bitte zurück, sobald du Näheres weißt."

„Auf alle Fälle", versprach Finna und wählte gleich im Anschluss an das Gespräch die Nummer der Polizeibehörde.

Eine Viertelstunde später bog ein Streifenwagen in die Straße und hielt vor dem Haus der Gunnarssons. Zwei Männer stiegen aus und sprachen kurz mit Finna und Lars. Dann klopfte einer der beiden an die Tür.

„Bitte sofort aufmachen, hier spricht die Polizei!"

Auch diesmal blieb es im Inneren des Hauses ruhig. Der Beamte wiederholte seine Aufforderung, dann öffneten sie mit ihrer Spezialausrüstung die Tür und traten ein. Felix zog und zerrte an der Leine, sodass Finna ihn schließlich auf den Arm nahm, damit er ihr nicht wieder entwischte.

Nach nur fünf Minuten verließen die zwei Streifenpolizisten wieder das Haus.

„Alles clean, keine Personen anwesend."

Nachdem die Männer auch einen Blick in Garage geworfen und anschließend das Licht ausgeschaltet hatten, beendeten sie den kurzen Einsatz und stiegen wieder in den Wagen.

„Ich habe eine Gänsehaut", murmelte Finna. „Wie unheimlich war das denn?"

„Wer weiß, wer hier sein Unwesen getrieben hat", erwiderte Lars. „Lass uns nach Hause fahren."

5

Linda und Jörgen verfolgten hinter dem Monitor den Lügendetektortest. Aron Gunnarsson wirkte sehr nervös, ließ sich aber ohne Probleme verkabeln. Agnes Lund würde ihm die Fragen stellen und ihre entspannte, ruhige Art war in dieser Hinsicht von Vorteil.

„Wir beginnen jetzt mit dem Test“, sagte sie und Aron nickte zustimmend. „Wie heißen Sie?“

„Aron Gunnarsson.“

„Ihr Alter?“

„Achtunddreißig.“

„Wie lange sind Sie mit Ihrer Frau Lilja Gunnarsson verheiratet?“

„Seit sieben Jahren.“

„Hatten Sie am Vorabend Streit mit Ihrer Frau."

Gunnarsson nickte.

„Sie müssen mir antworten", forderte Agnes ihn mit leiser Stimme auf.

„Ja, wir hatten Streit."

„Worum ging es dabei?"

„Um meine Überforderung in der Familie, mir ist alles über den Kopf gewachsen." Gunnarsson fuhr sich mit der Hand fahrig durchs rötlich schimmernde Haar.

„Haben Sie die Wahrheit gesagt, was diesen Abend betrifft?", fragte Agnes.

„Nein."

„Ich denke, Sie wissen es selbst, dass Sie den Lügendetektortest nicht bestanden haben."

„Ja."

„Jetzt wäre genau der richtige Zeitpunkt für ein Geständnis."

„Ich will vorher meinen Vater sprechen."

„Einen Moment bitte, weil ich erst telefonisch die Zustimmung einholen muss." Agnes griff zum Telefon und wählte Lindas interne Nummer. Nachdem sie nachgefragt hatte, wandte sie sich wieder Gunnarsson zu. „Wir werden Ihrem Wunsch stattgeben und Ihren Vater informieren."

„Vielen Dank."

„Sie werden in diesem Raum auf Ihren Vater warten, der in einer Stunde hier sein wird."

Gunnarsson nickte stumm.

„Sie sollten darüber nachdenken, sich einen Anwalt zu nehmen", riet Agnes, bevor sie den Raum verließ.

„Das werde ich, sobald ich mit meinem Vater gesprochen habe."

Gunnarsson hockte wie ein Häufchen Elend zusammengesunken auf dem Stuhl. Man sah ihm deutlich an, dass er aufgegeben hatte.

„Ob wir heute noch mit einem Geständnis rechnen können?“, fragte Linda Jörgen.

„Ich denke schon, der Lügendetektortest hat ihn in die Knie gezwungen. Allerdings kann ich nicht nachvollziehen, warum er eingewilligt hat. Er hätte doch wissen müssen, dass ihn seine Lügen strafen.“

„Vielleicht ist er davon ausgegangen, dass er ein guter Lügner ist. Sagt viel über seinen Charakter aus.“

„Das ist wohl wahr. Warten wir ab, was er seinem Vater zu beichten hat.“

Die Stunde zog sich quälend in die Länge und Linda war bei ihrer dritten Tasse Kaffee angekommen. Auch diesmal verfolgten sie per Videokamera das Gespräch. Der grauhaarige Mann setzte sich zu seinem Sohn an den Tisch und musterte ihn fragend.

„Aron, was um Gottes willen ist passiert, dass du mich hierher bittest?“

„Keine Ahnung, was ich machen soll. Ich brauche dringend deinen Rat.“ Aron Gunnarsson klang hilflos.

„Sohn, ich weiß wirklich nicht, ob ich das hören will. Ja, Lilja ist eine anstrengende Frau, aber du wirst doch wohl nicht …“ Gustaf Gunnarsson stockte.

„Nein, habe ich nicht“, versicherte Aron hastig.

„Was dann? Ist sie weggelaufen?“

„Woher soll ich das wissen?“ Aron Gunnarssons Stimme klang weinerlich.

„Jetzt raus mit der Sprache“, fuhr sein Vater ihn an. „Was ist in jener Nacht passiert? Ist es zu Handgreiflichkeiten gekommen?“

Aron schluckte schwer. Die Frage schien ihn aus der Bahn zu werfen.

„Bitte beantworte meine Frage.“

„Ja“, krächzte Aron.

„Jetzt sag schon, verdammt“, drängte sein Vater ungeduldig.

„Lilja ist nach dem Streit zeitig zu Bett gegangen. Ich habe zwei Stunden in der Hoffnung gewartet, dass sie bis dahin eingeschlafen ist, aber …“

„… das war sie nicht“, vervollständige Gustaf Gunnarsson den Satz.

„Ja.“

„Himmelherrgott, Junge, was war los an diesem Abend?“

„Lilja wollte einfach keine Ruhe geben, immer wieder hat sie mich mit ihren Vorwürfen bombardiert. Irgendwann habe ich nur noch Rot gesehen und meine Hände um ihren Hals gelegt.“

„Bist du von allen guten Geistern verlassen“, schrie sein Vater zornig und sprang auf. Aufgebracht schlug er mit der Faust gegen die Wand. „Hast du Lilja umgebracht?“

„Nein, was denkst du nur von mir? Sie ist nach einigen Minuten wieder zu sich gekommen und hat nach Luft geschnappt“, sprudelte es aus Aron Gunnarsson heraus.

„Bist du wahnsinnig, sie ist schwanger! Du hättest diese Frau niemals heiraten dürfen, wir hatten dich wieder und wieder vor ihr gewarnt.“ Gustafs Adamsapfel hüpfte nervös auf und ab.

„Hör auf damit“, fuhr Aron seinen Vater an. „Ich will hier raus.“

„Das hättest du dir vorher überlegen müssen.“

„Dafür ist es aber zu spät, die Dinge sind, wie sie sind“, fauchte Aron Gunnarsson.

Vater und Sohn lieferten sich ein hitziges Wortgefecht.

„Wie ging es weiter?“, lenkte Gustaf schließlich ein.

„Nachdem Lilja wieder zu sich gekommen ist, habe ich ihr ein Glas Wasser gebracht und anschließend das Haus verlassen.“

„Wo bist du hingefahren?“, wollte sein Vater wissen.

„Kreuz und quer durch die Stadt. Ich wollte in Ruhe über alles nachdenken."

„Und zu welchem Entschluss bist du gekommen?"

„Dass eine Scheidung von Lilja unausweichlich wäre."

„Wie ist es weitergegangen?"

„Als der Morgen dämmerte, bin ich schließlich nach Hause zurückgekehrt und habe mich umgezogen, um zur Arbeit zu fahren."

„Hast du nach Lilja gesehen?"

Aron schüttelte den Kopf. „Nein. Die Angst, dass der Streit wieder von Neuem beginnen würde, war einfach zu groß. Im Haus war alles ruhig und ich habe gedacht, dass Lilja und die Mädchen schlafen."

Gustaf Gunnarsson lehnte sich zurück. „Und was machen wir nun? Hast du mir auch wirklich die Wahrheit erzählt?"

„Selbstverständlich habe ich das", beharrte Aron. „Als Finna angerufen hat, habe ich angenommen, dass Lilja sich die Mädchen geschnappt hat, um unterzutauchen."

„Ich habe nicht die geringste Ahnung, wie du aus dieser Nummer wieder herauskommen willst", stöhnte Gustaf. „Du hast deine Ehefrau bis zur Bewusstlosigkeit gewürgt."

„Als ob ich das nicht wüsste", zischte Aron aufgebracht. „Außerdem weiß ich wirklich nicht, wo die drei stecken könnten. Wahrscheinlich will Lilja es mir auf diese Weise heimzahlen."

„So ein Miststück", fluchte Gustaf. „Ich werde dir einen Anwalt besorgen, damit er dich aus diesem Dilemma rausboxt. Und sollte ich Lilja zwischen die Finger bekommen …"

„Lass gut sein."

Aron winkte frustriert ab, während sein Vater aufstand, um dem Beamten, der vor der Tür wartete, Bescheid zu geben.

„Tja, so viel dazu", sagte Linda. „Seine Aussage deckt sich jedenfalls mit der des Zeugen."

„Hat dieser Kerl überhaupt ein Schuldbewusstsein? Er würgt seine schwangere Frau und am Ende ist er der bemitleidenswerte Sohn, der wieder im Schoß seiner Familie aufgenommen wird", brummte Jörgen voller Verachtung.

„Aber es könnte durchaus sein, dass sich Lilja bewusst für diesen harten Cut entschieden hat. Sie muss Todesangst gehabt haben."

„Und was machen wir nun?"

„Öffentliche Fahndung?" Linda neigte fragend ihren Kopf.

„Das wird das Beste sein", antwortete Jörgen. „Soll Sina sich darum kümmern."

Linda nickte zustimmend und hoffte inständig, dass Arons schwangere Ehefrau und seine zwei Töchter tatsächlich nur weggelaufen und demzufolge noch am Leben waren.

„Lillemor, hilf mir bitte, die Einkäufe zu verstauen", rief Linda in die obere Etage. Auch heute war es zu ihrem Leidwesen wieder später geworden. Dabei hatte sie Elina fest versprochen, am Abend mit ihr für die Mathematikklausur zu üben.

„Hey Mam", antwortete Lillemor, als sie die Küche betrat. „Ist wieder ein anstrengender Fall auf deinem Schreibtisch gelandet?"

„Das kannst du laut sagen", seufzte Linda und stellte die schweren Einkaufstaschen vor den Schränken ab. Zu zweit räumten sie die Taschen aus. „Was soll ich heute kochen?", fragte Linda.

„Pizza vom Lieferdienst", grinste Lillemor. „Du siehst echt geschafft aus, Mama."

„Eine fantastische Idee." Linda ließ sich auf den Küchenstuhl sinken. „Frag Elina, welchen Belag sie möchte, dann gebe ich die Bestellung auf."

„Wow, das ging aber leicht. Sonst sträubst du dich immer, gesunde Ernährung und so."

„Ach Lillemor, du hast ein Händchen dafür, die Situation im passenden Moment auszunutzen", lachte Linda.

Nachdem Lillemor Elinas Wünsche eingeholt hatte, gab Linda die Bestellung auf. „Was gibt es Neues in der Schule", fragte sie ihre Älteste.

„Alles in bester Ordnung. Ich konnte in zwei Fächern meine Noten von einer Drei auf eine Zwei verbessern", antwortete Lillemor nicht ohne Stolz.

„Das freut mich und ich hoffe, dein Elan geht nicht wieder verloren."

„Ach Mam", stöhnte Lillemor und verdrehte die Augen.

Nur eine Viertelstunde später wurden die Pizzen geliefert. Elina erzählte von ihrem Tag und redete ohne Punkt und Komma. Früher war Lillemor ähnlich gesprächig gewesen, aber die Zeiten änderten sich schnell, viel zu schnell. Schade, dass es so war.

„So, mein Spätzchen, du legst schon einmal das Übungsheft bereit, während ich rasch mit Alex telefoniere, ja? Und du, Lillemor, wirst den Tisch abräumen."

Ohne zu murren machte sich Lillemor an die Arbeit. Es geschehen tatsächlich noch Zeichen und Wunder, dachte Linda lächelnd, als sie sich in das Arbeitszimmer zurückzog, dessen Größe einer Schuhschachtel entsprach.

„Hallo Alex, schön, deine Stimme zu hören", sagte sie.

„Ich freue mich auch. Du klingst müde", antwortete er.

„Genauso ist es", erwiderte sie.

„Nun sag schon, was hat es mit dem neuen Fall auf sich?", drängte er sanft.

„Dein Analytikerhirn schreit förmlich nach Arbeit", lachte sie.

„Anscheinend bin ich sehr leicht zu durchschauen", seufzte Alex theatralisch.

„Eine schwangere Frau und ihre zwei Töchter werden vermisst."

„Gibt es Hinweise auf ein Verbrechen?", fragte er.

„Allerdings. Zwischen den Eheleuten ist es zu einem heftigen Streit gekommen und der Mann hat seine schwangere Frau bis zur Bewusstlosigkeit gewürgt."

„Meine Güte, hat er denn gar nicht an die Folgen für das ungeborene Kind gedacht?"

„Anscheinend nicht. Er geht davon aus, dass seine Frau die gemeinsamen Kinder geschnappt hat und untergetaucht ist, um sich an ihm zu rächen."

„Und was sagt dir deine Intuition?"

„Hm, da sprichst du einen wunden Punkt an. Ich habe noch Hoffnung, aber tief in mir ist da dieses Gefühl, dass sie nicht mehr am Leben sind."

„Warum? Du sprichst in Rätseln."

„Ach Alex, wie soll ich dir das nur erklären, ohne lächerlich zu wirken?"

„Nun komm schon, raus mit der Sprache", forderte er sie auf.

„Es sind Videoaufzeichnungen gemacht worden, als die Leichenspürhunde das Haus durchsucht haben", antwortete sie.

„Und?"

„In den Aufnahmen waren Stimmen zu hören."

„Ist doch logisch", lautete seine knappe Antwort.

„Unter anderem auch ein Kinderlachen", fuhr Linda fort.

„Wahrscheinlich von draußen."

„Alex, ich kann das nicht beschreiben. Man bekommt eine Gänsehaut, wenn man das hört, und weiß instinktiv, dass in diesem Haus ein Verbrechen geschehen sein muss."

„Haben die Hunde etwas gefunden?"

„Nein, alles war sauber. Zu sauber für meinen Geschmack."

„Könntest du mir die Aufnahme zukommen lassen?", bat er.

„Du weißt doch, dass ich dabei Kopf und Kragen riskiere", antwortete sie.

„Aber du hast meine Neugierde geweckt und kannst mich jetzt nicht unwissend im Regen stehen lassen", brummte Alex missbilligend.

„Einverstanden. Aber bitte alles streng vertraulich."

„Linda, als ob du nicht wüsstest, wie verschwiegen ich bin."

„Schon gut."

Anschließend tauschten sie sich noch über alltägliche Dinge aus, dann verabschiedete sich Linda. Würde sie recht behalten, wenn sie behauptete, dass ein Teil dieser Familie für immer ausgelöscht worden war?

6

Ella hockte noch immer neben Nora. Ihre Muskeln zogen sich schmerzhaft zusammen, um der immerwährenden Kälte zu trotzen. Das dünne Nachthemd bot keinen Schutz und ihre pinken Pantöffelchen standen bestimmt noch zu Hause vor dem Bett.

Zu Hause.

Ella sehnte sich dorthin zurück. Sie vermisste ganz furchtbar Noras glockenhelles Lachen, Mamis Umarmungen und ihr weiches Bett, in dem sie immer so herrlich geschlafen hatte. Aber das schien alles unerreichbar. Sie schniefte leise und leckte sich über die spröden Lippen. Ihr Magen knurrte, aber am schlimmsten jedoch war dieser quälende Durst.

Nicht weit von ihr entfernt verhallte das Echo der Tropfen und Ella fragte sich, ob sich vielleicht eine Pfütze gebildet hatte. Aber nach wie vor fürchtete sie sich schrecklich davor, die Höhle, oder was immer das hier war, zu erkunden. Die Angst, über ihre Mama zu stolpern, schnürte ihr die Kehle zu. Aber irgendetwas musste sie tun, sonst würde sie bald genauso steif wie Nora auf dem Boden liegen.

Ihre kleinen Füße konnte sie kaum noch spüren, sie waren eiskalt. Unzählige Steinchen piekten schmerzhaft in ihre zarten Fußsohlen, als sie sich erhob. Ella streckte die Arme nach vorn, damit sie nicht gegen ein Hindernis laufen würde, und machte den ersten Schritt. Ihr Gleichgewichtssinn schien durch die Dunkelheit beeinträchtigt, der Boden schwankte unter ihren Füßen wie auf einem Schiff. In der Stadt hatte sie einmal einen torkelnden Betrunkenen gesehen, und genauso fühlte sie sich jetzt.

Obwohl sie sich sehr zaghaft vorwärtsbewegte, stieß sie mit ihren nackten Zehen gegen einen Stein. Der Schmerz war überwältigend und trieb ihr die Tränen in die Augen.

„Mami, bitte hilf mir", schluchzte sie, als sie sich die Zehen rieb, und eine Welle der Verzweiflung schwappte über sie hinweg.

„Mami, Mami, hole mich hier raus!", schrie sie hysterisch, weil sie das alles nicht mehr aushalten konnte. Es war so dunkel, so kalt und Nora …

Ella weinte, bis die Tränen versiegt waren und sie keine Kraft mehr hatte. Geblieben waren nur der seelische Schmerz und dieser schreckliche Durst.

„Ella, steh auf. Du musst etwas trinken und einen Ausgang finden", war da plötzlich diese Stimme in ihrem Hinterkopf, die fast wie Mami geklungen hatte.

Mühsam rappelte sich Ella auf und schob ganz behutsam einen Fuß vor den anderen. Inzwischen war das tropfende Geräusch direkt vor ihr. Ein oder zwei Schritte noch, dann würde sie ihr Ziel erreicht ha…

Ihr kleiner Fuß verlor plötzlich die Bodenhaftung. Ella schrie panisch auf und versuchte, sich irgendwo festzuklammern, doch ihre Hände griffen ins Leere. Sie kippte nach vorn und tauchte in eiskaltes Wasser ein, das über ihr zusammenschlug.

Wild strampelnd kämpfte sie sich an die Wasseroberfläche zurück und gab ein gurgelndes Geräusch von sich, als sie auftauchte und hektisch nach Luft schnappte. Mit den Fingern krallte sie sich an den scharfkantigen Felsen fest und kurz darauf berührten ihre Füße endlich den Boden. Nein, sie würde nicht ertrinken, aber sie musste so schnell wie möglich aus dem eisigen Wasser heraus.

Ihre Zähne schlugen klappernd aufeinander, als sie nach draußen kletterte und schwer atmend auf dem harten Boden liegen blieb. Sie hatte so viel Wasser geschluckt, dass ihr Bauch schmerzte und sich wie eine Kugel blähte. Über ihre Haut tanzten tausend spitze Nadeln und wenn ihr noch ein Rest Kraft geblieben wäre, hätte sie vor Schmerzen pausenlos geschrien.

„Steh auf, meine Kleine“, vernahm sie abermals die sanfte Stimme ihrer Mutter.

„Mami? Bist du hier?“

Die Stille war für Ella beängstigend. Noch nie in ihrem Leben hatte sie sich so mutterseelenallein gefühlt. Nach jedem schlechten Traum war ihre Mami sofort ins Zimmer gestürzt, um nach ihr zu sehen. Oder Ella war kurzerhand zu ihrer großen Schwester unter die Bettdecke geschlüpft.

„Nora?“

Ihr Nachthemdchen war klatschnass und sie spürte, dass ihr die Kälte immer mehr zusetzte. Mit unsicheren Schritten tappte sie zurück in die Richtung, aus der sie glaubte, gekommen zu sein. Es schien ewig zu dauern, bis sie den Stoff von Noras Nachthemd zu fassen bekam. Ganz vorsichtig berührte sie mit ihren Fingerspitzen den leblosen Körper ihrer Schwester. Nora schien nicht mehr so hart wie ein Brett zu sein, aber sie roch so komisch.

Ein Gedanke blitzte auf. Ob Nora ihr böse wäre, wenn sie das Nachthemd an sich nehmen würde? Sie fror so entsetzlich, dass es kaum zum Aushalten war. Immer wieder strich sie mit ihren Händen über den trockenen Stoff, bis schließlich ein Ruck durch ihren Körper ging. Sie zerrte keuchend Nora das Hemd vom Leib.

„Entschuldige bitte", murmelte sie, als sie sich das Nachthemd überstreifte.

Es wärmte nicht, aber dennoch fühlte sich Ella besser. Nur wie sollte es jetzt weitergehen? Für eigene Entscheidungen war sie doch noch viel zu klein. Mama und Papa hatten ihr stets gesagt, wann sie vor dem Essen die Hände waschen oder ins Bett gehen sollte. Angestrengt dachte sie darüber nach, wer ihr wohl das Kissen aufs Gesicht gedrückt und sie an diesen grauenvollen Ort gebracht haben könnte. Doch die Erinnerung daran war wie ausgelöscht.

Papa vielleicht? War er wirklich so gemein? Aber er hatte auch Mama die Hände um den Hals gelegt und mit ihr gestritten.

„Nora, ich werde jetzt weggehen, ich kann nicht bei dir bleiben."

Ella beugte sich nach vorn, um ihre Schwester zum Abschied zu küssen. Sie ekelte sich ein wenig, als ihre Lippen die kalte Haut berührten, und strich durch Noras Locken. Dann richtete sie sich auf und überlegte, wohin sie laufen könnte. Sie durfte auf keinen Fall noch einmal ins Wasser fallen.

Auf allen vieren krabbelte sie in die entgegengesetzte Richtung und der Hall der Tropfen wurde stetig leiser. Gut so. Doch nur wenige Meter weiter wurde sie durch eine Felswand gestoppt. Was nun?

Sie war den Tränen nahe und setzte sich auf den Boden. Leise schniefend schob sie sich den Daumen in den Mund

und nuckelte daran. Das hatte sie seit Ewigkeiten nicht mehr getan, weil Mama das nicht mochte. „Ella, Liebes, du bekommst davon noch ganz schiefe Zähne", hatte ihre Mutter sie stets ermahnt. Aber Mama war nun einmal nicht hier und sie brauchte dringend etwas Trost.

Während sie am Daumen nuckelte, wurden ihre Lider schwer. Zusammengesunken rollte Ella sich auf die Seite und gab der grenzenlosen Erschöpfung nach.

Ein polterndes Geräusch ließ Ella auffahren. Ihr Herz pochte wie verrückt, so sehr hatte sie sich erschrocken. Ein Stein musste sich von der Decke gelöst haben und war mit lautem Getöse nach unten gefallen. Es knirschte und knackte über ihr und sie hatte Todesangst.

Ihre Haare waren noch immer feucht und sie fror wie ein junger Hund. Irgendwo da draußen musste der Sommer sein, mit einem sanften Wind, der ihr durch die Haare streichen würde und wärmenden Sonnenstrahlen auf ihrer Haut. Bei so einem schönen Wetter hatte sie meistens mit Nora im Garten gespielt.

Und plötzlich war er da, dieser grässliche Schmerz in ihrer Brust, der sie förmlich zerriss. So hatte sie noch nie empfunden. Aber genau dieser Schmerz war es, der sie aufstehen ließ. Sie musste Mama und Papa suchen, um ihnen von Nora zu erzählen. Vielleicht war sie gar nicht tot und ein Arzt konnte sie wieder gesund machen. Sie wusste ja nicht einmal genau, wie ein toter Mensch überhaupt aussah, sie hatte schließlich noch nie einen gesehen.

Also tastete sie sich weiter an der Felswand entlang. Diese Höhle oder was immer es auch war, schien nicht sehr groß zu sein, denn Ella näherte sich wieder dem tropfenden Geräusch. Sie wollte schon aufgeben und sich wieder auf den

Boden hocken, als sie einen Luftzug auf ihrer Haut spürte. Was war das?

Sie beschloss, der Sache auf den Grund zu gehen, und tastete sich vorsichtig voran. Der sanfte Hauch verstärkte sich und dann griff Ella ins Leere. War das ein Weg, der sie aus dieser Dunkelheit führen würde?

Der Gang war sehr schmal und schlängelte sich durch das Felsgestein. Es roch extrem nach verfaultem Holz, aber das störte sie nicht. Jeder einzelne Schritt über den unebenen Boden schmerzte. Als sie mit den Fingerspitzen ihre Fußsohlen berührte, konnte sie eine warme Feuchtigkeit spüren. Wenn sie doch nur ihre Turnschuhe, eine warme Winterjacke und die Taschenlampe, die auf der obersten Stufe der Kellertreppe lag, bei sich haben könnte. Dann wäre es so viel einfacher, hier entlangzulaufen.

Sie biss die Zähne fest zusammen und tappte weiter. Endlich konnte sie in der Ferne ein schummriges Licht ausmachen und auch die Luft war nicht mehr so kalt wie zuvor. Das schenkte Ella neuen Mut und sie setzte tapfer ihren Weg fort.

„Mami, ich komme gleich zu dir“, flüsterte sie und kämpfte gegen die Tränen an.

Sie musste irgendwie durchhalten, dabei fürchtete sie sich so sehr. Es war völlig neu für sie, niemandem an ihrer Seite zu haben und sich mit dem Schicksal allein auseinanderzusetzen. Am Vormittag hatte sie die Vorschule besucht und den Nachmittag meist zu Hause mit Nora oder bei Finna verbracht. Jeder hatte sich um sie gesorgt, doch nun war alles anders.

Nach den unzähligen Biegungen verlief der Gang nun schnurgeradeaus. Zuerst hatte Ella die Öffnung nur als einen winzigen, ein wenig heller schimmernden Punkt in der Ferne wahrgenommen. Aber jetzt konnte sie erkennen, dass diese groß genug war, um sich hindurchzuzwängen. Sie spürte die milde, ja fast warme Luft auf ihrer Haut und selbst das grässliche Zittern ihrer Muskeln hatte nachgelassen.

Völlig entrückt lief Ella über den steinigen Boden, der ihr weitere Wunden zufügte. Aber das war ihr egal. Hauptsache, sie konnte diesem grauenvollen Ort entkommen.

Endlich hatte sie ihr Ziel erreicht und krabbelte, so schnell sie konnte, durch die Öffnung ins Freie. Ein unangenehmer Schauer fuhr durch ihren Körper, als sie sich umsah. Bäume, nichts als Bäume und finstere Nacht. Schluchzend ließ sie sich ins weiche Moos fallen.

„Mami, warum holst du mich hier nicht weg?"

Wie sollte sie nur bis nach Hause finden? Die Wälder waren riesig. Mit Oma und Opa war sie zum Beerenpflücken und Pilzesammeln endlose Schotterstraßen entlanggefahren. Schon jetzt war jeder einzelne Schritt auf den nackten Sohlen eine Qual.

Auf allen vieren kroch Ella zu einer kleinen Insel aus unzähligen Farnwedeln und rollte sich unter ihnen wie ein kleines Kätzchen zusammen. Sie steckte den Daumen in den Mund und schloss erschöpft die Augen. Nur wenige Atemzüge später war sie eingeschlafen.

7

Finna wartete vor dem Haus ungeduldig auf Ingrid, Liljas Mutter. Sie wollten heute gemeinsam die persönlichen Dinge von Lilja durchsehen, um nach möglichen Hinweisen zu suchen. Die Polizei hatte das Einfamilienhaus mittlerweile freigegeben und besonders Ingrid hatte es kaum erwarten können, sich genauer umzuschauen.

Endlich bog der Wagen der Jolms um die Ecke und hielt in der Einfahrt. Ingrid verabschiedete sich mit einem Kuss auf die Wange von ihrem Mann und stieg aus. Die Autotür flog ins Schloss, dann eilte Ingrid zum Haus, wo sie Finna umarmte und an ihr Herz drückte.

„Danke Liebes, dass du dir die Zeit genommen hast", sagte sie und blinzelte angestrengt die Tränen fort.

„Du musst mir nicht danken. Ich bin froh, dass ich helfen kann", erwiderte Finna. „Wenn ich nur zu Hause herumsitze, fällt mir noch die Decke auf den Kopf."

Ingrid schloss die Haustür auf und trat ein. „Zuerst muss ich lüften, hier riecht es ja schlimmer als in einem Krankenhaus nach Desinfektionsmitteln", rief sie und machte sich an den Fenstern zu schaffen. Dann drehte sie sich zu Finna um. „Warum bleibst du auf der Schwelle stehen?"

Finna atmete tief durch. Sie hatte Ingrid nichts von den Stimmen erzählt und allein der Gedanke reichte aus, um ihr einen Schauer über den Rücken zu jagen. Liljas Mutter trug noch die irrationale Hoffnung in sich, dass ihre Tochter noch am Leben sein könnte, und Finna scheute sich, sie mit der infrage kommenden Wahrheit zu konfrontieren.

„Alles in Ordnung mit dir?"

„Entschuldige bitte, aber das setzt mir doch stärker zu, als ich erwartet habe."

Ingrid machte einen Schritt auf sie zu, um sie in den Arm zu nehmen.

„Ach Mädchen, auch ich verstehe die Welt nicht mehr."

Auch Ingrid gab dem Drang nach, ihren Tränen freien Lauf zu lassen, und so lagen sich die Frauen weinend in den Armen.

„Es tut so gut, ein wenig Trost zu finden", hauchte sie.

„Ich weiß, Ingrid, ich weiß. Die Leute haben eine Weile Geduld mit dir und deiner Trauer. Aber dann ziehen sie sich zurück und leben ihr Leben weiter, so als wäre nie etwas geschehen, während unsere Welt zusammengebrochen ist."

„Du verstehst es so gut, meinen Schmerz in Worte zu fassen. Sämtliche Freunde und Verwandte behandeln mich wie ein rohes Ei und bieten mir ihre Hilfe an, gar keine Frage. Aber tief in meinem Herzen bin ich entsetzlich einsam und kann mit niemandem meine Trauer teilen."

„Ich empfinde genauso und will nur noch, dass das alles auf der Stelle ein Ende hat."

„Ach Finna, ich würde mein Leben dafür geben, um das Rad der Zeit noch einmal zurückdrehen zu dürfen. Allein der Anblick meiner Enkelinnen, wie sie fröhlich durchs Haus toben …" Ingrids Stimme erstarb.

„Die Hoffnung stirbt zuletzt", sagte Finna und erkannte noch im selben Augenblick, wie abgedroschen dieser Satz klang.

„Du hast ja recht, machen wir uns an die Arbeit."

Ingrid tupfte sich mit einem Taschentuch die Tränen von den Wangen. Sie hatte ein wenig Make-up aufgelegt, um die dunklen Augenringe und die kranke Blässe zu überdecken, aber mittlerweile war alles verschmiert.

„Ich bin mal kurz im Badezimmer", sagte sie und zog die Tür hinter sich zu.

Finna stand verloren im Flur und horchte angestrengt. Bitte keine Stimmen, dachte sie, sonst renne ich schreiend aus dem Haus. Glücklicherweise blieb alles still und sie machte zwei zaghafte Schritte in Richtung Wohnzimmer. Außerdem würde sie sich dazu zwingen müssen, in Liljas Sachen herumzuwühlen. Dies war normalerweise so gar nicht ihre Art. Leben und leben lassen – hieß ihr Motto, nach dem sie sich stets gerichtet hatte. Meist kümmerte sie sich nur um Menschen, die tatsächlich Hilfe bedurften.

„Du wirkst ziemlich verstört", ertönte Ingrids Stimme plötzlich hinter ihr und Finna zuckte zusammen. „Entschuldige bitte, es war nicht meine Absicht, dich zu erschrecken."

„Schon gut, ich war nur in Gedanken."

Ingrid musterte sie aufmerksam. „Sag mal, mein Mädchen, verschweigst du mir etwas?"

„Nein, nein", erwiderte Finna rasch. „Ich fühle mich nur etwas unwohl dabei, Liljas persönliche Sachen zu durchsuchen."

„Da musst du dir keine Sorgen machen. Schließlich ist es in ihrem Sinne, wenn wir Licht ins Dunkel bringen."

„Auch wieder wahr“, stimmte Finna ihr zu. „Wo fangen wir an?“

„Gute Frage. Im Wohnzimmer vielleicht? Wir können die Unterlagen ja gemeinsam durchgehen, dann fühlst du dich nicht ganz so schuldig.“

„Ein guter Vorschlag“, stimmte Finna ihr zu und war unglaublich erleichtert. Sie wollte auf keinen Fall allein in einem Zimmer sein. Ingrid machte sich bereits an den Schubladen der modernen Schrankwand zu schaffen und breitete die Unterlagen auf dem Tisch aus.

„Du nimmst den rechten Stapel und ich den linken“, sagte sie und setzte sich auf die Couch.

Rechnungen über Reparaturen am Haus, Garantieurkunden von Haushaltsgeräten, Kontoauszüge und, und, und …

Enttäuscht legte Finna die Papiere wieder zurück auf den Tisch. „Absolut nichts, was auffällig wäre“, sagte sie.

„Ich bin genauso wenig erfolgreich wie du. Dann knöpfen wir uns jetzt das Schlafzimmer vor.“

Die Holztreppe knarrte leise unter dem zusätzlichen Gewicht, als Finna Ingrid nach oben folgte. Das Schlafzimmer war penibel aufgeräumt, was sie merkwürdig empfand. Lilja hatte zwei Kinder und ging nebenbei arbeiten. Viel zu oft hatte ihr die Zeit gefehlt, um überall Ordnung zu halten.

Kaum hatte Ingrid den Schrank geöffnet, strich sie mit den Fingerspitzen andächtig über Liljas Kleidungsstücke und brach erneut in Tränen aus. Schluchzend ließ sie sich aufs Bett fallen und schlug die Hände vors Gesicht.

„Lilja hat sich mit einundzwanzig Jahren ihr erstes Haus gekauft und renoviert und nur ein Jahr später den heimtückischen Krebs besiegt. Nachdem sie die Diagnose erhalten hatte, keine Kinder mehr bekommen zu können, war sie schwanger geworden. Meine Tochter war eine Kämpfernatur und ich kann nicht begreifen, wer ihr das angetan haben könnte."

Finna setzte sich zu Ingrid aufs Bett und legte tröstend den Arm um ihre Schulter.

„Die Polizei wird Aron nicht umsonst verhaftet haben", sagte sie.

Ingrid tupfte sich die Tränen fort. „Ich kann nicht glauben, dass er der Täter sein soll. Er hat Lilja und seine kleinen Mädchen doch über alles geliebt? Oder etwa nicht?"

Sie sah Finna mit schreckgeweiteten Augen an, in denen sich berechtigte Zweifel spiegelten. „Verschweigst du mir etwas?"

Finna entschied sich, die Wahrheit zu sagen. „Die Probleme zwischen Aron und Lilja haben in letzter Zeit zugenommen, besonders wegen der Schwangerschaft."

„Aber warum?", fragte Ingrid und zerknüllte das Taschentuch. „Ich meine, Aron hat sich doch immer einen Sohn gewünscht und war sicher überglücklich darüber, dass es endlich geklappt hat."

„Ach Ingrid, ich verstehe das ja auch nicht. Aron hat sich verändert, nicht nur äußerlich. Manchmal hatte es sogar den Anschein, als wäre ihm seine einst so heiß geliebte Familie ein Klotz am Bein."

„Hast du vielleicht eine Ahnung, warum das so war?" Ingrid holte Liljas Kosmetikkoffer hervor und öffnete das Sicherheitsschloss mit einem Code. „Das Datum, an dem Lilja die Nachricht erhalten hat, dass der Krebs besiegt worden ist", erklärte sie und kramte sich durch die Schminkutensilien. Lilja war eine gepflegte Frau und hatte sich gern zurechtgemacht.

„Männer haben anscheinend manchmal das Gefühl, etwas zu verpassen", antwortete Finna.

„Hm, er ist doch gerade einmal Ende dreißig."

„Ich weiß auch nicht, was in seinem Kopf vorgegangen ist. Er hat sich jedenfalls sehr merkwürdig verhalten."

Ingrid fischte einen Zettel aus dem Seitenfach heraus und faltete ihn auseinander.

„Tove, Jara, Anna, Svea, Andrea, Sina ... Hast du eine Idee, warum Lilja diese Namen notiert haben könnte?"

„Vielleicht hat sie am Anfang der Schwangerschaft mit einem Mädchen gerechnet", erwiderte Finna.

Ingrid steckte den Zettel zurück ins Seitenfach. „Vermutlich hast du recht und er ist völlig unbedeutend." Erneut sammelten sich Tränen in ihren Augen. „Wenn meiner Tochter etwas zugestoßen ist, werde ich niemals meinen Enkelsohn kennenlernen. Ich klammere mich tagtäglich an die Hoffnung, dass Nora, Ella und Lilja noch am Leben sind. Aber tief in meinem Herzen kann ich spüren, dass dem nicht so ist."

„Es tut mir so leid." Finna umarmte Ingrid.

„Nun gut, machen wir weiter."

Ingrid und Finna verbrachten vier weitere Stunden damit, in Liljas persönlichen Sachen nach Hinweisen zu suchen, jedoch ohne Erfolg.

„Schade, ich hatte mir wirklich mehr erhofft", sagte Ingrid enttäuscht. „Wenn nicht bald geklärt wird, wo meine Mädchen abgeblieben sind, drehe ich noch durch."

„Wir müssen der Polizei vertrauen, die Beamten haben bedeutend mehr Möglichkeiten."

„Aber die Suche dauert mir viel zu lange. Vielleicht hätten die drei rechtzeitig gerettet werden können ..."

Ingrids Stimme brach und ihre Schultern zuckten verdächtigt. Dennoch hielt sie tapfer die Tränen zurück. Genau in diesem Moment bog ihr Mann Anders in die Einfahrt und hupte einmal kurz.

„Ich muss los", sagte Ingrid und griff nach den Fotos, die auf der Kommode standen. „Die möchte ich unbedingt mitnehmen."

„Verständlich", antwortete Finna. „Hättest du etwas dagegen, wenn ich das Körbchen und die Leine von Felix ausborge?“

„Aber nein. Ich bin doch froh, dass du dich so liebevoll um ihn kümmerst. Momentan wäre ich überhaupt nicht dazu in der Lage.“ Abermals schniefte Ingrid leise.

„Das kann ich gut verstehen.“

„Er fühlt sich doch wohl bei euch?“

„Ja, das tut er. Nur hin und wieder liegt er vor der Tür und fiept leise vor sich hin. Dann zerreißt es mir das Herz.“

„Ach Gottchen“, seufzte Ingrid bedauernd.

Gemeinsam verließen sie das Haus, nachdem Finna das Körbchen, Spielzeug und die Leine von Felix an sich genommen hatte.

„Bitte melde dich zwischendurch“, bat Ingrid. „Es tut meiner Seele gut, mit dir reden zu können.“

„Das werde ich, keine Sorge“, versprach Finna. Sie winkte Ingrid so lange zu, bis der Wagen hinter der nächsten Kurve verschwunden war. Dann stand sie verloren vor dem Haus und konnte förmlich den stechenden Blick im Nacken spüren.

Abrupt drehte sie sich um, doch es war keine Menschenseele zu sehen. Finna hatte die Stimmung im Haus als unheimlich und beklemmend empfunden. Kein Wunder, wo doch früher stets ein fröhliches Kinderlachen durch die Räume gehallt war.

8

Jonas zog sich seine alte Joppe über und schnappte sich den runden Weidenkorb, der mit Zeitungspapier ausgelegt war.

„Hilda, was trödelst du so herum? Willst du etwa, dass uns die dicksten Beeren weggeschnappt werden?“, rief er in Richtung Küche.

„Meine Güte, musst du mich so hetzen?“, antwortete ihm seine Frau und band sich die Schürze ab.

„Du wolltest doch einen Kuchen für deine Enkel backen, nicht ich“, brummte Jonas und öffnete die Haustür. Er stieß einen leisen Pfiff aus und sofort kam Ede, sein Jagdhund, um die Ecke gewetzt. „Braver Junge“, lobte Jonas. „Da kann sich dein Frauchen eine dicke Scheibe abschneiden.“

„Das habe ich gehört", antwortete Hilda spitz und stemmte die Fäuste in die Hüften. „Wenn du so weitermachst, wirst du der Einzige sein, der vom Kuchen nichts abbekommt."

Jonas klopfte sich auf den Bauch. „Hm, ist vielleicht auch besser so. Seit ich in Rente bin, habe ich ganz schön zugelegt." Sein dröhnendes Lachen schallte durchs Haus. „Können wir endlich los?"

„An mir soll es nicht liegen", erwiderte Hilda und knuffte Jonas in die Seite. Ihr zärtlicher Blick verriet die tiefe Zuneigung, die auf Gegenseitigkeit beruhte. Trotz der täglichen Sticheleien oder gerade deswegen. Drei erwachsene Kinder und ein erfülltes Leben, das war Grund genug, um glücklich zu sein.

Der Motor ihres alten Volvos röhrte, als Jonas vom Hof fuhr. Ede fiepte in seiner Box, weil er es kaum erwarten konnte. Hilda indes warf einen melancholischen Blick auf die vorüberziehende Landschaft. Schön war es hier, mit dunklen Wäldern und hell schimmernden Seen, in denen sich die Wolken spiegelten. Hilda hing an diesem Fleckchen Erde und war nur ein einziges Mal mit Jonas nach New York gereist. Eine hektische Großstadt, in deren Anonymität man regelrecht versank. Außerdem war der Lärm kaum zu ertragen gewesen.

„Worüber denkst du so angestrengt nach?", fragte Jonas.

„Wie glücklich ich hier bin", antwortete sie.

„Darüber musst du nachdenken?"

„Alter Brummbär", lachte Hilda.

Kurz darauf bog Jonas auf einen Waldweg und stellte den Wagen zwischen dichtem Buschwerk ab.

„Aussteigen, bitte", rief er gut gelaunt.

Hilda hatte ihren Weidenkorb dabei und befreite Ede aus seiner Box. Der Hund sprang fröhlich um Jonas und Hilda herum und freute sich unbändig auf den gemeinsamen Spaziergang.

„Ach, wenn der weite Weg nur nicht wäre“, seufzte Hilda.

„Aber da gibt es die süßesten Beeren“, antwortete Jonas.

„Sicher, aber manchmal frage ich mich schon, wie lange wir diese Strecke noch bewältigen können.“

„Ach Hilda, wir gehören noch lange nicht zum alten Eisen“, munterte Jonas sie auf. „Ich liebe deinen Kuchen und erwarte von dir, dass er auch die nächsten Jahre noch auf dem Kaffeetisch steht.“

„Hört, hört, Jonas entwickelt sich zu einem kleinen Pascha“, scherzte Hilda und griff nach seiner Hand. Hier sah es niemand und sie liebte Jonas’ Pranken, mit denen er kräftig zupacken konnte.

„Warum strahlst du so?“, fragte er mit einem wissenden Seitenblick.

„Ach, nichts ...“, quittierte sie seinen Satz mit einem schelmischen Lächeln.

„Du wirst doch wohl keine Hintergedanken haben, Hilda? Ich kenne dieses Lächeln.“

„Jetzt ist’s aber gut.“ Sie knuffte ihn erneut in die Seite. „Sag mal, wo ist überhaupt Ede abgeblieben?“

„Keine Ahnung, ich dachte, er wäre gerade noch neben mir gewesen.“ Jonas reichte Hilda seinen Korb und formte seine Hände zu einem Trichter. „Ede, komm sofort hierher!“

Nachdem er mehrmals vergebens gerufen hatte, vernahmen Jonas und Hilda ein Bellen, das sehr weit entfernt klang.

„Oh nein, er wird doch wohl kein Reh gestellt haben?“, fragte Hilda bang.

„Das glaube ich nicht. Ede ist extra aus der Zucht ausgemustert worden, weil er über keinen Jagdtrieb verfügt. Wir werden ihn suchen und ganz nebenbei Beeren pflücken.“

Jonas stapfte sogleich querfeldein und Hilda folgte ihm. Ede war wirklich gut erzogen und es musste einen triftigen Grund geben, warum er sich von ihnen entfernt hatte.

Immer wieder rief Jonas nach dem Hund, der brav mit einem Bellen antwortete.

„Er scheint sich Gott sei Dank nicht von der Stelle zu bewegen“, schnaufte Jonas.

„Ich bin trotzdem ein wenig beunruhigt. Ede ist noch nie weggelaufen.“

„Irgendwann ist immer das erste Mal“, antwortete Jonas. „Wir sind ja gleich da und dann kommt er für den Rest des Tages an die Leine, versprochen.“

Hilda murmelte etwas Unverständliches und bückte sich, um einige Beeren zu pflücken, während Joans seinen Weg fortsetzte. Nur wenige Augenblicke später hörte Hilda ein freudiges Fiepen und Jonas’ Stimme, die beruhigend auf Ede einredete. In Eile legte Hilda die Strecke zurück und kam atemlos vor Jonas zum Stehen.

„Wie ich sehe, konntest du unseren Ausreißer wieder einfangen.“

„Ja, er ist eben ein braver Junge“, lobte Jonas den Hund.

„Warum er wohl weggelaufen ist?“, fragte Hilda.

Jonas deutete auf eine Öffnung, die zwischen den großen Steinquadern kaum zu sehen war.

„Eine Höhle?“

Jonas nickte.

„Wahrscheinlich hat sich da nur ein Tier verkrochen“, sagte Hilda mit einem erleichterten Gesichtsausdruck.

„Ich will trotzdem einen Blick hineinwerfen, wo wir nun schon einmal hier sind.“ Jonas zog sein Smartphone aus der Hosentasche und ging in die Hocke. „Wir haben hier zwar kein Netz, aber ich kann das Licht einschalten.“

Hilda legte ihre Hand auf seine Schulter. „Jonas, bitte geh nicht“, bat sie leise.

„Ach, was soll schon passieren“, wehrte er Hildas Bedenken ab und reichte ihr die Hundeleine.

„Die Decke könnte über dir einstürzen“, sagte sie besorgt.

„Denk positiv, mein Mädchen.“ Jonas zwinkerte ihr fröhlich zu. „Nur ein kurzer Check, ich bin gleich wieder zurück."

„Wenn es unbedingt sein muss …", murmelte Hilda widerwillig und ließ ihren Mann ziehen. Ganz wohl war ihr nicht bei der Sache und die Minuten verstrichen zäh wie Kaugummi. „Jonas, alles in Ordnung?", rief sie durch die Öffnung und ihre Worte klangen seltsam dumpf.

„Ja, ja, alles bestens", lautete seine knappe Antwort.

Er musste ziemlich weit im Inneren stecken, und dieser Umstand verunsicherte sie. „Ede, warum bist du auch weggelaufen", schimpfte sie mit dem Hund, der seine treuen braunen Augen auf sie richtete und mit der Rute wedelte.

Wie aus dem Nichts tauchte Jonas plötzlich neben ihr auf, packte sie am Oberarm und zerrte sie mit sich. „Komm schnell", keuchte er.

„Jonas, was ist los?", rief Hilda bestürzt.

„Das erkläre ich dir später. Ich will dich nur von diesem schrecklichen Ort weghaben", stammelte er und verstärkte seinen Griff, als Hilda versuchte, sich loszureißen.

Sie stolperte über die Wurzeln und hätte beinahe die Leine losgelassen, doch der Griff von Jonas lockerte sich nicht. Schwer atmend kamen sie neben dem Volvo zum Stehen.

„Du sagst mir jetzt sofort den Grund für dein merkwürdiges Verhalten", forderte Hilda wütend.

„Ich muss zuerst die Polizei anrufen", antwortete Jonas und wählte den Notruf.

Angespannt lauschte sie seinen Worten und ihr Herzschlag setzte für eine Schrecksekunde aus. Ihr Mann hatte in der Höhle ein totes Mädchen gefunden.

9

Nachdem die Kriminaltechniker mögliche Spuren rund um den Tatort gesichert hatten, wurde das Mädchen aus dem stillgelegten Stollen transportiert.

„Darf ich einen Blick auf die Kleine werfen?“, bat Linda und öffnete den Reißverschluss der Leichenhülle. Es handelte sich zweifelsfrei um Nora, die Tochter von Lilja und Aron Gunnarsson. „Oh nein“, stöhnte sie leise. „Ich hatte wirklich gehofft, dass mir dieser Anblick erspart bleiben würde.“

„Sieht so aus, als hätte uns Aron absichtlich mit seiner Mitleidsnummer getäuscht“, sagte Jörgen.

„War sie nackt?“, erkundigte sich Linda.

„Ja“, bestätigte der Kollege. „Allerdings wurde ein Nachthemd neben der Leiche gefunden."

„Etwa Missbrauch?", platzte es aus Linda heraus, doch der Kollege schüttelte den Kopf.

„Das Kleidungsstück ist einige Nummern zu klein und klatschnass."

„Das kann nur der kleineren Ella gehören. Wo ist die jüngste Tochter abgeblieben?"

„Die Leichenspürhunde haben den gesamten Bereich abgesucht und nichts gefunden."

„Vielleicht ist sie noch am Leben", sagte Linda.

Jörgen zuckte ratlos mit den Schultern. „Darauf würde ich nicht hoffen."

„Aber warum wurden die Schwestern nicht gemeinsam abgelegt? Das einzelne Nachthemdchen deutet doch darauf hin."

„Wir haben zuerst angenommen, dass sie vielleicht ins Wasser geworfen wurde. Aber wir konnten bis auf den Grund sehen und da war nichts", antwortete der Beamte.

„Keine weiteren Kleidungsstücke", fragte Linda nach.

„Nein."

Linda drehte sich wieder zu Jörgen. „Wir sollten zurückfahren, um Aron Gunnarsson erneut zu vernehmen. Ich will die Mantrailer nicht ins Ungewisse schicken."

„Der Meinung bin ich auch", stimmte Jörgen ihr zu und lief mit ihr gemeinsam zum Wagen.

Aron Gunnarsson hockte zusammengesunken auf dem Stuhl neben seinem Anwalt. Sein Gesicht wirkte eingefallen und ein ungepflegter Bart wucherte am Kinn. Er schien im Selbstmitleid versunken, jedoch von Reue keine Spur.

„Sie haben von Ihrem Anwalt sicher schon erfahren, dass wir Ihre Tochter Nora tot geborgen haben."

„Ja", antwortete Gunnarsson teilnahmslos. Nur seine Kiefer mahlten und verrieten die tatsächliche Anspannung.

„Haben Sie uns etwas mitzuteilen, das sich strafmildernd auswirken könnte?"

Linda musterte ihn mit einem scharfen Blick, aber Gunnarsson schüttelte kaum merklich seinen Kopf.

„Wo ist Ella?"

„Ich weiß es nicht", murmelte er und starrte an ihr vorbei an die gegenüberliegende Wand.

„Sie kommen aus dieser Nummer sowieso nicht mehr raus", sagte sie mit einem drohenden Unterton. Gunnarssons Anwalt hob ruckartig den Kopf und kniff tadelnd die Augen zusammen.

„Ich fordere Sie nochmals auf, Ihr Schweigen zu brechen und uns zu sagen, wo Sie Ihre Frau Lilja und Ihre jüngste Tochter Ella abgelegt haben."

„Ich habe meine Frau und meine Töchter nicht umgebracht."

Gunnarssons Stimme klang müde und distanziert, so als wäre er nicht in diesen Fall involviert. Linda hingegen kochte innerlich und es fiel ihr schwer, ihren Zorn zu zügeln. Ein Wort, nur ein einziges Wort von Gunnarsson könnte dafür sorgen, dass der Fall zu den Akten gelegt werden könnte. Aber nein, der Herr legte absolut keinen Wert darauf, mit ihnen zu kooperieren.

Sein Anwalt räusperte sich. „Mein Mandat hat mir glaubhaft versichert, nichts mit dem Tod von Nora zu tun zu haben." Er stieß Gunnarsson mit dem Ellenbogen an.

„Lilja wird die Mädchen umgebracht haben, um sich an mir zu rächen", behauptete Aron Gunnarsson.

„Wie bitte?"

Diese Aussage erschien Linda geradezu absurd, zumal seine Frau ein Kind erwartete. Während der Schwangerschaft war eine Frau besonders emotional und entschuldigte vieles. Außerdem erzürnte sie, dass dieser Mann die Schuld ständig von sich wies und sich selbst zum Opfer dieses dramatischen Falles machte.

„Sie glauben doch nicht ernsthaft, dass Ihre Frau der Rache wegen die gemeinsamen Töchter umgebracht hat, oder? Mit dieser Aussage machen Sie es sich ziemlich leicht."

„Lilja ist zu einer Furie mutiert, wenn es nicht nach ihrem Willen ging", konterte Gunnarsson.

„Von dem, was wir bisher gehört haben, ist Ihre Ehefrau eine starke Persönlichkeit, die nichts so schnell aus der Bahn werfen konnte. Für mich ist es daher absolut nicht nachvollziehbar, dass sie aus Rachsucht ihre Töchter getötet haben soll."

„Sie können es glauben oder auch nicht", erwiderte Gunnarsson abfällig.

Linda mochte diesen Mann nicht. Für sie waren Menschen, deren Welt sich nur um sich selbst drehte, schon immer suspekt gewesen. Aron Gunnarsson hatte seine Familie als Last empfunden und eine hohe Gewaltbereitschaft war bei ihm zweifellos vorhanden. Schließlich hatte er seine Hände um den Hals seiner schwangeren Ehefrau gelegt und sie bis zur Bewusstlosigkeit gewürgt.

„Sie haben Ihrer Frau Gewalt angetan", entgegnete sie kühl.

„Ja, das ist ein großer Fehler gewesen und deshalb wollte sie sich rächen."

„Und Sie haben den Lügendetektortest nicht bestanden", schob Linda nach.

„Sie hätten mich doch sofort für den Tatverdächtigen gehalten, wenn ich abgelehnt hätte. Seitdem bombardieren Sie mich regelrecht mit Vorwürfen."

„Sie sind vor ein paar Stunden über den Tod Ihrer Tochter informiert worden und ich vermisse bei Ihnen Reue, Trauer und ein Schuldeingeständnis."

„Verdammt, wie oft soll ich mich noch wiederholen?“ Gunnarsson war aufgesprungen. „Ich habe meine Frau und meine Töchter nicht getötet.“

Er funkelte Linda zornig an. Der Beamte schritt umgehend ein und drückte Gunnarsson auf den Stuhl.

„Es gibt einen Zeugen, der gesehen hat, wie Sie nachts mit Ihrem Wagen durch die Straßen gefahren sind.“

Gunnarsson erblasste und der Anwalt hob erstaunt seinen Blick.

„Was haben Sie dazu zu sagen?“

„Nichts. Ich meine …“, verhaspelte sich Gunnarsson. „Ich musste raus aus dem Haus, ich habe es einfach nicht mehr ausgehalten. Lilja hat mich gereizt und ich bin durchgedreht.“

„Wohin sind Sie gefahren?“

„Einmal quer durch die Stadt ohne Ziel.“

„Wie lange sind Sie unterwegs gewesen?“, hakte Linda nach.

Gunnarsson zuckte mit den Schultern. „Drei, vier Stunden vielleicht.“

„Nur durch Ludvika?“

Er nickte.

„Gibt es Zeugen? Eine Tankstelle vielleicht?“

„Nein. Ich bin nur ziellos herumgefahren, um mich abzureagieren.“

„Haben Sie das nicht schon bei Ihrer Ehefrau getan?“ Linda spielte absichtlich auf die häusliche Gewalt an.

„Diese Frage ist unter der Gürtellinie, Frau Kommissarin“, mischte sich Gunnarssons Anwalt ein.

„Ich möchte trotzdem wissen, warum Ihr Mandant die halbe Nacht durch die Gegend gefahren ist. Vielleicht um die Leichen seiner Frau und seiner Töchter zu entsorgen?“, erwiderte Linda.

„Das ist nichts als reine Spekulation“, brummte der Anwalt.

„Herr Gunnarsson, ich frage Sie noch einmal, warum Sie ausgerechnet in dieser Nacht stundenlang durch die Stadt gefahren sind?“

„Wie oft soll ich mich noch wiederholen? Ich musste aus dem Haus raus, sonst wäre ich noch verrückt geworden.“

„Wir werden Sie so lange vernehmen, bis wir wissen, ob Sie schuldig oder unschuldig sind“, blieb Linda hart.

„Sie wollen anscheinend nicht begreifen, dass ich mit dem Verschwinden meiner Frau und meinen Töchtern nichts zu schaffen habe“, echauffierte sich Gunnarsson, bis ihn ein mahnender Seitenblick seines Anwalts traf.

„Wer außer Ihnen könnte also noch ein Motiv haben?“, bohrte Linda weiter.

„Meine Frau, das sagte ich doch schon.“

„Der Wagen Ihrer Frau steht in der Garage und die Tasche mit den Ausweispapieren auf der Kommode. Außerdem fehlt kein einziges Kleidungsstück. Wie können Sie sich das erklären?“

„Das gehört zu Liljas ausgefeiltem Plan.“ Gunnarsson sank erschöpft auf dem Stuhl zusammen.

„Bitte zeigen Sie sich geständig, denn wir gehen inzwischen davon aus, dass Ihre Tochter Ella und Ihre Ehefrau nicht mehr am Leben sind. Kooperieren Sie mit uns.“

Gunnarssons ausdruckslose Miene brachte Linda zur Weißglut. Wie kaltschnäuzig musste man sein, um seine eigene Familie auszulöschen? Dieser Mann verschwieg ihnen wichtige Details, das konnte sie anhand seiner Körpersprache entnehmen.

„Für heute sollten wir die Vernehmung beenden“, schaltete sich Gunnarssons Anwalt ein. „Mein Mandat muss erst einmal den Tod seiner Tochter verkraften.“

Jörgen nickte Linda zu, auch er teilte die Ansicht des Anwalts. An Gunnarsson würden sie sich heute die Zähne ausbeißen, er war zu keinem Geständnis bereit. In Handschellen wurde er aus dem Raum geführt.

„Tja, dann müssen wir wohl oder übel den Obduktionsbericht abwarten“, sagte Linda frustriert.

„Wir werden Gunnarsson weichklopfen, verlass dich drauf“, antwortete Jörgen zuversichtlich.

10

Ach Felix, warum ausgerechnet jetzt“, rief Finna und machte einen Satz nach vorn.

Der Mischlingsrüde hatte auf dem Spaziergang wieder etwas Undefinierbares gegessen und sich nur wenige Minuten später in seinem plüschigen Körbchen übergeben. Seufzend schubste sie Felix von seinem Schlafplatz, um den Bezug zu wechseln und in die Waschmaschine zu stopfen.

„Musst du kleines Schweinchen immer alles fressen?“, schimpfte sie und zurrte den Reißverschluss auf. Etwas knisterte im Inneren und erstaunt zog sie einen gefalteten Zettel hervor. Er war auf dem gleichen linierten Papier geschrieben worden, wie der Zettel im Schminkkoffer und Finna begann neugierig zu lesen.

Neben den Namen, die auch auf dem Zettel im Schminkkoffer standen, hatte sich Lilja die vollständigen Adressen der Frauen notiert und Finna fragte sich, warum ihre beste Freundin diese Liste angefertigt und versteckt hatte.

Sie drehte den Bezug auf die andere Seite, falls sich noch ein weiteres Dokument darin verbergen würde. Aber das war nicht der Fall. Nachdenklich schaltete sie die Waschmaschine ein und kehrte ins Wohnzimmer zurück. Felix hatte es sich auf dem Sessel bequem gemacht und schnarchte leise.

Finna setzte sich an den Schreibtisch und klappte ihren Laptop auf. Dann gab sie nacheinander die Adressen ein, um zu schauen, wo genau diese Frauen wohnten. Tove wohnte außerhalb von Ludvika, Svea und Jara im Nachbarort, Andrea und Anna sogar mehrere Kilometer von Ludvika entfernt. Nur Sinas Adresse war das hiesige Studentenwohnheim. Seltsam. Was hatte Lilja mit diesen Namen nur gewollt?

Der schrille Klingelton des Telefons riss sie aus ihrer Grübelei.

„Ja bitte …“, sagte sie und hörte ein lautes Schluchzen am anderen Ende der Leitung. „Ingrid? Bist du das?“

„Ja. Die Polizei hat Noras Leiche gefunden“, stammelte sie ins Telefon und schnäuzte ein Taschentuch.

„Wo, um Gottes willen“, wollte Finna wissen.

„In diesem großen Waldgebiet, zehn Kilometer von Ludvika entfernt.“

„Wie ist Nora dorthin gekommen?“

„Ach Finna, woher soll ich das denn wissen“, erwiderte Ingrid gequält. „Bis eben hatte ich gehofft, dass sie vielleicht nur entführt worden sind. Aber die Nachricht vom Tod meiner geliebten Enkeltochter reißt mir den Boden unter den Füßen fort.“

„Ich kann dir nur mein tiefes Beileid und Mitgefühl aussprechen, Ingrid“, sagte Finna und ließ sich auf die Bank am Fenster sinken. Die Stimmen hatten am Ende doch recht behalten, Lilja und ihre Töchter schienen nicht mehr am Leben zu sein.

„Warum wurde nur Nora gefunden“, hakte Finna nach. „Was sagt die Polizei?“

„Sie ist in einem alten Stollen abgelegt worden, allein. Man hat nur das Nachthemdchen von Ella gefunden, aber nicht ihre …“, sie stockte und holte tief Luft. „Aber nicht ihren Leichnam.“

„Und Lilja?“

„Nichts, absolut nichts. Aron soll ausgesagt haben, dass Lilja ihre Mädchen umgebracht hat, um sich an ihm zu rächen. Kannst du dir das vorstellen?“, empörte sich Ingrid und brach wiederholt in Tränen aus. „Er ist ein Monster, ein wahnsinniges Monster“, schluchzte sie.

„Das gibt es doch nicht.“

Finna war fassungslos und konnte nicht begreifen, was hier vor sich ging. Arons Aussage traf sie mitten ins Herz, denn Lilja wäre zu so einer grausamen Tat niemals fähig gewesen. Ihm traute sie diese allerdings zu. Mit Aron war sie nie wirklich warm geworden und er hatte auch keinen Hehl draus gemacht, Finna lieber gehen als kommen zu sehen.

„Bist du noch da?“, fragte Ingrid leise.

„Ja, ich bin nur so geschockt wegen Nora, wegen Aron, ach …“

„Nach der Obduktion werden Noras sterbliche Überreste freigegeben und ich wollte dich bitten, ob du mich bei den Beerdigungsvorbereitungen unterstützen würdest?“

„Selbstverständlich Ingrid, gar keine Frage. Du hast ja meine Nummer und kannst mich zu jeder Tages- und Nachtzeit anrufen.“

„Danke, meine Liebe. Ich werde jetzt auflegen, ich bin total am Ende.“

„Das kann ich nur zu gut verstehen“, antwortete Finna. Minutenlang starrte sie an die gegenüberliegende Wand und war zu keinem klaren Gedanken mehr fähig. Nora war gefunden worden. Tot. „Oh Lilja", hauchte sie, „ich würde mir wünschen, ich hätte mich getäuscht."

Ein irrwitziger Gedanke schoss ihr durch den Kopf und obwohl sie sich davor fürchtete, Zeit allein im Haus von Lilja und Aron zu verbringen, beschloss sie, hinzufahren. Vielleicht gab es tatsächlich so etwas wie Botschaften aus dem Jenseits, eine andere Erklärung für dieses unheimliche Phänomen fiel ihr jedenfalls nicht ein. Sie könnte Ingrid um den Schlüssel bitten, der Zettel mit den Frauennamen musste warten.

Felix freute sich unbändig, als Finna vor seinem ehemaligen Zuhause ausstieg. Seine Rute wirbelte wie ein Propeller und Finna zerriss es das Herz, wie wahnsinnig sich der kleine Kerl freute. Gleich würden sie das leere Haus betreten und seine freudigen Erwartungen zerstören.

Mit gemischten Gefühlen schloss Finna die Eingangstür auf. Sie hatte sich unter Vortäuschung falscher Angaben den Schlüssel von Ingrid erschwindelt, um sie zu schützen. Vielleicht war das ein Fehler, ihr die Stimmen zu verschweigen, aber sie wollte Ingrid nicht jeglicher Hoffnung berauben, so wie das gleich bei Felix der Fall sein würde.

Finna löste die Leine und der Mischling stürmte fröhlich kläffend ins Haus. Wie ein Wirbelwind raste er durch alle Zimmer, um dann leise winselnd zu ihr zurückzukehren. Tröstend strich sie durch sein Fell.

„Es tut mir wirklich leid, mein Kleiner, dass ich dich so enttäuschen muss. Aber ich bin auf deine Hilfe angewiesen."

Sie durchstreifte die Räume, die noch genauso aussahen, wie sie diese verlassen hatten. Im Wohnzimmer setzte sie sich im Schneidersitz auf den Boden und stellte das Diktiergerät an, das sie sich von einer Freundin, die als Sekretärin arbeitete, ausgeborgt hatte.

„Lilja, Nora, Ella, seid ihr da?", fragte sie mit banger Stimme und ihr Herzschlag und ihre Atemfrequenz erhöhten sich. Felix hatte es sich auf ihrem Schoss bequem gemacht und leckte hingebungsvoll ihre Hand.

„Schaut mal, wen ich mitgebracht habe. Felix wohnt jetzt bei mir und ich kümmere mich gut um ihn. Stimmt's, mein Kleiner?"

Die Rute des Mischlings klopfte rhythmisch auf den Parkettboden, während Finna angestrengt lauschte. Als über ihr ein Deckenbalken knackte, schrie sie erschrocken auf. Felix machte einen Satz nach vorn und drehte sich verwundert zu ihr um.

„Sorry Felix, ich bin ein wenig schreckhaft", murmelte sie. „Vielleicht sollte ich erst einmal die Aufnahme checken."

Sie hatte sich im Internet schlaugemacht, wie man eine sogenannte Session veranstaltete. Aber um ehrlich zu sein, kam sie sich trotz ihrer Angst ziemlich dämlich vor.

Sie drücke auf den Wiedergabeknopf und hörte sich aufmerksam die Aufnahme an. Im Hintergrund war ein leises Knistern oder Rascheln zu vernehmen, aber mehr auch nicht. Nun ja, vielleicht würde sie geduldiger sein müssen.

„Lilja, Nora wurde tot aufgefunden, aber wahrscheinlich weißt du das schon", sprach Finna mit leiser Stimme. „Die Polizei ist auf der Suche nach dir und Ella und ich bin hier, um dich dabei um Hilfe zu bitten. Wir haben deine Stimme und Noras Kichern deutlich hören können und es wäre schön, wenn du mir einen Hinweis über deinen Aufenthaltsort geben könntest."

Abermals lauschte Finna angestrengt. Felix hatte es sich wie üblich auf einem Sessel bequem gemacht und sah zufrieden aus. Er war in seiner vertrauten Umgebung und Finnas Anwesenheit schien auf ihn wie ein Beruhigungsmittel zu wirken.

„Lilja, könntest du mir bitte, bitte ein Zeichen geben?",

flehte sie. „Ich vermisse dich und die Mädchen so sehr, dass es kaum zum Aushalten ist."

Bittere Tränen tropften auf Finnas Shirt. Lilja war ihre engste Vertraute gewesen und sie hatten nicht nur ein Geheimnis geteilt. Die gemeinsamen Gespräche und Unternehmungen fehlten ihr. Wenn Aron und Lilja hin und wieder ausgegangen waren, hatte sie oft das Haus und die Mädchen gehütet. Der Schmerz über den Verlust ihrer besten Freundin war unerträglich.

„Bitte Lilja, zeig dich mir", weinte sie leise.

Felix hob kurz den Kopf und horchte. Hatte er etwas wahrgenommen, was ihr verborgen geblieben war?

Finna stand auf und sah sich um. Wenn doch wenigstens ein Gegenstand wie in einem Horrorfilm zu Boden fallen würde. Aber so gar keine Reaktion zu erhalten, machte Finna traurig. Als ihr Smartphone genau in diesem Moment einen melodischen Klingelton von sich gab, zuckte sie erschrocken zusammen.

„Ingrid?" Finna fühlte sich sofort ertappt.

„Ich wollte nur wissen, ob alles in Ordnung ist. Ist jemand im Haus gewesen?"

Finna verneinte. „Alles ist noch so, wie wir es verlassen haben."

„Das ist gut. Entschuldige bitte, ich wollte auch nicht stören."

„Tust du nicht", versicherte sie rasch.

Felix war aufgesprungen, schüttelte sich und stupste mit seiner Schnauze gegen Finnas Hosenbein.

„Du hast den Hund dabei?", fragte Ingrid. „Ich höre sein Halsband klimpern."

„Ja, es ist so beklemmend allein im Haus", gestand Finna.

„Da gebe ich dir recht, die Stille ist nicht zum Aushalten. Rufe mich bitte kurz an, wenn du wieder zu Hause bist, ja?"

„Das werde ich, Ingrid", versprach Finna und beugte sich dann zu Felix hinunter. „Tja, was machen wir nun?", fragte sie den Hund und tätschelte ihm den Kopf. „Soll ich diese sinnlose Session beenden?“

Felix wedelte mit seiner Rute und lief freudig zur Tür.

„Na gut, ich habe verstanden.“

Finna stand die Enttäuschung ins Gesicht geschrieben, als sie das Haus verließ. Die Ungewissheit, was wohl in besagter Nacht geschehen sein könnte, brachte sie noch um den Verstand. Sie öffnete die Beifahrertür, damit Felix auf den Sitz springen konnte, und legte ihm den Hundegurt an. Dann startete sie den Motor und fuhr unverrichteter Dinge wieder nach Hause zurück.

11

Der Schrei eines Käuzchens riss Ella aus dem Schlaf. Blinzelnd streckte sie die Hand aus, um nach Nora zu tasten, doch sie war nicht da. Erst allmählich kehrte die Erinnerung zurück – die grauenvolle Dunkelheit, Noras steifer Körper und das eisige Wasser, in das Ella gefallen war.

Ihre Haare waren inzwischen getrocknet, aber die feuchte Kühle des Morgens sorgte für eine Gänsehaut. Hörte dieses entsetzliche Frieren denn niemals auf? Dabei war doch Hochsommer.

Ella legte ihre kleine Hand auf den Bauch, der unvermittelt zu knurren begann. Die Angst in dieser dunklen Höhle hatte ihr so zugesetzt, dass sie gar kein Hungergefühl verspürt hatte. Sie bog die Farnwedel auseinander und schaute sich um. Im diffusen Dämmerlicht konnte sie nicht allzu viel erkennen. Wenigstens waren die gruseligen Schreie verstummt.

Ella fürchtete sich noch immer. Noch war es dunkel und hinter jedem Schatten konnte ein Monster lauern. Oma hatte gesagt, dass Monster nur in Geschichten zum Leben erweckt werden konnten, dass sie real nicht existieren würden. Aber Oma hatte gut reden, sie hatte bestimmt noch nie eine Nacht allein im Wald verbringen müssen.

Während der Dämmerung erwachte allmählich das Leben um Ella herum. Die Vögel zwitscherten und ein Specht klopfte ein rasantes Stakkato. Aus dem Dickicht trat eine Ricke mit zwei Kitzen heraus und trabte äsend über die Lichtung. Wie im Märchen, staunte Ella und wagte kaum zu atmen. Jetzt war sie nicht mehr so allein, und dieser Gedanke spendete Trost.

Die Morgenröte zog auf und tauchte den Wald in zartrosa schimmerndes Licht. Jetzt fand Ella den Mut, sich von ihrem Nachtlager zu erheben. Obwohl sie jeden einzelnen Schritt genau abwägte, stieß sie leise Schmerzlaute aus. Es tat so furchtbar weh und sie wusste nicht, wie lange sie diese Strapazen noch durchhalten würde. Sie hatte nicht die geringste Ahnung, welche Richtung sie einschlagen musste, um nach Hause zu gelangen.

Mit Mühe und Not schaffte sie die wenigen Meter bis zur Lichtung, auf der eben noch die Rehe gegrast hatten. Was sie vorher nicht gesehen hatte, hier gab es auch Preiselbeer- und Blaubeersträucher in Hülle und Fülle und sie sank inmitten der Sträucher zu Boden. Sie pflückte und zupfte, was das Zeug hielt, und stopfte sich die saftigen Beeren in den Mund. Nie hatte eine Mahlzeit köstlicher geschmeckt.

Die Sonne schien inzwischen von einem azurblauen Himmel und Ella war froh, diese Lichtung gefunden zu haben. Sie badete regelrecht in den wärmenden Strahlen, die helle Kringel auf den Waldboden gemalt hatten.

Nachdem sie ihren Hunger gestillt hatte, überlegte sie, wie es weitergehen sollte. Sie musste unbedingt einen Weg aus dem Wald finden. Doch das war leichter gesagt als getan. Ihre Fußsohlen brannten wie Feuer und ihr graute davor, auch nur einen einzigen Schritt zu gehen. Sie brauchte dringend Schuhe, doch woher sollte sie diese nehmen?

Ihre Finger spielten nachdenklich mit dem gerüschten Saum des Nachthemdchens, als ihr die zündende Idee kam. Ihren Puppen hatte sie Verbände am Kopf gemacht und das gleiche Prinzip könnte sie auch bei ihren Füßen anwenden. Sie zog und zerrte am weichen Stoff, der einfach nicht reißen wollte. Was nun?

Sie suchte den Waldboden nach einem passenden Stöckchen ab. Dann stocherte sie solange an den Nähten herum, bis diese sich lösten. Es dauerte eine halbe Ewigkeit, bis Ella die Rüschen vom restlichen Stoff abtrennen konnte, und sie war unheimlich stolz auf sich. Obwohl sie ganz behutsam den Stoff um ihre Füße wickelte, musste sie das Prozedere mehrmals wiederholen, weil sie sich so ungeschickt anstellte. Dann war sie endlich mit dem Endergebnis zufrieden.

Noch immer schmerzte jeder Schritt und der provisorische Verband löste sich ständig. Ella war schon nach wenigen Metern den Tränen nahe. Dabei war sie so begeistert von ihrer Idee gewesen. Trotzdem setzte sie ihren Weg fort und drehte sich kein einziges Mal um. Sie fürchtete sich noch immer vor der Dunkelheit, in der sie Nora zurückgelassen hatte.

Schon nach kurzer Zeit kehrte die körperliche Schwäche zurück und Ellas Zunge klebte wie ein dicker Frosch am Gaumen. Noch nie in ihrem Leben hatte sie so einen drängenden Durst verspürt, und je höher die Sonne am Firmament hinaufkletterte, desto schlimmer wurde dieses quälende Verlangen.

Schwankend humpelte Ella durch den Wald. Sie scheuchte einen Schwarm Krähen auf, der es sich in den hohen Wipfeln bequem gemacht hatte, und bückte sich hin und wieder, um eine Handvoll Beeren zu pflücken. Hunger und Durst waren nur für einen kurzen Zeitraum gestillt, dann litt Ella erneut.

Warum gab es hier nirgends einen Wanderweg mit Schildern?

Sie war schon oft mit Mama, Nora und Felix in den Wald gefahren und wusste, dass die meisten Wege beschildert waren. Sie konnte zwar noch nicht lesen, aber ein Pfeil hatte stets die Richtung angezeigt. Wenn man den Schildern folgte, dann war man entweder zu einer Hütte oder zu einem Parkplatz gelangt.

Unvermittelt blieb Ella stehen. Vielleicht war ja ein Wanderweg direkt in der Nähe und sie konnte ihn wegen der vielen Bäume nicht sehen?

Suchend drehte sie sich um die eigene Achse, um nach einem Pfad Ausschau zu halten. Aber von einem Wanderweg war weit und breit nichts zu sehen. Was sie jedoch deutlich hören konnte, war das leise Rauschen und Murmeln eines Baches. Die Aussicht, gleich ihren Durst löschen zu können, ließ sie die schmerzenden Fußsohlen vergessen.

Voller Freude klatschte sie in die Hände, als sie das Ufer des Baches erreicht hatte, der munter zwischen den Steinen entlangplätscherte.

Ella beute sich hinunter und betrachtete die Wipfel, die sich im klaren Wasser spiegelten. Dann schöpfte sie mit ihrer Hand das kühle Nass, bis es im Bauch zwickte und zwackte und sie das Gesicht zu einer Grimasse verzog. Der Moment der Freude zerplatzte wie eine Seifenblase und die seelische Not trat wieder in den Vordergrund. In den Augenwinkeln sammelten sich dicke Krokodilstränen, die sie nicht mehr zurückhalten konnte. Weinend sank sie zu Boden.

„Mami, hol mich hier weg“, schluchzte sie.

Ja, sie war dankbar, nicht mehr in diesem dunklen Loch festzustecken, und der Wald war wie aus einem Märchenbuch entsprungen mit seinen moosbewachsenen Steinen, den hellgrünen Farnwedeln und dem dahinplätschernden Bach. Aber sie war allein und hatte Angst wie noch nie zuvor in ihrem Leben.

Wie sollte sie nur den Weg zurückfinden? Eine liebe Fee wäre nicht schlecht, die sie mit ihrem Zauberstab nach Hause schicken könnte. Aber Ella zweifelte, ob Feen und Elfen tatsächlich existierten.

Wenn wenigstens Felix hier gewesen wäre, um sie zu beschützen. Trotz seiner krummen Beinchen konnte er wie ein Wirbelwind flitzen und er bellte jeden an, der ihnen zu nahe gekommen war. Mit Felix an ihrer Seite würde sie sich auch weniger fürchten.

Ella wartete, bis sich die Bauchschmerzen verflüchtigt hatten, dann stand sie auf. Ihre wunden Fußsohlen pochten und sie wickelte die verschmutzten Stoffreste ab, um sie zu waschen. Dann hielt sie ihre Füße abwechselnd in das kühle Wasser. Zuerst explodierte der Schmerz, aber nur wenige Atemzüge später wurde er erträglicher. Behutsam machte Ella einige Schritte und staunte. Ja, so könnte es tatsächlich funktionieren.

Schon nach kurzer Zeit konnte sie wegen des kalten Wassers kaum noch ihre Füße spüren und das Laufen auf den rundgeschliffenen Kieseln tat nur halb so weh wie auf dem mit Fichtennadeln und Zweigen übersäten Waldboden. Es war zwar rutschig und glatt, aber sie kam erstaunlich gut voran. Außerdem konnte ihr die schwüle Sommerluft weniger anhaben. Ab und zu machte Ella eine Pause und setzte sich auf einen Baumstumpf. Doch letztlich zwang der Hunger sie in die Knie, weil ihr schwindelig wurde.

Sie hockte sich auf den Boden und lehnte sich mit dem Rücken an den rauen Stamm eines Baumriesen. Die Bauchschmerzen waren zurückgekehrt und Ella musste sich schließlich auf die Seite rollen, damit sie es aushalten konnte. Zum Weinen fehlte ihr die Kraft, sie war schon froh, überhaupt so eine lange Strecke geschafft zu haben. Leider war noch immer kein rettender Wanderweg in Sicht, der ihr mit seinen Schildern und Pfeilen die Richtung hätte weisen können.

Abermals steckte Ella den Daumen in den Mund, um Trost zu finden. Warum suchte niemand nach ihr? Und wo war Papa überhaupt?

Ruckartig richtete sie sich auf. Ob Papa ihr das Kissen auf den Mund gedrückt hatte? Dann durfte sie auf keinen Fall nach Hause zurück.

Panik stieg auf und Ella wiegte sich in ihrer Verzweiflung vor und zurück. Sie musste zu Oma und Opa, dort wäre sie sicher. Doch der Ort, wo ihre Großeltern wohnten, war meilenweit von zu Hause entfernt und zu Fuß unmöglich zu erreichen. Wahrscheinlich wäre sie bis dahin längst verhungert.

Ein dicker Kloß steckte in ihrem Hals und Tränen kullerten die Wangen hinab. Welcher böse Mensch hatte ihr das nur angetan?

Doch so ausweglos, wie ihr die Situation auch erschien, sie durfte nicht aufgeben. Oma hatte für alles eine Lösung parat und vielleicht begegnete ihr ein Wanderer, den sie um Hilfe bitten könnte. Mit etwas Glück würde er sie zu den Großeltern bringen.

Ella hatte nun ein neues Ziel vor Augen und humpelte zu den Beerensträuchern, um sich zu stärken. Nach einer Weile waren ihre Finger ganz verklebt und sie kehrte zum Bach zurück, um sie zu waschen. Kaum hatte sie den Hunger besiegt, setzte sie ihren Weg im kühlen Wasser fort.

Die Luft war heute besonders drückend und über Ella brauten sich die ersten dunklen Wolken zusammen. Als in der Ferne der erste Donner grollte, zuckte sie erschrocken zusammen und schaute sich ängstlich um. Hier gab es nichts, um sich unterzustellen, und sie fürchtete sich vor einem Gewitter. Wenn eines in der Nacht gewütet hatte, war sie meist zu Mama und Papa ins Bett geschlüpft. Aber nun?

Ihr gehetzter Blick irrte umher. Wie lange würde es dauern, bis es über ihr donnerte und blitzte? Der Druck in ihrer Brust verstärkte sich mit jedem Atemzug, während sie fieberhaft nach einer Lösung suchte.

12

Nachdem die Suche mit den Leichenspürhunden erfolglos geblieben war, hatte Linda die Mantrailer ins Rennen geschickt. Obwohl ein Anruf vom Büro aus genügt hätte, wollte sie dennoch am Ort des Geschehens sein.

„Hej Elmar, wie schaut's aus?", fragte sie.

„Die Hunde konnten tatsächlich eine Spur aufnehmen."

„Dann hat es mit Ellas Kuscheltieren wohl doch geklappt?"

„Ja."

„Das bedeutet demnach, dass das Mädchen noch am Leben ist?", fragte Linda hoffnungsvoll.

Elmar neigte skeptisch seinen Kopf. „Nicht unbedingt."

„Jetzt rede endlich Klartext mit mir“, forderte Linda ihn unmissverständlich auf.

„Falls der Fundort auch gleichzeitig der Tatort ist, könnte das bedeuten, dass Ella die Strecke höchstwahrscheinlich zu Fuß zurücklegen musste.“

„Nein. Laut dem Bericht der Kriminaltechniker soll der Tatort im Haus gewesen sein. Die älteste Tochter ist nur im Stollen abgelegt worden.“

„Ich möchte mich nicht festlegen, aber der Hauch einer Chance besteht natürlich.“

Linda atmete geräuschvoll aus. Genau diese Worte hatte sie hören wollen, denn ohne Hoffnung war diese Welt nur ein großes schwarzes Loch.

„Wie lange werdet ihr noch unterwegs sein?“

„Wir haben die Teams bereits ausgewechselt. Die Spur ist nicht mehr ganz frisch und die Hunde sind bei diesen hochsommerlichen Temperaturen noch schneller als sonst erschöpft.“

„Das klingt alles andere als gut“, seufzte Linda.

„Ellas Spuren enden an einem Bach und keinem unserer Hunde ist es gelungen, diese am gegenüberliegenden Ufer wieder aufzunehmen.“

„Also müssen wir ab diesem Punkt den Wald von einer Mannschaft absuchen lassen.“

„Das denke ich auch“, bestätigte Elmar.

„Du leitest die Koordinaten weiter?“, fragte Linda abschließend.

„Selbstverständlich“, antwortete Elmar.

Linda saß hinter ihrem Schreibtisch und ging Zeile für Zeile den Obduktionsbericht von Nora durch. Das Mädchen war mit einem Kissen erstickt worden, dessen Fasern an den

Nasenschleimhäuten und im Rachenraum hafteten. Ein grausamer Tod.

Erneut fragte sie sich, was mit Ella geschehen war? Nichts deutete auf den Stollen als Tatort hin. War dem Mörder ein Fehler unterlaufen? Ein verhaltendes Klopfen an der Tür riss sie aus ihrer Grübelei.

„Ja bitte", sagte sie und blickte auf. „Alex, was machst du denn hier?"

„Ich habe mir freigenommen, um meine Überstunden abzubauen." Er lächelte entschuldigend. „Außerdem finde ich es nicht fair, dass du stets die interessanteren Fälle auf den Tisch bekommst."

„Ich könnte gut darauf verzichten, Mister Fallanalytiker", erwiderte sie.

„Wie kommt dein Team mit den Ermittlungen voran?", fragte er und setzte sich auf einen Stuhl vor Lindas Schreibtisch.

„Wir haben weder die Ehefrau noch die jüngste Tochter von Aron Gunnarsson gefunden. Ich könnte die Decke hochgehen, weil er sein Schweigen nicht brechen will."

„Was gedenkst du zu tun?"

„Ich habe beschlossen, erst die Mannschaften in das Gelände zu schicken. Falls wir die kleine Ella lebend finden, ist sie unsere wichtigste Zeugin in diesem Fall."

„Kommt die Ehefrau als Täterin für dich infrage?"

„Auf gar keinen Fall", antwortete Linda. „Lilja Gunnarsson war eine Kämpfernatur. Sie hätte sich die Mädchen geschnappt und wäre mit den Kindern auf Nimmerwiedersehen verschwunden – allerdings mit ihrem Auto und den Papieren. Ich glaube nicht, dass sie noch am Leben ist."

„Wahrscheinlich hat ihr Mann die Leichen an verschiedenen Orten abgelegt, damit ihm so schnell niemand auf die Schliche kommt."

„Mag sein, aber ich klammere mich regelrecht an den

Gedanken, dass die jüngste Tochter noch am Leben sein könnte."

„Kann ich nur zu gut verstehen."

„Wie lange wirst du bleiben?", fragte sie.

„Voraussichtlich zwei Tage, wenn du einverstanden bist."

Linda lächelte. „Schön, dass du da bist."

Sie umarmten einander und Linda fühlte sich sofort geborgen.

„Warum musst du nur in Stockholm wohnen?", seufzte sie.

„Ganz einfach, weil ich dort geboren worden bin."

„Ich könnte ewig meinen Kopf an deine Schulter lehnen, aber die Zeit drängt." Sie löste sich aus der Umarmung. „Im Prinzip müsste ich Berichte schreiben, aber ich werde zum Fundort fahren, um mich an der Suche zu beteiligen. Ich will mich unbedingt der vagen Hoffnung hingeben, dass Ella noch unter uns weilt."

„Die Hoffnung treibt uns voran, vertrau auf deinen Instinkt."

„Möchtest du in meine Wohnung fahren und dort auf mich warten?", fragte sie.

„Ich würde lieber einen Blick in die Akten werfen."

Linda zwinkerte ihm wissend zu. „Von mir wirst du nicht erfahren, dass sich die Unterlagen auf dem linken Stapel befinden", sagte sie.

Alex küsste sie auf die Stirn. „Du bist ein Schatz."

„Ich weiß, wir sehen uns." Sie winkte ihm noch einmal zu und lief zur Tür.

Die Suchmannschaften standen in ihren leuchtenden Westen bereit und es hing eine gewisse Aufbruchsstimmung in der Luft. Jeder Einzelne von ihnen war hoch motoviert, dem Fall eine positive Wendung zu geben und das Mädchen lebend zu finden. Auch Linda hatte sich in eine neonfarbene Weste gezwängt, um sich an der Suche zu beteiligen, während Jörgen vom Büro die Ermittlungen weiterführen würde.

Die Mannschaften wurden den Koordinaten entsprechend in Gruppen eingeteilt. Linda schloss sich der hiesigen Mannschaft an und sie bildeten eine Menschenkette, die konzentriert Schritt für Schritt den Wald durchpflügte. Mit ihren Stöcken stocherten sie in jedem Blätterhaufen und klopften Sträucher und dichtes Buschwerk ab.

Linda war während ihrer Ausbildung einige Male bei einer Suche dabei gewesen und hatte völlig vergessen, wie anstrengend das war. Nicht das kleinste Detail durfte ihnen entgehen. Die Luft war ausgerechnet heute drückend und schwül und es konnte nicht mehr allzu lange dauern, bis sich ein schweres Gewitter über ihnen entladen würde.

Linda wischte sich mehrmals mit einem Taschentuch den Schweiß von der Stirn. Zum Glück schlängelte sich hier ein Bach zwischen den Baumriesen entlang, an dem die kleine Ella notfalls ihren Durst stillen konnte.

„Ich habe etwas gefunden“, erklang endlich der erlösende Ruf nach eineinhalb Stunden anstrengender Suche.

Ein junger Mann hockte am Bachbett und fischte mit einem Stock einen Stofffetzen heraus. Linda bahnte sich hastig einen Weg durch das Gestrüpp.

„Lassen Sie mich einmal sehen“, bat sie und der junge Mann machte ihr Platz.

„Der Stoff sieht tatsächlich wie der Rüschenbesatz des Hemdchens aus. Die Kleine muss durchs Bachbett gelaufen sein.“

Linda gab per Funk die Koordinaten durch und bat darum, mit einem Mantrailer sprechen zu dürfen.

„Können die Hunde noch Witterung an einem Stück Stoff aufnehmen, das im Wasser gelegen hat?“

„Schwierig, sehr schwierig, aber nicht unmöglich. Wir sollten jedoch nichts unversucht lassen.“

„Wann kann ich Sie hier erwarten?"

„Wir müssen die Suche fortsetzen, solange das Wetter noch mitspielt, und werden sofort aufbrechen", erwiderte der Einsatzleiter.

„Wunderbar. Wer soll Ihre Leute einweisen?", fragte sie.

„Das habe ich bereits veranlasst."

„Das ist sehr gut."

Linda schloss sich wieder ihrer Mannschaft an und fokussierte sich auf die Suche. Der Himmel über ihnen wurde zusehends dunkler, was Linda mit Sorge zur Kenntnis nahm. Ein fünfjähriges Mädchen, das allein im Wald umherirrte und schutzlos einem Gewitter ausgesetzt sein würde. Ihr Funkgerät knackte.

„Wir konnten eine kurze Spur aufnehmen, die sich im Uferbereich wieder verloren hat. Wir werden dem Bachlauf weiter folgen und das Beste hoffen."

„Danke, ich drücke die Daumen."

Linda war enttäuscht, dass die Suche erfolglos verlaufen war. Hatte Aron Gunnarsson seine Tochter absichtlich am Leben gelassen? Was könnte nur geschehen sein?

Linda heftete ihren Blick wieder auf den Waldboden, damit ihr ja nichts entging. In der Ferne ertönte der erste grollende Donner.

„Das hört sich gar nicht gut an", sagte die junge Kollegin neben ihr.

„Ja, über unseren Köpfen braut sich ordentlich etwas zusammen", stimmte Linda ihr zu.

Die Sonne war inzwischen hinter dichten grauen Wolkenbergen verschwunden und der Wind frischte auf. Linda griff zum Funkgerät und fragte, ob es Neuigkeiten gab.

„Momentan nicht. Wir melden uns sofort, falls das der Fall sein sollte."

„Danke."

Die Blicke der Kollegen richteten sich immer wieder abschätzend zum Himmel. Sollte ein heftiger Regenschauer niedergehen, und es sah ganz danach aus, würden sämtliche Spuren vernichtet werden.

Linda fragte sich erneut, wo Gunnarssons Ehefrau abgeblieben sein könnte. Hatte ihr Mann sie vielleicht aus dem Haus gejagt und dann aus Rache die gemeinsamen Töchter ermordet? Es gab so viele Möglichkeiten. Wiederum hätte seine Frau doch aus der Presse erfahren müssen, dass die Kinder vermisst wurden.

Das Donnergrollen zog näher und näher. Der Wind fegte über ihren Köpfen hinweg und das Blätterdach rauschte. Warum muss sich das Gewitter ausgerechnet jetzt entladen, dachte Linda resigniert.

Die ersten schweren Tropfen fielen zu Boden und nur wenige Minuten später ging ein heftiger Platzregen nieder. Innerhalb kürzester Zeit war die Mannschaft völlig durchnässt. Als neben ihnen ein Blitz einschlug, der sich mit einem ohrenbetäubenden Knall entlud, brach Linda die Suche ab. Keuchend hasteten sie durch den Wald, um schnellstmöglich die schützenden Fahrzeuge zu erreichen. Unterwegs knackte das Funkgerät erneut.

„Ich glaube, wir haben eine Spur, nur leider müssen wir bei diesem Starkregen die Suche abbrechen", sagte der Hundeführer.

„Besteht vielleicht die Möglichkeit nach dem Gewitter …"

„Der heftige Regenguss wird jegliche Spuren wegwaschen", unterbrach er sie und machte damit jede Hoffnung zunichte. „Außerdem sollten die Hunde schnellstmöglich ins Trockene."

„Ja, ich verstehe", sagte Linda.

Die Regentropfen perlten von ihrer Haut. Am liebsten hätte sie laut geschrien, um ihrem Frust Luft zu machen. Warum konnte Gunnarsson nicht sein Schweigen brechen? Der gesamte Aufwand, den sie bisher betrieben hatten, war umsonst gewesen. Rannte sie einem Hirngespinst hinterher, wenn sie annahm, dass Ella noch am Leben war oder sollte sie sich von dieser Illusion endgültig lösen?

Die einzelnen Gruppen hatten endlich die Fahrzeuge erreicht und stiegen in die Busse, die sie zurück nach Ludvika bringen würden. Enttäuscht lehnte Linda ihren Kopf an die Scheibe, als sich der Kleinbus in Bewegung setzte.

Linda schloss die Wohnungstür auf, kickte die Schuhe von den Füßen und ließ sich leise stöhnend aufs Sofa fallen.

„Ich wusste gar nicht mehr, wie anstrengend so eine Suche sein kann."

Sie war frustriert, weil sie nichts erreicht hatten. Alex setzte sich neben sie.

„Was meinst du, könnte es möglich sein, dass der Vater das Mädchen sich selbst überlassen hat?"

„Aber wozu?" Alex rieb sich nachdenklich am Kinn. „Das würde doch die Chancen erhöhen, als Täter gefasst zu werden, wenn zufällig ein Spaziergänger auf das Mädchen treffen würde."

„Und wenn er nicht gründlich genug war? Wenn er im Affekt gehandelt hat und die Zeit zu knapp gewesen war, ist ihm vielleicht ein Fehler unterlaufen. Er wird wahrscheinlich nicht den Puls kontrolliert haben."

„Könnte so ein kleines Mädchen in der Wildnis überhaupt überleben?", fragte Linda.

„Beispiele gibt es genügend, wo Kinder noch nach mehreren Tagen oder sogar Wochen lebend wiedergefunden wurden. Das ist gar nicht so selten, wie man meinen mag."

„Ich weiß, dass Aron Gunnarsson Dreck am Stecken hat, aber irgendwie passt das alles nicht zusammen."

„Da bin ich ganz bei dir, Linda", sagte Alex. „Wenn ich Gunnarsson bei einer erneuten Vernehmung beobachten dürfte, könnte ich eine Analyse seines Verhaltens anfertigen."

„Das wäre hilfreich. Nicht auszudenken, dass die Kleine bei diesem Unwetter allein im Wald herumirrt. Oder glaubst du, dass Gunnarsson absichtlich die Spuren gelegt hat, um uns zu verwirren?"

„Er hatte nur wenige Stunden Zeit, um seine Frau und seine Töchter an verschiedenen Orten abzulegen. Anschließend noch falsche Fährten zu legen, erscheint mir zu absurd."

„Da hast du vollkommen recht", bestätigte Linda seine Ausführungen.

„Auch wenn es schwerfällt, du solltest objektiv bleiben."

„Ach Alex, das sagt sich so leicht …"

Elina schneite ins Wohnzimmer und umarmte ihre Mutter.

„Hallo Mama, seit wann ist Alex da?"

„Er ist am Vormittag angereist."

„Das ist toll. Hallo Alex."

Elina begrüßte ihn genauso stürmisch.

„Hej, du kleine Maus", lachte Alex, der sich ebenfalls über das Wiedersehen freute.

„Was gibt es zum Abendessen?", fragte Elina gleich im Anschluss. „Pizza vielleicht?"

Sie neigte bittend ihren Kopf und Linda wechselte mit Alex einen wissenden Blick.

„Frau Kommissarin, die Verdächtige versucht sie um den kleinen Finger zu wickeln."

„Das bin ich gewohnt und ich würde ja auch für etwas Gesundes plädieren, aber ich bin viel zu müde, um mich in die Küche zu stellen und ein Vier-Gänge-Menü zu zaubern."

„Lieferdienst?", fragte Alex schmunzelnd.

„Das halte ich für die beste Idee. Ist Lillemor in ihrem Zimmer?"

„Ja, Mama. Sie hat Kopfhörer auf und zockt."

„Kein Wunder, dass sie uns nicht gehört hat. Du gehst jetzt nach oben, meine Kleine, und machst Lillemor Dampf unter dem Hintern, dass sie den Tisch decken soll."

„Wird erledigt", salutierte Elina grinsend und eilte die Treppe nach oben.

13

Der nächste Donner grollte und klang ganz nah. Ella kämpfte nicht nur mit den Tränen, sondern auch mit dieser entsetzlichen Angst. Ein Ruck ging durch ihren Körper und sie setzte sich wieder in Bewegung. Vielleicht konnte sie ja vor dem Gewitter davonlaufen.

Sie lief und lief und rutschte schließlich auf den mit Algen bewachsenen Steinen aus. Der Aufprall war hart und das Hemdchen durchnässt. Wieder einmal. Inzwischen war ein kräftiger Wind aufgekommen, der die Baumkronen über ihr zum Schwingen brachte und ihr Haar wie ein Fön durcheinanderwirbelte. Gleich würde ein heftiger Regenschauer auf sie niederprasseln, das wusste Ella nur zu genau.

Hektisch wanderte ihr Blick umher und blieb an einem umgekippten Baumstamm hängen. Wenn sie sich ganz klein machen würde, könnte sie vielleicht darunter krabbeln. So schnell es ihre wunden Füße zuließen, humpelte sie ihrem Ziel entgegen und staunte nicht schlecht, als sie angekommen war. Der Baumriese musste schon vor einer Weile umgestürzt sein und sein Inneres war hohl.

Hastig kletterte sie hinein, genau im richtigen Moment, denn der Himmel öffnete seine Schleusen. Der Wind erzeugte ein Geräusch, das wie das Heulen von Höllenhunden klang. Zumindest in Ellas Fantasie, wenn die Großmutter ihr aus dem Märchenbuch vorgelesen hatte. Ob es tatsächlich Höllenhunde gab? Nein, schließlich existierten auch keine Feen.

Ein greller Blitz erhellte die Umgebung, dem ein ohrenbetäubender Knall folgte. Ella wusste von ihrem Papa, dass der Blitz ganz in der Nähe eingeschlagen haben musste. Ihr Herz flatterte und sie zitterte am ganzen Körper, während der Regen auf das Holz des Baumriesen trommelte. Innerhalb weniger Minuten kühlte sich die Luft ab. Ella fror in ihrem nassen Hemdchen und wischte sich mit dem Handrücken die Tränen fort. Ein Unglück jagte das nächste und ihr blieb kaum Zeit zum Durchatmen.

Das Gewitter tobte jetzt direkt über ihr und schickte die Blitze im Sekundentakt zur Erde. Der Wald erbebte unter den grollenden Donnern und es half rein gar nichts, dass sie sich die Ohren zuhielt.

Nach einem nicht enden wollenden Tosen und Toben wurde der Himmel allmählich heller und das Donnergrollen verebbte. Ellas Herzschlag beruhigte sich und sie spürte die körperliche Erschöpfung so stark wie nie zuvor. Das Wasser tropfte schwer von den Bäumen und ein dampfender Nebel stieg auf, der die Sicht einschränkte. Obwohl der Hunger ihr stark zusetzte, schlief sie letzten Endes ein.

Die Dämmerung hatte sich über den Wald gesenkt, als Ella die Augen aufschlug. Im ersten Moment wusste sie nicht, wo sie sich befand, und stieß mit dem Kopf gegen das Holz. Hier und da fielen noch vereinzelte Tropfen zu Boden und zarte Nebelschwaden tanzten zwischen den Bäumen.

Verängstigt kroch sie aus ihrem Versteck und schaute sich um. Bald wäre es finstere Nacht und Ella fürchtete sich. Wahrscheinlich würde das nie aufhören, wenn ihr nicht bald jemand zu Hilfe käme. Wie einfach doch das Leben mit Mama und Papa gewesen war, wie sie die tägliche Fürsorge und Liebe als selbstverständlich angesehen hatte.

Abermals füllten sich ihre Augen mit Tränen und es half auch nicht, dass sie tapfer dagegen ankämpfte. Wenigstens war das Hemdchen bis auf den feuchten Saum so gut wie trocken.

Behutsam tippelte Ella einige Schritte und sah, dass sich in einer Mulde klares Regenwasser angesammelt hatte. Sie kniete sich in das feuchte Moos, um ein paar Schlucke zu trinken. Zwar fror sie stärker als zuvor, aber der Durst war gelöscht. Jetzt musste sie nur noch ihren Hunger stillen, bevor die Dunkelheit über sie hereinbrechen würde.

Hier und da pflückte sie ein paar Beeren, bis sie eine Gruppe Pilze fand, die dicht beieinanderstanden. Großmutter hatte ihr einmal erklärt, dass man Pilze mit einer braunen Kappe und einem Schwämmchen statt Lamellen bedenkenlos essen könne. Ella hatte Pilze noch nie gemocht und sie immer fein säuberlich an den Rand des Tellers geschoben. Aber die Welt hatte sich verändert und Ella musste bei Kräften bleiben, um nach Hause zurückzufinden.

Sie bückte sich, griff nach dem hellen Stiel und zog den Pilz aus dem Boden. Braune Kappe und Schwämmchen, passt, dachte sie zufrieden. Mit ihren Fingern säuberte sie den Pilz von Erde und Tannennadeln. Dann nahm sie einen

Bissen und spuckte diesen sofort wieder aus. Puh, das schmeckte absolut widerlich.

Sie drehte und wendete den Pilz zwischen ihren Fingern und biss abermals hinein. Mit geschlossenen Augen kaute sie auf dem rohen Stück herum, das sich auf ihrer Zunge wie ein glitschiger Fisch anfühlte. Dann würgte sie die breiige Masse hinunter. Den Stiel warf sie achtlos in die Büsche, der war dann doch zu viel des Guten.

Je dunkler es wurde, desto unheimlicher wurden die Geräusche um sie herum. So schnell es ihre wunden Füße erlaubten, lief sie zum ausgehöhlten Baumstamm zurück und krabbelte wieder hinein. Zumindest hier fühlte sie sich ein wenig geschützt, auch wenn ihr Herz vor lauter Anspannung schneller pochte und das Blut in den Ohren rauschte. Überall knackte und raschelte es und das ferne Bellen eines Fuchses jagte ihr einen Schauer über den Rücken.

Sie versuchte angestrengt, wach zu bleiben, doch innerhalb weniger Minuten verlor sie den Kampf.

Ella erwachte schlagartig. In ihrem Bauch tobte ein loderndes Inferno und sie schaffte es gerade noch rechtzeitig, sich über den Rand zu beugen und zu erbrechen. Kalter Schweiß bedeckte ihre Haut und ihre Stirn glühte.

„Mami, hilf mir“, keuchte sie, während sie hilflos nach Luft schnappte. War der Pilz daran schuld, dass es sie so erwischt hatte? Dabei hatte sie doch auf alles geachtet – braune Kappe und Schwämmchen.

Jammernd hielt sich Ella den Bauch, bis der Druck immer größer wurde und sie nach draußen kroch, um sich auf den Boden zu hocken. Jetzt war auch noch schlimmer Durchfall hinzugekommen und sie konnte sich kaum auf den Beinen halten. Obwohl sie so gut wie nichts über den Tod wusste, so ahnte sie doch, dass sie ihm unweigerlich nähergekommen war.

Gekrümmt blieb sie auf dem Boden liegen und wand sich unter starken Schmerzen. Die Wipfel über ihr kreisten und Ella musste die Augen schließen, um den Würgereiz zu unterdrücken.

„Mami, wo bist du?“, wisperte sie.

Um sie herum war es noch dunkel. Wie sollte sie in diesem furchtbaren Zustand je einen Weg finden, der nach Hause führte? Sie war von oben bis unten mit Schmutz besudelt und was sie von sich gegeben hatte, roch ganz ekelhaft. Allein bei dem Gedanken an den rohen Pilz musste sie sich erneut übergeben. Abwechselnd wurde ihr heiß und kalt und heftige Schauer jagten durch ihren Körper.

Mit letzter Kraft schleppte sie sich zurück, um sich wie ein waidwundes Tier im Baumstamm zu verkriechen. Der Schüttelfrost wurde schlimmer und schlimmer und kalter Schweiß rann ihr an Rücken und Schläfen herab. Auch wenn sie ab und zu in einen erlösenden Schlaf versank, so schreckte sie immer wieder auf. Die heftigen Krämpfe ließen sie keuchend nach Luft schnappen.

Ella wurde bewusst, dass sie einen großen Fehler begangen hatte, aber das Hungergefühl war einfach zu übermächtig gewesen. Sie hätte gern geweint, aber ihr fehlte die nötige Kraft. Sie war doch noch so klein und so verloren in diesem riesigen Wald. Warum kam niemand, um sie zu retten?

Ella wurde vom Summen unzähliger buntschillernden Fliegen geweckt, die zuhauf ihren Körper bedeckten. Sie hätte am liebsten angeekelt losgeschrien, aber sie konnte sich kaum rühren, so schwach fühlte sie sich. Aufgrund der Enge konnte sie nur die Schulter bewegen, doch das brachte nicht viel. Nur Sekunden später ließen sich die Fliegen wieder auf ihr nieder.

Ella verspürte großen Durst und ihre Zunge klebte am Gaumen. Einmal war ihr kochend heiß, dann fror sie wieder und sie zitterte. Sie wusste, dass sie nicht liegen bleiben durfte, dass es überlebenswichtig war, diesen quälenden Durst zu löschen. Aber bevor sie sich erheben konnte, war sie wieder eingeschlafen.

Felix!

Sie erwachte schlagartig, als sie in der Ferne das Bellen eines Hundes hörte. Nein, das war nicht Felix, stellte sie mit Bedauern fest. Die Stimme des Hundes klang viel tiefer und entfernte sich zusehends.

Hm, aber wo ein Hund war, waren bestimmt auch Menschen.

Ella hob ihren Kopf. „Hilfe!“, krächzte sie, aber der hohle Stamm verschluckte ihren Ruf gänzlich.

Sie robbte nach vorn und ein Holzsplitter drang in ihren Oberschenkel ein. Die Wunde blutete leicht, aber Ella kümmerte sich nicht darum. Wieder und wieder rief sie verzweifelt nach Hilfe, aber sie war so schwach und entkräftet, dass ihr zartes Stimmchen kaum zu hören war.

Das Bellen war allmählich verstummt und nur der Wind strich leise rauschend durch das Blätterdach. Vielleicht hatte sie auch nur davon geträumt, weil sie alles wie durch einen verschwommenen Nebel wahrnahm.

Wasser.

Sie konnte spüren, wie sich ihr Körper nach dem kühlenden Nass verzehrte. Aber jede Bewegung war eine Qual und sie fühlte sich kaum dazu in der Lage, den Arm oder ein Bein zu heben. Die Fliegen, die zuhauf um sie herumschwirrten, waren ihr mittlerweile egal, obwohl es sie anwiderte, wenn sie sich auf ihre Lippen und die Nase setzten.

Elle leckte sich mit der Zunge über die spröden Lippen.

Der nächste Fieberschub war im Anmarsch und sie hatte das Gefühl, zu verglühen. Alles war heiß und sie hätte sich am liebsten das dünne Hemdchen vom Leib gerissen, um sich Linderung zu verschaffen. Aber im Baumstamm war es viel zu eng und sie zu schwach. Also gab sie der Erschöpfung nach und schloss die Augen.

14

Linda formulierte an ihrem Schreibtisch die Fragen, die sie Gunnarsson stellen wollte. Der Frust saß tief, besonders nach der schlaflosen Nacht, die sie neben Alex verbracht hatte. Zum Glück wirkte seine Anwesenheit beruhigend auf sie, sonst wäre es nicht zum Aushalten gewesen.

Jörgen hob seinen Blick und schaute über den Rand des Bildschirms hinweg.

„Linda, bist du so weit?“

„Jein. Ich möchte Gunnarsson in die Enge treiben, weiß aber nicht, wie.“

„Ja, der Mann ist schwer zu knacken, aber irgendwann wird jeder Verdächtige mürbe.“

„Dein Wort in Gottes Ohr“, murmelte Linda.

„Dann auf in den Kampf."

Jörgen nickte ihr aufmunternd zu und gemeinsam verließen sie das Büro. Alex war bereits anwesend und würde aus dem Nebenzimmer die Vernehmung verfolgen. Linda war auf sein Urteil schon sehr gespannt.

Aron Gunnarsson saß neben seinem Anwalt, als Linda und Jörgen den Raum betraten. Sein Blick war leer und sein Äußeres ungepflegt. Nach der obligatorischen Begrüßung eröffnete Linda die Vernehmung. Sie war nervös, durfte sich aber nichts anmerken lassen. Den Großteil der Fragen hatte sie gemeinsam mit Alex am Abend ausgearbeitet.

„Herr Gunnarsson, die Suche nach Ihrer zweiten Tochter Ella ist leider ergebnislos verlaufen. Bedauerlicherweise hat uns auch das Unwetter einen Strich durch die Rechnung gemacht."

Linda verfolgte jede Regung des Mannes, aber sie hatte das Gefühl, dass ihre Worte ihn nicht erreichten.

„Ich kann Ihnen nur wiederholt anbieten, dass sich ein rasches Geständnis strafmildernd auswirken könnte."

„Ich kann kein Geständnis für eine Tat ablegen, die ich nicht begangen habe", antwortete er.

„Wir drehen uns im Kreis, Herr Gunnarsson", sagte Linda mit ruhiger Stimme. „Die Hinweise sind erdrückend und der Todeszeitpunkt von Nora stimmt mit Ihrem nächtlichen Aufbruch überein. Sie haben keinerlei Zeugen, die bestätigen könnten, dass Sie sich ausschließlich in Ludvika aufgehalten haben."

„Das ist zwar großes Pech, aber ich gehe davon aus, dass meine Frau aus purer Rachsucht gehandelt hat."

„Die Statistiken belegen aber andere Zahlen", konterte Linda.

„Ich habe im Internet ein wenig recherchiert und herausgefunden, dass nicht nur Väter ihre eigenen Kinder umbringen", ging Gunnarsson auf Abwehr.

„Sie geben es also zu?"

Er hob ruckartig seinen Kopf. „Da können Sie lange warten, ich werde kein Geständnis ablegen."

„Ihre kleine Tochter irrt höchstwahrscheinlich allein im Wald herum und Ihre Frau ist unauffindbar. Ich kann nicht nachvollziehen, warum Sie immer noch eine Aussage verweigern."

„Weil es nichts zu sagen gibt. Ich bin unschuldig."

Linda verglich die Vernehmung mit einem Karussell. Alles drehte sich im Kreis und sie kamen einfach nicht voran. Sie wollte Gunnarsson in die Enge treiben, aber er schmetterte jede ihrer Bemühung ab und lenkte das Gespräch in eine völlig andere Richtung. Das sorgte für Frust.

„Geht Ihnen das nicht nahe? Ich meine …"

„Ja, ich war an diesem Abend unglaublich wütend auf meine Frau, aber ich habe weder sie, noch meine Töchter umgebracht", unterbrach er Linda schroff.

„Gut. Wenn Sie es nicht waren, wer dann? Haben Sie einen Verdacht?"

Gunnarsson zögerte, für Linda einen Moment zu lange.

„Ich bin nach wie vor der Meinung, dass meine Frau das Ganze inszeniert hat, um mir eins auszuwischen. Und so wie es aussieht, scheint ihr das auch gelungen zu sein. Schauen Sie mich doch nur einmal an."

Das gibt es doch nicht, der Mann zieht wiederholt die Opfernummer ab, dachte Linda grimmig.

„Tut mir leid, aber das sehe ich anders", widersprach sie ihm. „Ihre Frau war schwanger und ich bezweifle, dass sie in der Kürze der Zeit eine so grausame Tat vollbringen könnte."

„Wahrscheinlich hat sie falsche Spuren gelegt und Ella mitgenommen", sagte er.

„Ich bezweifle, dass Sie das ernst meinen, oder täusche ich mich da? Ihre Frau tötet ihre älteste Tochter und verschwindet dann mit der Jüngsten? Warum sollte sie das tun?"

Gunnarssons Aussagen wurden immer abstruser und Linda wusste nicht, was er damit bezwecken wollte.

„Lilja hatte schon immer Probleme mit Nora gehabt. Erst war sie ein Schreikind gewesen und später ist es zu einigen unschönen Auseinandersetzungen zwischen den beiden gekommen." Er winkte frustriert ab.

„Wie darf ich das verstehen?", hakte Linda nach.

„Streit zum Beispiel. Lilja hat Nora eine leichte Aufgabe übertragen und Nora wollte diese nicht ausführen. Dann wurde es laut und am Ende haben sie sich beide angebrüllt."

„Aber Sie als Vater hätten doch schlichten können."

Linda war sich bewusst, dass sie erneut vom eigentlichen Thema abkam, aber sie hatte das Gefühl, dass Gunnarsson bewusst übertrieb, um seine Frau in einem schlechten Licht dastehen zu lassen.

„Ich bin meistens auf Arbeit gewesen", redete er sich heraus.

„Sie hätten zum Beispiel mit Nora und Lilja eine Aussprache führen können."

„Ja, hätte ich." Er wirkte zerknirscht.

„Haben Sie schon einmal darüber nachgedacht, dass auch eine dritte Person in diesen Fall involviert sein könnte?"

Gunnarsson runzelte die Stirn. „Wer sollte das sein?"

„Gerade das möchte ich von Ihnen erfahren", sagte Linda.

„Ich habe keine Feinde, falls Sie darauf anspielen", erwiderte er. „Wir sind eine ganz normale Familie."

„Entschuldigen Sie, wenn ich Sie verbessere, aber Sie *waren* eine ganz normale Familie." Es war Lindas Absicht, ihn aus der Fassung zu bringen. „Also, wer konnte Ihrer Frau und Ihren Kindern Schaden zufügen?"

Gunnarsson warf einen verzweifelten Blick in Richtung Anwalt, während er nach einer Antwort suchte. Linda ahnte, dass er jemanden in Verdacht hatte, aber mit der Wahrheit nicht herausrücken wollte.

„Wen haben Sie in Verdacht, Herr Gunnarsson?“, wiederholte sie ihre Frage.

„Ich wüsste nicht, wer in unserem Bekanntenkreis so etwas machen würde.“

„Dann werden Sie weiterhin als Tatverdächtiger in Untersuchungshaft sitzen. Sie sind während eines heftigen Streites Ihrer Frau gegenüber handgreiflich geworden und können kein Alibi für den besagten Abend aufweisen. Da Sie im Affekt gehandelt haben, wird Anklage wegen versuchten Totschlags gegen Sie erhoben.“

„Bitte, Sie müssen mir glauben, dass ich meinen Töchtern nie etwas antun könnte“, beschwor Gunnarsson Linda und Jörgen und seine Stimme klang weinerlich.

„Tut mir leid, aber die Indizien sprechen gegen Sie. Es liegt an Ihnen, inwieweit Sie sich geständig zeigen.“

„Das können Sie nicht machen, ich bin unschuldig“, brauste Gunnarsson auf und schien wie ausgewechselt.

„Der Lügendetektortest spricht eine andere Sprache. Sie haben ihn nicht bestanden und außerdem Ihre Frau bis zur Bewusstlosigkeit gewürgt. Wir drehen uns im Kreis, weil Sie sich in Schweigen hüllen. So einfach ist das.“

„Ich habe es nicht getan.“

Zum ersten Mal wirkte Gunnarsson aufrichtig verzweifelt.

„Möchten Sie etwas zu Ihrer Verteidigung hinzufügen?“, räumte Linda ihm nochmals eine Chance ein.

„Nur, dass ich unschuldig bin.“

Linda beendete enttäuscht die Vernehmung, und nachdem Gunnarsson abgeführt worden war, erhob sie sich.

„Die ganze Ausarbeitung war für die Katz. Er mauert und behindert damit die Ermittlungen“, ärgerte sie sich.

Jörgen nickte ihr aufmunternd zu. „Bisher konnte sich unsere Ermittlungsbilanz sehen lassen. Ich bin mir ziemlich sicher, dass wir am Ende den Täter überführen werden.“

„Dann bin ich einmal gespannt, was unser Fallanalytiker

zu sagen hat“, erwiderte Linda und öffnete die Tür zum Nebenraum. „Schieß los, Alex, ich kann es kaum erwarten“, sagte sie und setzte sich neben ihn.

„Dass Gunnarsson die Karten nicht auf den Tisch legt, ist uns allen klar. Es scheint so, als hätte er den Tathergang schon mehrmals durchgespielt. Wenn er jedoch seine Unschuld beteuert, dann bin ich teilweise gewillt, ihm zu glauben“, sagte Alex. „Er hält wichtige Informationen zurück, die zur Lösung des Falles beitragen könnten.“

Er schenkte sich ein Glas Wasser ein und trank einen Schluck.

„Also sagt er die Wahrheit, wenn er darauf beharrt, unschuldig zu sein?“

„Nicht unbedingt. Er könnte sich so hineingesteigert haben, dass er es letztlich für die Wahrheit hält.“

„Ach Alex, ausgerechnet das wollte ich nicht hören“, erwiderte Linda.

„Die Untersuchungshaft zermürbt, früher oder später wird Gunnarsson sich öffnen. Ob versehentlich oder beabsichtigt, sei dahingestellt. Er lebt sehr stark im Außen und ist egoistisch veranlagt. Sein abrupter Wandel vom gemütlichen Familienvater hin zum muskelbepackten Sonnyboy spricht Bände. Ich wette, er hat das Familienleben total vernachlässigt.“

„Das kann ich so weit bestätigen. Aber was ist nun mit Lilja und Ella?“, drängte Linda.

„Zuerst einmal solltest du abklären, ob Lilja tatsächlich so schwerwiegende Probleme mit ihrer ältesten Tochter hatte.“

„Das steht schon ganz oben auf meiner Agenda“, antwortete Linda.

„Gut. Aron Gunnarsson hat auf deine Frage, ob er von einer dritten Person wüsste, definitiv mit einer Lüge geantwortet, und das dürfen wir keinesfalls außer Acht lassen. Es muss demnach jemanden geben, dem er diese Tat zutraut.

Leider kann ich nicht für ihn sprechen, was die Aufrichtigkeit seiner Aussagen betrifft."

„Könnte diese Person ein möglicher Zeuge sein?", fragte Linda.

„Schwierig zu sagen. Vielleicht wurde seine Frau auch von einem hartnäckigen Verehrer becirct und dieser Umstand hat Gunnarsson zu dieser Verzweiflungstat getrieben. Er glaubt zu einhundert Prozent daran, unschuldig zu sein."

„Ich werde mich sofort mit Liljas bester Freundin Finna in Verbindung setzen. Falls mich jemand sucht, ich bin in meinem Büro."

Sie stand auf und ging zur Tür. Auf dem Weg ins Büro zog sie sich am Automaten einen Kaffee, dann griff sie zum Telefon.

„Hallo Finna, entschuldigen Sie bitte die Störung, aber ich hätte noch ein paar dringende Fragen an Sie", eröffnete Linda das Gespräch.

„Kein Problem, ich habe Zeit", antwortete Finna. „Worum geht es denn?"

„Ich möchte von Ihnen wissen, wie Sie die Beziehung von Lilja und Nora beschreiben würden. Gab es Probleme zwischen der Mutter und ihrer ältesten Tochter?"

„Nicht dass ich wüsste, Lilja hat mir nie etwas davon erzählt. Sie war immer sehr darauf bedacht, beide Mädchen gleich zu behandeln und keine von ihnen zu bevorzugen. Sie hat viel Wert auf ein geordnetes und harmonisches Familienleben gelegt, Streit wäre da eher kontraproduktiv gewesen", erwiderte Finna. „Sicher gab es auch das eine oder andere Mal, wo Lilja geschimpft hat. Aber welche Mutter macht das nicht?"

„Da sagen Sie etwas", stimmte Linda ihr zu. „Also gab es keinerlei Anzeichen, dass etwas nicht gestimmt hätte?"

„Nein", bestätigte Finna. „Lilja hat mir viele intime Details aus ihrem Eheleben anvertraut und auch manchmal in Erziehungsfragen Rat bei mir eingeholt. Wenn, dann wüsste ich davon."

„Danke, das habe ich auch vermutet", sagte Linda. „Meine zweite Frage bezieht sich auf Liljas Umfeld. Hatte sie vielleicht einen besonders hartnäckigen Verehrer?"

Finna lachte leise. „Lilja ist eine attraktive Frau, die in ihrer Jugend einigen Männern den Kopf verdreht hat. Aber sie ist Aron treu ergeben und weiß sich durchaus zu wehren. Bitte verstehen Sie mich nicht falsch, aber Lilja hat meist von Anfang an konsequent klargemacht, dass sie glücklich verheiratet ist."

„Also können wir einen möglichen Liebhaber oder Stalker ausschließen?"

„Unbedingt", versicherte Finna.

Linda fiel auf, dass Finna nicht in der Vergangenheitsform gesprochen hatte. „Glauben Sie, dass Ihre Freundin noch am Leben ist?"

Es herrschte betroffenes Schweigen am anderen Ende der Leitung und die Sekunden summierten sich.

„Wenn ich an die Stimmen denke, die ich gehört habe, dann weiß ich mit Bestimmtheit, dass Lilja nicht mehr unter uns weilt. Aber tief in meinem Herzen wird sie immer lebendig bleiben."

Finna Löv klang gequält und kämpfte gegen die Tränen an.

„Es tut mir leid, aber ich musste mit Ihnen darüber sprechen. Wir arbeiten mit Hochdruck daran, den Fall zu lösen, damit Lilja und ihren Töchtern Gerechtigkeit widerfährt."

„Ja, das ist ein tröstlicher Gedanke", antwortete Finna und legte einfach auf.

15

Finna stand gedankenverloren vor dem Spiegel und steckte ihr langes Haar zu einem Dutt. Ihr Gesicht war vom vielen Weinen verquollen. Lars trat an sie heran und umfasste ihre Schultern.

„Liebling, bitte quäle dich nicht so", sagte er.

„Nora wird heute beerdigt und ich stelle mir immer wieder die Frage, ob ich es hätte verhindern können."

„Ich habe doch gerade gesagt, dass du dich nicht quälen sollst."

„Du hast gut reden. Ständig spiele ich in Gedanken unsere Gespräche durch und frage mich, ob ich etwas überhört haben könnte."

„Finna, dich trifft keine Schuld, wie oft soll ich dir das

noch sagen? Du bist immer für Lilja und die Kinder da gewesen." Er küsste sie tröstend auf die Stirn.

„Danke, ich weiß deine lieben Worte wirklich sehr zu schätzen."

„Ich will ja nicht drängen, aber wir müssen jetzt los."

„Schon okay, ich bin so gut wie fertig."

Finna warf einen letzten prüfenden Blick in den Spiegel und steckte noch eine widerspenstige Strähne hoch. Dann schlüpfte sie in ihre Schuhe und folgte Lars zum Wagen. Schweigend legten sie die Strecke zurück.

Auf dem Friedhofsgelände hatte sich bereits eine kleine Menschentraube angesammelt und Finna sah sich gezwungen, eine Weile nach Ingrid Ausschau zu halten.

„Hallo Ingrid, nochmals mein aufrichtiges Beileid", sagte Finna und nur einen Atemzug später lagen sich die beiden Frauen in den Armen, um sich gegenseitig Trost zu spenden.

„Was für ein schrecklicher Tag, an dem man sein erstes Enkelkind zu Grabe tragen muss. So sollte es keinesfalls sein und ich verstehe diese Welt nicht mehr", hauchte Ingrid und schwankte. Sofort war Anders zur Stelle und stützte seine Frau.

„Wollen wir reingehen?", fragte er und Ingrid nickte schwach.

Es zerriss Finna das Herz, diese Menschen gebrochen zu sehen, und auch sie hatte das Gefühl, nie wieder fröhlich sein zu können. Allein der Gedanke, dass Ella und Lilja immer noch nicht gefunden worden waren, brachte sie um den Verstand. Es fühlte sich an, als würde man eine Familie häppchenweise beerdigen.

Finna und Lars nahmen neben Ingrid und Anders in der Kapelle Platz und der weiße Kindersarg mit den unzähligen Kränzen rührte alle Anwesenden zu Tränen. Es war eine Tragödie, dass Nora nur sieben Jahre alt werden durfte, und Finna ballte zornig die Hände zu Fäusten. Gnade ihm Gott, wenn Aron dafür verantwortlich war.

Der Pfarrer hielt eine herzerweichende Trauerrede und es wurden unzählige Tränen um dieses junge Leben vergossen. Ingrid war kaum mehr dazu in der Lage, sich aufrechtzuhalten. Als der Kindersarg schließlich ins Grab hinabgelassen wurde, musste Anders den Notarzt rufen. Seine Frau war zusammengebrochen.

Auch Finna klammerte sich hilfesuchend an Lars, weil der Schmerz kaum zu ertragen war. Dennoch fiel ihr eine Frau auf, die aufmerksam verfolgte, wie der Notarzt Ingrid versorgte. Sie war zwar dunkel gekleidet, stand aber abseits, so als wolle sie nur als stumme Beobachterin die Beerdigung verfolgen. Ihr Blick war starr und emotionslos, was Finna enorm störte. Es sollte ja durchaus Menschen geben, die sich am Leid anderer ergötzten. Als sie noch einmal zu dem Baum hinübersah, neben dem die Frau gestanden hatte, war der Platz leer.

Die anschließende Trauerfeier musste ohne Ingrid und Anders stattfinden. Auch Finna zog sich nach der Beerdigung zurück und wollte lieber mit Lars nach Hause fahren. Nur ein falsches Wort und sie würde erneut ihre Fassung verlieren und in Tränen ausbrechen.

Kaum hatte Lars die Haustür aufgeschlossen, kam Felix angewetzt. Er begrüßte Finna stürmisch, so als wäre nie etwas geschehen, und freute sich über ihre Rückkehr. Aber so waren Tiere nun einmal.

Trotz der sommerlichen Wärme kochte sich Finna einen Tee und verkroch sich anschließend im Bett, wo sie die Decke über den Kopf zog und darauf wartete, dass dieser schreckliche Tag endlich vergehen würde.

Als Finna am nächsten Morgen aufstand, fühlte sie sich wie nach einer durchzechten Nacht. Ihr Kopf brummte und ein leichter Schwindel ließ sie taumeln. Erst nach zwei Tassen

Kaffee und einer Kopfschmerztablette konnte sie in den Tag starten.

Nachdem sie die Buchhaltung erledigt hatte, faltete sie den Zettel mit den Frauennamen und den Adressen auseinander. Von vier Frauen hatte sie die Telefonnummern herausgefunden und überlegte nun, was besser wäre. Persönlicher Kontakt oder Anruf?

Nach reiflicher Überlegung entschied sie sich dafür, die Frauen persönlich aufzusuchen. Ihr Anliegen war schließlich kein leichtes und falls sie anrief, könnte die andere Person sie rasch abwimmeln. Und das war so gar nicht in ihrem Interesse.

Finna drehte noch eine große Runde mit Felix, bevor sie sich umzog und das Haus in Richtung Studentenwohnheim verließ. Die kurze Strecke hatte sie innerhalb weniger Minuten zurückgelegt und stellte ihren Wagen auf dem Parkplatz vor dem Wohnheim ab. Sie stieg aus und schaute die Fassade empor. Würde ihre Mission von Erfolg gekrönt sein?

„Suchen Sie jemanden?“, fragte eine Stimme hinter ihr.

Überrascht drehte sich Finna um. „Ja, ich suche eine Sina Karlsson.“

„Ach, die meinen Sie“, sagte der junge Mann, der seine schulterlangen Haare zu einem Hipsterzopf gebunden hatte.

Finnas Miene erhellte sich augenblicklich, sie hatte wirklich Glück gehabt.

„Soviel ich weiß, bewohnt sie ein Zimmer in der dritten Etage. Nummer 112, wenn mich nicht alles täuscht.“

„Wunderbar, mehr wollte ich gar nicht wissen.“

Finna bedankte sich und betrat das Gebäude. Mit dem Lift fuhr sie in die dritte Etage und schritt den langen Flur entlang bis zum Zimmer 112. Hoffentlich hat Sina keine Vorlesung, dachte sie und klopfte an die Tür. Eine junge Frau mit einem freundlichen Gesicht öffnete ihr die Tür.

„Entschuldigen Sie die Störung, sind Sie Sina?“

Die junge Frau verneinte. „Nein, Sina hat schon vor einem halben Jahr ihr Studium beendet und ist in ihre Heimatstadt zurückgekehrt."

„Ach wie schade", drückte Finna ihr Bedauern aus. „Haben Sie vielleicht eine Adresse, an die ich mich wenden kann?"

„Leider nein, ich bin erst vor vier Monaten in das Zimmer gezogen."

„Kennen Sie eventuell jemanden, der weiß, wo ich Sina finden kann?"

„Nein, tut mir leid. Und selbst wenn, würde ich Sinas Adresse nicht so ohne Weiteres herausgeben."

„Sie haben ja recht. Trotzdem vielen Dank." Enttäuscht wandte sich Finna ab, das wäre ja auch zu einfach gewesen.

Im Wagen kramte sie Liljas Zettel aus der Handtasche und fütterte das Navigationsgerät mit der Adresse von Jara. Dann fuhr sie los. Die Sonne strahlte von einem wolkenlosen Himmel und Finna sprach sich selbst Mut zu. Lilja hatte das Schriftstück bewusst vor Aron und den Kindern versteckt, es musste damit etwas auf sich haben.

Jara Hansen wohnte in einem schmucken Bungalow und allem Anschein nach war sie auch zu Hause. Voller Enthusiasmus drückte Finna auf den Klingelknopf. Ein melodischer Ton erklang und nur Sekunden später wurde die Tür geöffnet.

„Hej."

Finna verschlug es im ersten Moment die Sprache. Jara war eine atemberaubend schöne Frau mit einem sinnlichen Mund, Stupsnase und strahlend blauen Augen, die wie Bergseen schimmerten.

„Ich … ich", Finna rang nach den richtigen Worten. „Es geht um Lilja Gunnarsson, meine beste Freundin, die …"

„Ich habe den Aufruf in der Presse gelesen", unterbrach Jara sie. „Tut mir wirklich leid."

„Folgendes: Lilja hat eine Liste mit Namen und Adressen

von Frauen angefertigt und ich möchte unbedingt den Grund dafür herausfinden."

Jara strich sich fahrig eine Strähne aus der Stirn und warf einen nervösen Blick ins Innere des Hauses.

„Nun, es ist so", antwortete sie im Flüsterton, „dass ich eine ..."

Plötzlich erschien ein Mann in der Tür. „Na Schatz, alles in Ordnung?", fragte er und legte seine Arm um die Taille seiner Frau.

Jara räusperte sich. „Aber sicher", antwortete sie und wandte sich wieder Finna zu. „Tut mir leid, dass ich Ihnen nicht weiterhelfen konnte."

Ihr eindringlicher Blick sprach Bände und so zog sich Finna abermals unverrichteter Dinge zurück. Heute schien nicht ihr Glückstag zu sein, so wie der Tag zuvor, und zuvor, und zuvor ...

Wütend schlug sie mit der Hand aufs Lenkrad und hätte am liebsten laut geschrien. Erst jetzt wurde ihr bewusst, dass Lilja ihr wohl doch nicht immer alles anvertraut hatte. Das schmerzte und warf Finna in ihren Bemühungen meilenweit zurück. So würde sie nie darüber hinwegkommen, und erste Zweifel kamen auf, ob Lilja tatsächlich noch am Leben sein könnte.

Trotz allem war Finna fest entschlossen, das Rätsel zu lösen, und steuerte die Adresse von Svea an, die in einem dreigeschossigen Apartmenthaus wohnte. Obwohl Finna minutenlang klingelte, rührte sich nichts und ihre Frustration wuchs. Einen allerletzten Versuch wollte sie noch starten und dann nach Hause zurückkehren.

Das hübsche Häuschen, in dem Tove Berg wohnte, war nicht leicht zu finden gewesen. Finna musste ihren Wagen am Straßenrand stehen lassen und lief einen schmalen Weg entlang zum Haus. Eine Frau Mitte dreißig hockte zwischen den Beeten und jätete Unkraut, was Finna erleichtert zur Kenntnis nahm.

„Hej“, sagte sie.

Die Frau stand auf und drehte sich zu ihr um. Mit dem Handrücken wischte sie sich über die Stirn und hinterließ einen erdigen Streifen.

„Was gibt's?“, fragte sie.

Finna glaubte, die Frau schon einmal gesehen zu haben, konnte sich aber nicht genau daran erinnern. „Nun ja, ich weiß auch nicht so recht, wo ich anfangen soll“, druckste sie herum.

„Dann kann es ja nicht so wichtig sein“, entgegnete die Frau mit einem süffisanten Lächeln.

„Sie sind doch Tove Berg?“, fragte Finna schließlich frei heraus.

Die Frau nickte. „Warum wollen Sie das wissen?“

„Es dreht sich um Lilja Gunnarsson, meine beste Freundin“, antwortete Finna.

„Aha. Und wie kann ich Ihnen da weiterhelfen?“

Tove Berg war sehr abweisend, ja fast unfreundlich, und machte es dadurch Finna unnötig schwer.

„Lilja hat Ihren Namen und Ihre Adresse auf einen Zettel geschrieben und ich will wissen, warum sie das getan hat.“

„Das müssen Sie schon Ihre Freundin fragen“, antwortete Tove schulterzuckend.

„Lilja Gunnarsson wird vermisst.“

„Oh, das wusste ich nicht“, erwiderte Tove erstaunt.

„Sie kennen Lilja Gunnarsson also nicht?“, fragte Finna irritiert.

„Nein, woher sollte ich?“

„Aber Ihr Name steht auf dem Zettel“, beharrte Finna. „Dafür muss es doch einen Grund geben.“

„Wie ich Ihnen bereits sagte, gibt es keine Verbindung. Ich habe sie weder getroffen noch ihr etwas verkauft, oder was weiß ich. Wir sind uns nie begegnet“, erwiderte Tove schon eine Spur härter.

Finna sah ein, dass es wenig Sinn machte, Tove Berg

weiter zu befragen, und sie verabschiedete sich. Auf dem Weg zum Wagen machte es plötzlich *klick*. Ruckartig drehte sie sich um und eilte zurück.

„Ich wusste doch, dass wir uns kennen", rief sie Tove Berg zu, die gerade im Begriff war, zum Haus zu gehen.

„Was soll das bitte?" Gereizt drehte sich Tove Berg zu ihr um.

„Ich habe Sie auf der Beerdigung von Nora Gunnarsson gesehen."

„Ein Ding der Unmöglichkeit", wehrte Tove ab.

„Sie haben etwas abseits gestanden und alles mit Argusaugen beobachtet", beharrte Finna.

„Sie müssen sich täuschen. Ich bin in den letzten fünfzehn Jahren auf keiner Beerdigung mehr gewesen und kenne auch keine Lilja Gunnarsson. Ihnen noch einen schönen Tag."

Sie ließ Finna einfach stehen und verschwand wortlos im Haus. Finna musste sich erst einmal sammeln, so perplex war sie über das unhöfliche Verhalten von Tove Berg. Sie hätte schwören können, dass diese Frau auf der Beerdigung gewesen war. Nur leider half ihr diese Information kaum weiter. Sie beschloss, telefonischen Kontakt zu Andrea und Anna aufzunehmen, um sich den Aufwand eines persönlichen Besuches zu sparen.

Mit gemischten Gefühlen kehrte Finna nach Hause zurück, während Tove Berg ihr ununterbrochen im Kopf herumspukte. Sie war auf dem richtigen Weg, das konnte sie deutlich spüren. Es musste etwas geben, was diese sechs Frauen miteinander verband und sie würde nicht eher ruhen, bis sie den Grund dafür herausgefunden hatte.

Felix sprang überschwänglich an Finna hoch, als sie das Haus betrat.

„Hey, mein Kleiner, ich bin doch jetzt wieder hier",

säuselte sie im tröstenden Ton und knuddelte den Mischling liebevoll. „Kannst du dir das vorstellen? Ich habe eine ganz seltsame und unfreundliche Frau getroffen, die mir hätte weiterhelfen können. Aber genau das wollte sie nicht."

Finna ließ sich mit einem Seufzen in den Sessel plumpsen.

„Schade, dass du nicht sprechen kannst. Du bist nämlich der einzige Zeuge, der ganz genau weiß, was geschehen ist."

Sie nahm ihr Smartphone aus der Tasche und tippte die Nummer von Andrea ein. „Wünsch mir Glück, mein Kleiner", murmelte sie.

Der Signalton ertönte und es dauert ewig, bis jemand am anderen Ende der Leitung abhob.

„Sjögren", ertönte die Stimme einer jungen Frau.

„Guten Tag, ich würde mit Ihnen gern über Lilja Gunnarsson sprechen", kam Finna gleich zur Sache.

Stille.

„Hallo, sind Sie noch dran?"

„Ja", lautete die knappe Antwort und Finna fragte sich, warum die Frauen allesamt so abweisend reagierten.

„Sie wissen doch, wer Lilja Gunnarsson ist?", fragte Finna.

„Natürlich, ich habe die Nachrichten gesehen", erklang es zögerlich.

„Gibt es eine persönliche Verbindung zu Lilja?" Finna hielt den Atem an.

„Nein."

„Seltsam."

„Warum?"

„Lilja hat sich Ihren Namen und Ihre Adresse auf einem Zettel notiert, und ich würde gern wissen, warum sie das getan hat."

„Sorry, aber ich kenne diese Frau nicht persönlich."

„Das nehme ich Ihnen nicht ab", erwiderte Finna aufgewühlt und vermutete, dass auch Andrea Sjögren nicht die

Wahrheit sagte. „Niemand schreibt wahllos Namen und Adressen auf einen Zettel, um diesen dann zu verstecken."

„Falls Lilja Gunnarsson wieder auftaucht, können Sie sie ja fragen", lautete die höchst unfreundliche Antwort.

„Das ist eher unwahrscheinlich, nachdem Liljas älteste Tochter tot aufgefunden wurde. Wenn Sie keinen Kontakt zu Lilja hatten, ist Ihnen dann vielleicht eine Tove Berg bekannt?", versuchte Finna erneut, Licht ins Dunkle zu bringen.

„Nein."

„Dann Jara Hansen vielleicht oder Svea Stolt …"

„Entschuldigen Sie bitte, aber ich muss wieder an meinen Arbeitsplatz zurück", unterbrach Andrea sie. „Ich hätte Ihnen gern weitergeholfen, aber ich kenne keine dieser Frauen. Auf Wiederhören."

„Hallo?"

Andrea Sjögren hatte aufgelegt und Finna schäumte vor Wut. Lilja hatte nie etwas grundlos getan, und dass die Namenliste wichtig war, zeigte schon, wo sie diese aufbewahrt hatte.

Niedergeschlagen wählte Finna Anna Bäcklunds Nummer, die sich sofort meldete. Finna erklärte kurz den Grund ihres Anrufes und wartete drauf, was Anna zu sagen hatte.

„Ich kann wirklich nicht ausschließen, dass mir Lilja Gunnarsson irgendwann über den Weg gelaufen ist. Aber ich habe keinerlei Erinnerung daran", antwortete Anna.

Darauf nannte Finna die anderen Frauen namentlich und hörte, wie sich die Atemfrequenz von Anna erhöhte.

„Ich habe absolut nichts von diesen Frauen gewusst", stammelte Anna betroffen.

„Wie meinen Sie das?", hakte Finna nach.

„Ich muss jetzt los, ich habe noch einen dringenden Termin", sagte Anna unvermittelt.

„Bitte, lassen Sie mich nicht im Regen stehen", flehte Finna in ihrer Verzweiflung. „Sie müssen doch etwas wissen."

„Ich weiß gar nichts." Die Stimme von Anna hatte einen abweisenden Ton angenommen.

„Bitte ..."

Der monotone Signalton erklang, Anna Bäcklund hatte aufgelegt.

„Verdammt!", schrie Finna und Felix sprang erschrocken auf. „Die Frauen wissen genau, warum sie auf diesem Zettel stehen und hüllen sich in Schweigen. Ich bin mir ziemlich sicher, dass sie etwas mit Liljas Verschwinden zu tun haben", sagte sie grimmig. „Was meinst du, Felix? Bleiben wir an der Sache dran?"

16

Ella erwachte aus einer Art Tiefschlaf. Ihr Magen hatte sich anscheinend beruhigt, dafür hämmerten tausend kleine Männchen in ihrem Kopf. Noch immer fühlte sie sich elend und schwach, aber der quälende Durst trieb sie aus ihrem Versteck.

Der Himmel war von einem goldenen Orangeton überzogen und Ella fragte sich, ob sie tatsächlich einen ganzen Tag verschlafen hatte. Durchfall und Erbrechen schienen überstanden zu sein, aber die körperliche Schwäche und das Unwohlsein waren geblieben. Vereinzelt krabbelte noch eine dieser widerlichen Fliegen über ihren Körper, um dort ihre Eier abzulegen.

Ella ekelte sich, als sie sah, was die Fliegen mit ihr

gemacht hatten. Selbst in ihren Haaren hing das Zeug. Sie musste zum Bach, um zu trinken und sich zu säubern, das war ganz wichtig.

Mit letzter Kraft krabbelte sie aus ihrem Versteck und blieb erschöpft auf dem Waldboden liegen.

„Ella, du musst aufstehen! Sei ein starkes Mädchen“, echote eine Stimme in ihrem Kopf, die sich wie die von ihrer Mama anhörte.

„Ich kann nicht“, nuschelte Ella, die vergebens versuchte, sich zu orientieren. Sie musste unbedingt den Bach wiederfinden …

„Ella!“

Mit klopfendem Herzen schreckte sie auf. War sie tatsächlich wieder eingeschlafen?

Die Sonne war ein ganzes Stückchen am Himmel weitergewandert und ihre Strahlen erhellten den Waldboden.

Mühsam rappelte Ella sich auf und lief torkelnd ein paar Schritte, bis sie den Stamm einer mächtigen Buche erreicht hatte. Sie lehnte ihren Kopf an die raue Rinde, um Kraft zu schöpfen. Wie sollte sie nur zum Bach zurückfinden, wenn ihre Beine wie Streichhölzer einknickten?

Taumelnd stieß sie sich vom Baum ab und wankte weiter. Welche Richtung sollte sie nur einschlagen?

Ella kam nur sehr schleppend voran und musste immer wieder eine Pause einlegen, um dem Schwindelgefühl Einhalt zu gebieten. Die Suche nach dem erfrischenden Quell kam einem riesigen Kraftakt gleich, aber Ella wusste instinktiv, dass sie nur diese eine Chance hatte. Teilweise kroch sie auf allen vieren über den Boden und kam nur quälend langsam voran.

Aber letzten Endes hatte sich die Mühe gelohnt. Endlich hörte sie nur wenige Meter entfernt das leise Plätschern und Murmeln des Baches. Angespornt von der Aussicht auf Rettung gab sie ein letztes Mal alles, stand auf und torkelte hinunter zum steinigen Ufer. Dort sank sie auf den Boden, beugte sich über das Wasser und trank und trank, als gäbe es kein Morgen. Anschließend drehte sie sich auf den Rücken und blickte in den Himmel, den nur noch vereinzelte Wolken bedeckten.

Sie war so müde, so schrecklich müde. Natürlich wusste sie, dass sie sich hätte säubern müssen, aber ihr fehlte die nötige Kraft. Sie war ja schon froh, dass sie es überhaupt bis zum Bach geschafft hatte. Ella rollte sich leise stöhnend auf die Seite, um sich auszuruhen.

Das hartnäckige Hämmern eines Spechtes ließ Ella erwachen. Die Sonne, die jetzt direkt über ihr stand, hatte die letzten Wolken beiseitegefegt und die Luft erwärmt.

Ella setzte sich auf und rieb sich die Augen. Der Schlaf hatte ihr gutgetan, auch wenn sie sich noch schlapp und kraftlos fühlte. Es wurde Zeit, sich zu reinigen, und sie zog sich das verschmutzte Hemdchen über den Kopf. Sie tauchte es in das klare Wasser, um es auszuwaschen, doch das war gar nicht so einfach. Zu Hause gab es eine Waschmaschine, Ella hatte sich nie darum kümmern müssen.

Sie hängte das Hemdchen zum Trocknen auf einen Ast und die Nässe tropfte auf den Boden. Dann hockte sich mittig in den Bach und begann, sich zu waschen. Die Kälte des Wassers ließ sie nach Luft schnappen, als sie sich die Haare säuberte. Aber danach wurde sie sofort von den wärmenden Sonnenstrahlen umfangen und die Gänsehaut verschwand von ihrem Armen. Auch das Hemdchen trocknete schnell, so dass Ella es sich rasch wieder überziehen konnte.

Jetzt fühlte sie sich wohler, trotz der Magenschmerzen, die noch immer zwickten und zwackten. Sie suchte sich ein sonniges Plätzchen und dachte darüber nach, wie es weitergehen sollte. Einen Wanderweg suchen oder zum Schlafplatz zurückkehren?

Sie entschied sich für Letzteres und lief zurück. Am Baumstamm angekommen, rümpfte sie die Nase. Noch immer schwirrten die Fliegen zuhauf herum und alles war verschmutzt. Ob sie wollte oder nicht, sie musste sich einen anderen Platz suchen. Dabei war der ausgehöhlte Baumstamm geradezu perfekt gewesen.

Traurig kehrte sie zum Bach zurück. Der Wald war so riesig und sie selbst noch so klein. Unwillkürlich musste sie an einen Zwerg denken. Nach einer kurzen Verschnaufpause setzte sie ihren Weg fort und lief am Ufer des Baches entlang, der ihr als Richtungsweiser diente.

Immer wieder blieb sie stehen, um zu lauschen. Doch bis auf die allgegenwärtigen Geräusche des Waldes, die tagsüber viel leiser waren als in der Nacht, blieb es still. Keine Menschenseele weit und breit. Ella ahnte, dass sie verloren war, dass es keine Hoffnung geben würde, und unzählige Tränen rannen ihre Wangen herab. Dabei hatte sie so viel ausgehalten und ertragen, um nach Hause zu gelangen.

Der schmale Bach verbreiterte sich mit der Zeit und das Ufer wurde steiler. Ella trank sehr viel, um zu Kräften zu kommen, doch irgendwann versagten die Beine ihren Dienst. Sie war schwach, viel zu schwach, um weiterzulaufen, und die nackten Sohlen bluteten erneut. Leise jammernd ließ sie sich aufs weiche Moos fallen und lehnte den Rücken an einen Stamm. Bevor sie ihre Augen schloss, schaute sie sich noch einmal genauer um.

Waren das die Pfeiler einer Brücke, die sie kurz vor der Biegung des Baches erkennen konnte?

Ihr Herz klopfte vor lauter Aufregung schneller. Menschen bauten und benutzten Brücken und in der Nähe es gab bestimmt auch einen Wanderweg. Ella war hin- und hergerissen zwischen der körperlichen Erschöpfung und dem Drang, sich an der Brücke genauer umzusehen.

Nach einer Weile hielt sie die Neugier nicht mehr aus und stand auf. Sofort entwich ihr ein Schmerzlaut. Die Stoffwickel hatte sie irgendwo unterwegs verloren, nichts bot Schutz vor spitzen Steinchen, den Zweigen und piksenden Nadeln. Die zarten Fußsohlen einer Fünfjährigen waren kaum dazu geeignet, barfuß einen Wald zu durchqueren.

Aber sie musste die Brücke erreichen, egal wie beschwerlich der Weg auch sein würde. Also biss sie die Zähne ganz fest zusammen und lief wie auf Eierschalen. Dabei hatte sie das Gefühl, wie in einem schlimmen Albtraum auf der Stelle zu treten und nicht vorwärtszukommen. Immer wieder musste sie sich setzen, weil der Boden unter ihren Füßen schwankte und ihr schwindelig wurde. Aber dann hatte sie endlich ihr Ziel erreicht.

Die Brücke war aus hellem Holz und sah relativ neu aus. Vielleicht war sie ja erst vor Kurzem gebaut worden, weil hier sehr viele Menschen entlanggingen. Würde das ihre Rettung sein?

Ihre kleinen Finger berührten die raue Holzoberfläche. Liebe Brücke, bitte schick mir einen Menschen, der mich von hier wegholt, flehte sie in Gedanken und hoffte, dass ihr Wunsch erhört werden würde.

Dann zupfte sie einige Farnwedel, um sich daraus ein Art Nest zu bauen. Der Bereich unter der Brücke bot Schutz, auch wenn der Boden hart und steinig war. Sie rollte sich wie ein kleines Kätzchen zusammen und schloss die Augen. Jetzt musste sie nur noch darauf warten, dass ihr Retter die Brücke überqueren würde.

Die Nacht war ausgesprochen kühl gewesen. Ella streckte sich und rieb sich fröstelnd über die Arme. Die Enttäuschung saß tief, dass niemand gekommen war, um sie mitzunehmen. Alles, wirklich alles war umsonst gewesen.

Sie rutschte näher an das Ufer heran, um ihren Durst zu löschen. Anschließend wurde sie sich des neuen Problems bewusst, vor dem sie nun stand. Wenn sie dem Wanderweg folgte, würde sie zwar ihrer Rettung näher kommen, aber auch ihren Lebensquell verlassen müssen.

Sie erhob sich von ihrem Nachtlager und betrat zum ersten Mal die Brücke, um sich genauer umzusehen. Der Wanderweg entpuppte sich als schmaler Pfad. Dennoch konnte sie erkennen, dass er regelmäßig von Menschen benutzt wurde. In ihrem Kopf formte sich das Bild eines Parkplatzes mit vielen Autos und Wohnmobilen, die alle nur darauf warteten, sie mitzunehmen, und ihr Entschluss stand fest.

Auf dem ausgetretenen Pfad kam sie bedeutend schneller voran, als sich einen Weg durch den Wald zu bahnen. Leider bewältigte sie nur wenige Meter, bis sie wieder eine Pause einlegen musste. Der Pfad schlängelte sich zwischen den Bäumen hindurch und nur wenig später konnte Ella den silbernen Wasserspiegel eines Sees schimmern sehen. Sie würde also nicht verdursten, das Problem war gelöst. Als sie dann auch eine Aussichtsplattform entdeckte, die den Blick über den See freigab, konnte sie ihr Glück kaum fassen.

Die Plattform wirkte wie ein Magnet auf Ella und sie konnte kaum erwarten, das von der Sonne erwärmte Holzdeck zu betreten. Auf dem Weg dorthin kam sie an einem Abfalleimer vorbei und entdeckt ein angebissenes Brötchen, das jemand achtlos weggeworfen hatte. Obwohl ihr Magen noch rumorte, nahm sie es an sich und setzte sich auf die Bank, um es zu verzehren. Das Brötchen war zwar hart und vertrocknet, schmeckte aber.

Während sie aß, fiel es ihr immer schwerer, ihre Ungeduld zu zügeln. Wann würde endlich ein Wanderer vorbeikommen, um ihr zu helfen?

Die Magenschmerzen verschlimmerten sich, nachdem Ella aufgegessen hatte. Stöhnend hielt sie sich den Bauch und das euphorische Gefühl, das eben noch vorgeherrscht hatte, löste sich wie die Nebelschwaden auf. Sie ahnte, dass es wahrscheinlich kein gutes Ende nehmen würde.

Mit der Zeit wurde ihr ganz heiß, sie konnte unmöglich in der prallen Sonne sitzen bleiben. Kraftlos erhob sie sich, um nach einem schattigen Plätzchen außerhalb der Plattform zu suchen. Es musste überschaubar sein, falls ein Wanderer entlangkommen würde. Dann blieb ihr Blick an einer Holztür hängen und sie öffnete sprachlos den Mund.

Sie hatte die Hütte übersehen, weil sie ganz versteckt zwischen dichtem Buschwerk stand. Ella legte rasch die wenigen Meter zurück und drückte auf die Klinke. Die Tür sprang mit einem leisen Knarren auf und gab den Blick ins Innere frei.

Zwei einladende saubere Betten standen jeweils rechts und links an der Wand und es gab einen Tisch, vier Stühle, einen Ofen, eine Spüle sowie Geschirr und Besteck. Das musste der Himmel sein!

Der Fußboden war angenehm kühl, als Ella die Hütte betrat und die Schränke nach Essbarem durchsuchte. Eine ungeöffnete Packung Cracker und sechs Wasserflaschen, das war mehr, als sie zu hoffen gewagt hatte. Das Problem war nur, dass es ihr nicht gelingen wollte, den Plastikverschluss zu öffnen. Schließlich nahm sie ein spitzes Messer aus dem Schrank und bohrte ein Loch hinein. Es zischte und sprudelte kurz, dann konnte sie trinken.

Anschließend sank sie auf die weiche Matratze und streckte sich aus. Bestimmt würde bald jemand vorbeikommen, um sie mitzunehmen. Daran hatte sie nicht den geringsten Zweifel.

Sie fiel in einen seichten Schlaf, träumte von Nora und ihrer Mutter, die bald ein Brüderchen zur Welt bringen würde. Nora und sie waren am Anfang furchtbar enttäuscht gewesen, weil sie sich eine Schwester gewünscht hatten. Aber nun würde sich Ella auch über ein Brüderchen freuen.

Das leise Knarren der Tür ließ Ella auffahren und der Traum mit Mama, Nora, Felix und dem schönen Zuhause verblasste. Verstört blickte sie zum Eingang.

„Hej, hej."

Ein älterer Herr mit einem beigefarbenen Hut und Stoppelbart erschien in der Tür.

„Na, was machst du denn hier so ganz allein?", fragte er mit einem freundlichen Lächeln.

„Ich will nach Hause", antwortete sie verschüchtert und senkte den Blick.

„Wo sind deine Eltern?" Der Fremde runzelte fragend die Stirn und setzte seinen schweren Rucksack ab.

Ella zuckte ratlos mit den Schultern. „Ich weiß nicht genau, wo Mama und Papa sind. Bestimmt sind sie zu Hause und warten auf mich."

Er musterte sie aufmerksam. „Hast du dich verlaufen?"

„Mhm."

Als er näher an sie herantrat, bemerkte Ella einen unangenehmen Geruch. Die Kleidung des Mannes war sauber, trotzdem hätte sie sich am liebsten die Nase zugehalten. Doch sie wollte nicht unhöflich sein, weil sie auf seine Hilfe angewiesen war.

„Wie lange bist du schon hier?"

„Seit vorhin", erwiderte sie brav.

„Wie viele Tage meinte ich."

„Seit vorhin, wirklich", entgegnete sie mit Nachdruck.

„Gut, gut, dann will ich dir das mal glauben", brummte er und setzte sich an den Tisch. „Haben dich deine Eltern beim Wandern verloren? Oder bist du weggelaufen?"

Ella schüttelte traurig den Kopf. „Ich bin in einer Höhle neben meiner Schwester aufgewacht und kann mich nicht erinnern, wie ich dorthin gekommen bin."

„Willst du mich zum Narren halten?"

Der Mann warf ihr einen bösen Blick zu und Ella rutschte ängstlich mit dem Rücken bis zur Wand.

„Ich sage die Wahrheit, ich lüge nicht“, flüsterte sie. „Können Sie mich bitte zu Mama und Papa bringen? Mir geht es nicht gut, ich bin krank.“

Der Fremde seufzte und setzte seinen Hut ab. „Aber du musst mir die Wahrheit sagen, nichts als die reine Wahrheit. Schwörst du das?“

„Ich schwöre.“

Ellas Stimme zitterte leicht, denn sie begann sich vor diesem Mann zu fürchten. Seine Augen hatten einen stechenden Blick, der sie einschüchterte. Er sollte sie einfach nur wegbringen von diesem Ort und dann verschwinden.

„Dann will ich dir einmal glauben. Also, was ist passiert?“

„Ich … ich habe mich verlaufen und finde den Weg nicht mehr zurück.“

„So, so. Suchen deine Eltern nicht nach dir?“

„Nein, ich glaube nicht.“

„Warum?“

„Weil Papa der Mama …“ Ella stockte.

„Hm. Was machen wir denn nun?“

„Können Sie mich bitte mitnehmen?“, fragte sie leise.

„Du willst mit mir mitkommen?“

Ella nickte stumm.

„Und du versprichst mir, ein braves Mädchen zu sein und zu machen, was ich dir sagen werde?“

Sie nickte abermals.

„Na gut. Und deine Eltern sind wirklich nicht in der Nähe?“

„Nein“, hauchte sie und ihre Augen füllten sich mit Tränen. Sie wünschte sich, dass Papa oder Mama durch diese Tür hereinkommen würden, um sie zu beschützen. Aber leider saß nur dieser ältere Mann am Tisch, der wie eine Mülltonne roch und bereit war, sich um sie zu kümmern.

„Nun gut. Dann gib mir bitte deine Hand, damit wir gehen können.“

Er streckte ihr seine ungepflegte Hand entgegen. Ella

rutschte vom Bett und ergriff seine Hand, die sich kühl und fremd anfühlte. Ein Lächeln huschte über sein Gesicht, das sie nicht so recht deuten konnte.

„Auf geht's", sagte er und schlug mit forschen Schritten eine Richtung ein und Ella stolperte ihm hinterher.

„Bitte, ich kann nicht so schnell laufen, meine Füße …", jammerte sie.

„Was ist damit?", fuhr er sie an.

„Sie tun weh."

„Kinder laufen doch immer barfuß herum. Wo ist das Problem?"

Ella schluckte schwer. Vielleicht hätte sie doch lieber in der Hütte bleiben und auf nettere Menschen warten sollen.

„Ich … ich möchte wieder zur Hütte zurück", wisperte sie.

„Was soll das jetzt?", schnauzte er sie an. „Erst um Hilfe betteln und sich dann sträuben?"

Sie entzog ihm ihre Hand und wich zurück. Dann nahm sie all ihren Mut zusammen. „Sie sind böse, wenn Sie schimpfen", sagte sie.

„Was für eine kleine, undankbare Kröte." Der Mann schnaubte kopfschüttelnd. „Dann geh zurück und sieh zu, wie du allein zurechtkommst." Er drehte sich um und entfernte sich mit schnellen Schritten.

Ella kämpfte erneut mit den Tränen. Warum musste der Mann nur so gemein zu ihr sein? Sie hatte doch nichts getan und wollte nur nach Hause. Wie von selbst setzte sie einen Fuß vor den anderen und tippelte ihm hinterher.

„Warte Sie", rief Ella in ihrer Verzweiflung.

Der Mann blieb ruckartig stehen und drehte sich zu ihr um. „Na, hast du es dir doch anders überlegt?"

„Mhm."

„Fein." Er streckte wieder seine Hand aus. „Dann komm."

Sie kniff die Lippen fest zusammen, als er sie mit sich zog. Es schien ihn nicht zu interessieren, wie sehr ihre Füße schmerzten, und dass sie teils blutige Abdrücke hinterließ.

Irgendwann wurde Ella alles egal, so als würde sich die Seele von ihrem Körper abspalten. Sie hatte genug gelitten, hatte genug durchgemacht. Nur Sekunden später verlor sie das Bewusstsein und sank zu Boden.

„Los jetzt, aufwachen!", murrte eine harsche Stimme dicht neben ihrem Ohr und Ella öffnete blinzelnd die Augen. In ihrem Kopf tobte ein Tornado, während sie das Gefühl hatte, mit ihren Füßen über glühende Kohlen gelaufen zu sein.

„Na, Gott sein Dank", brummte der Mann und wischte sich mit dem Handrücken den Schweiß von der Stirn. „Ist dir eigentlich bewusst, dass du nur Probleme verursachst?"

Ellas Lider flatterten und sie wünschte sich zurück in die Bewusstlosigkeit. Ein harter Schlag auf die Wange holte sie zurück.

„Hey, hey, hey …"

Der Mann riss Ella wieder auf die Beine. Strauchelnd versuchte sie, das Gleichgewicht zu halten. Ihr war übel und alles drehte sich.

„Verdammt, was machen wir denn jetzt", fluchte er und fing Ella in letzter Sekunde auf. „Wollten dich deine Eltern deswegen loswerden? Weil du so anstrengend bist?"

Es schmerzte, wie boshaft er über sie sprach, und am liebsten hätte sie aufbegehrt und ihn zornig angeschrien. Aber sie war viel zu schwach, viel zu klein, ach …

Der Mann hob Ella hoch, warf sie ächzend über seine Schulter und stapfte weiter. Hin und wieder blieb er stehen, um die Seite zu wechseln. Dabei ging er so grob vor, dass Ella immer wieder einen leisen Schmerzschrei ausstieß. Aber sie musste durchhalten, denn bald würde sie zu Hause sein.

„Meine Güte, was bist du schwer", keuchte der Mann, der jetzt auch noch säuerlich nach Schweiß roch. Er setzte Ella auf einer Bank ab und wischte sich mit einem Taschentuch den Schweiß vom Gesicht. „Keine Ahnung, wie ich dich bis zum Parkplatz kriegen soll, wir haben noch zwei Kilometer vor uns. Kannst du nicht wieder laufen?“

Ella nickte brav, was sollte sie auch sonst tun. Schwankend lief sie neben ihm her und nur seine verschwitzte Hand hinderte sie am Fallen.

„Auf diese Weise kommen wir nicht voran“, schimpfte er erneut und warf Ella kurzerhand wieder über seine Schulter.

Jeder Schritt des Mannes tat weh, weil er so knochig war. Sein Shirt war vom Schweiß durchtränkt und Ella ekelte sich. Hatte er sich nicht gewaschen? Während der nächsten Pause bat sie um etwas zu trinken.

„Kind, was bist du anstrengend.“ Er kramte in seinem Rucksack und reichte ihr eine Wasserflasche. „Aber bitte nicht hineinspucken, ich will auch noch einen Schluck nehmen“, murrte er.

Ella trank mit gierigen Zügen und wischte sich dann mit dem Handrücken über die Lippen. „Danke“, sagte sie artig.

„Wenigstens scheinst du gut erzogen zu sein“, merkte er an. „Hoffentlich kannst du dich im Auto benehmen.“

„Würden Sie bitte meine Eltern anrufen?“, fragte sie und ihre Miene erhellte sich. Warum war ihr das nicht schon viel früher eingefallen. „Mama und Papa werden mich bestimmt abholen.“

„Sonst noch Sonderwünsche“, knurrte der Mann verärgert.

„Aber dann müssen Sie mich nicht tragen, das ist doch viel einfacher“, sagte sie. „Außerdem können meine Eltern gleich Schuhe mitbrin…“

„Schluss jetzt!“, herrschte er sie an. „Hier geht es nicht nur nach deinem Kopf.“

„Aber …“

„Nichts aber. Weiter geht’s.“

Er hob Ella hoch und schritt forsch voraus. Plötzlich schien er es sehr eilig zu haben und keuchte angestrengt.

Ellas Kopf und ihre Arme baumelten nach unten. Ihr war noch immer furchtbar übel und dieses Hin- und Herpendeln machte es keinesfalls besser. Aber sie wollte tapfer sein. Nicht auszudenken, wenn sie die letzten Meter mit ihren wundgelaufenen Füßen noch zurücklegen müsste.

Mit der Zeit änderte sich die Geräuschkulisse und Ella hörte in der Ferne den Motor eines Fahrzeugs brummen. Endlich, endlich juchzte sie still. Vielleicht war Nora gar nicht tot und auch Mama hatte sich von Papas Händen wieder erholt. Sie konnte es gar nicht erwarten, ihr Gesicht im weichen Fell von Felix zu vergraben.

„So, da wären wir." Er riss Ella von seiner Schulter herunter und schloss hastig seinen Wagen auf. „Und jetzt rein mit dir." Er stieß sie grob auf die Rückbank. „Anschnallen", befahl er im Kommandoton und sie gehorchte still.

Ella blieb kaum Zeit, um sich genauer umzusehen, so schnell wie der Mann mit durchdrehenden Reifen vom Parkplatz rauschte. Nachdem sie die Schotterstraße hinter sich gelassen hatten, trat er das Gaspedal durch und der Wagen schoss nach vorn.

Das Innere des Fahrzeugs roch genauso muffig wie der Mann und glich einer Müllhalde. Abgewetzte und fleckige Sitzflächen, überall leere Packungen und zerknüllte Papiertüten.

„Wohin fahren wir?", fragte sie mit piepsiger Stimme.

„Auf dem schnellsten Weg nach Hause", antwortete er.

„Woher weißt du, wo ich wohne?", wunderte sich Ella.

„Wir fahren zu mir."

„Aber ich will …", protestierte sie und wurde harsch unterbrochen.

„Wir fahren erst einmal zu mir und dann werde ich überlegen, wie es weitergehen soll."

Seine Worte gefielen Ella ganz und gar nicht. Sie wollte nur noch nach Hause, um sich in ihr kuscheliges Bett zu legen und zu schlafen, bis Mama sie mit ihren langen Haaren wachkitzeln würde.

„Werden Sie dann meine Eltern anrufen?" Sie wagte kaum zu fragen.

„Ich habe doch gesagt, dass ich darüber nachdenken muss", zischte er ungehalten.

Ella ballte die Hände zu Fäusten und bereute, mit dem Fremden mitgegangen zu sein. Vielleicht hätte sie warten sollen, bis nettere Menschen vorbeigekommen wären. Aber dafür war es jetzt zu spät.

„Wo wohnen Sie?", wollte sie wissen.

Der Mann zögerte einen Moment. „In der Nähe von Ludvika", antwortete er schließlich.

„Nicht in der Stadt?"

„Mädchen, warum löcherst du mich so mit deinen Fragen? Ich muss mich auf den Verkehr konzentrieren."

Ella blieb stumm wie ein Fisch und traute sich nicht, einen Mucks zu sagen. Sie entdeckte die vielen Schilder mit den Richtungspfeilen, konnte aber nicht lesen, wohin zu fuhren. Es war nicht schön, so klein und hilflos zu sein. Eine einzelne Träne kullerte über ihre Wange und tropfte aufs Hemdchen. Warum war der Mann nur so gemein zu ihr? Er brauchte doch nur zu Hause anzurufen und alles hätte ein Ende.

Die Fahrt schien ewig zu dauern und die Landschaft flog an ihnen vorüber.

„Ich habe Hunger", flüsterte sie.

„Was?"

„Mein Magen knurrt."

Er stieß ein genervtes Stöhnen aus und öffnete das Handschuhfach. Den Blick starr auf die Fahrbahn gerichtet, wühlte er blind im Inneren und warf dann eine angefangene Packung Kekse nach hinten.

„Lass es dir schmecken."

„Danke."

Ella biss in den Keks, der nach Pappe schmeckte. Er war alt, furchtbar süß und quoll in ihrem Mund regelrecht auf. Mühsam würgte sie den Bissen hinunter und wagte nicht, nach der Wasserflasche zu fragen. Resigniert legte sie die Packung zur Seite und ergab sich stumm ihrem Schicksal.

17

Linda hielt den durchsichtigen Asservatenbeutel in die Höhe und betrachtete den Stoffstreifen.

„Wo wurde das Stück Stoff gefunden“, fragte sie den Streifenpolizisten.

„Zwei Kilometer vom Fundort der Kinderleiche entfernt. Er hatte sich im Bach in einem Ast verfangen.“

„Dann muss er dorthin getrieben sein“, mutmaßte Linda.

„Mit großer Wahrscheinlichkeit“, stimmte der Mann ihr zu.

„Trotzdem sollen die Mantrailer die nähere Umgebung noch einmal absuchen, nur zur Sicherheit“, wandte sich Linda an Jörgen, der den Befehl sofort telefonisch weitergab.

„Ich frage mich die ganze Zeit, warum wir diese Stoffstreifen finden. Wollte jemand falsche Spuren legen? Und könnte Lilja Gunnarsson nicht doch mit ihrer jüngsten Tochter auf und davon sein?", sinnierte Jörgen.

„Um ehrlich zu sein, glaube ich nicht, dass Lilja noch am Leben ist. Auch die Chancen, Ella jetzt noch lebend zu finden, tendieren gegen null. Nicht auszudenken, dass sie irgendwo qualvoll verhungert ist. Es ist wirklich frustrierend, wie schleppend wir vorankommen. Ich werde jetzt die längst überfälligen Berichte schreiben", sagte sie.

„In Ordnung, ich habe auch noch einen Stapel auf dem Schreibtisch liegen, der abgearbeitet werden will", erwiderte Jörgen.

Linda war so in den Bericht vertieft, dass sie beim Klingeln des Telefons zusammenzuckte.

„Kriminalhauptkommissarin Linda Sventon", meldete sie sich.

„Per Stein von der Hundestaffel. Wir haben tatsächlich eine Spur gefunden, allerdings nur durch Zufall."

„Tatsächlich? Schießen sie los."

„Nach der erfolglosen Suche wollten wir mit den Hunden zum See, um sie zur Belohnung eine Runde schwimmen zu lassen. Dabei hat eine Hündin eine Spur angezeigt, die wir sofort verfolgt haben."

„Ja und?", rief Linda dazwischen, die ihre Ungeduld kaum zügeln konnte.

„Die Fußspuren, die mit großer Wahrscheinlichkeit von Ella stammen, enden am Parkplatz. Sie muss in ein Fahrzeug gestiegen sein, weil die Hunde die Spur abrupt verloren haben. Hin und wieder waren sogar vereinzelte Blutstropfen am Boden und wir gehen davon aus, dass sie ohne Schuhe unterwegs gewesen ist und teilweise getragen wurde."

„Aber wer hat das Mädchen mitgenommen? Ist der Mörder zum Tatort zurückgekehrt, um nach Ella zu suchen und sein Werk zu vollenden?"

„Gute Frage."

„Dann haben wir auf ganzer Linie versagt." Linda stöhnte leise auf. „Ich ertrage den Gedanken nicht, dass wir die kleine Ella hätten retten können."

„Es muss ja nicht unbedingt der Mörder gewesen sein", widersprach Per. „An Ihrer Stelle würde ich nochmals eine Suchmeldung in Funk und Fernsehen veröffentlichen. Je mehr Druck, desto besser."

Per Stein hatte recht, jetzt war die Aufmerksamkeit jedes Einzelnen gefragt, um das Mädchen in Sicherheit zu bringen. Derjenige, der Ella aufgegabelt hatte, konnte nichts Gutes im Schilde führen, denn sonst wäre schon längst der erlösende Anruf bei ihnen eingegangen.

„Ich werde das sofort veranlassen. Falls es Neuigkeiten gibt, informieren Sie mich umgehend. Haben Sie eine Probe der Blutspur sichergestellt?", fragte sie.

„Selbstverständlich. Die Probe befindet sich bereits im Labor."

„Gute Arbeit."

Linda beendete das Gespräch und wählte eine interne Nummer, um ihre Instruktionen sofort weiterzugeben.

Jörgen legte den Hörer auf. „Schlechte Nachrichten", sagte er. „Es wurde die Leiche einer Frau gefunden."

„Lilja Gunnarsson?"

„Das kann ich noch nicht sagen", antwortete Jörgen.

„Wo genau?"

„In einem Waldgebiet nahe Skeppmora."

„Ich will sofort dorthin", sagte Linda und sprang energisch auf.

„Du kannst die Ergebnisse doch auch im Büro abwarten", entgegnete Jörgen.

„Natürlich könnte ich das, will ich aber nicht. Ich fühle

mich persönlich dafür verantwortlich, was mit Ella geschehen ist. Das geht nicht spurlos an mir vorüber.“

„Was hältst du davon, wenn ich dich begleite? Dann können wir gemeinsam den Tatort analysieren.“

„Einverstanden. Und während der Fahrt besprechen wir alles Weitere.“

Linda und Jörgen eilten den langen Flur entlang und stiegen auf dem Parkplatz in ihren Dienstwagen.

„Die Frau muss erst vor Kurzem zu Tode gekommen sein, sie liegt noch nicht lange im Wald“, erklärte Jörgen und fädelte sich in den Verkehr ein.

„Wer hat sie gefunden?“

„Eine Joggerin, die sich in den Büschen erleichtern wollte. Sie steht allerdings unter Schock und wird erst in ein paar Stunden vernehmungsfähig sein.“

„Besteht ein Zusammenhang zu Lilja Gunnarsson?“

„Nein, soweit ich weiß.“

„Warum einfach, wenn es auch kompliziert geht“ murmelte Linda.

Jörgen steuerte den Wagen einen breiten Forstweg entlang und parkte hinter den anderen Einsatzfahrzeugen. Sie stiegen aus und folgten einem frischen Trampelpfad. Schon nach kurzer Zeit sahen sie das Absperrband im Wind flattern. Die Kriminaltechniker waren noch in ihre Arbeit vertieft und Linda und Jörgen durften nur von Weitem einen Blick auf die Leiche werfen.

„Soll ich Ihnen eine Nahaufnahme der Frau aufs Smartphone schicken?“, fragte der Leiter der Kriminaltechnik, der in seinem weißen Schutzanzug steckte. „Wir werden noch Stunden benötigen, um die Spuren am Tatort zu sichern.“

„Sehr gerne, vielen Dank“, antwortete Linda. „Eine Frage hätte ich allerdings noch. Ist der Fundort auch gleichzeitig der Tatort?“

„Nein, die Frau wurde hier definitiv nur abgeladen.

Deshalb suchen wir auch so akribisch die Umgebung ab. Der Rechtsmediziner meinte, dass sie höchstwahrscheinlich erstickt wurde."

„Hatte sie Ausweispapiere bei sich?"

„Bedauerlicherweise nicht. Aber ihre DNA ist schon auf dem Weg ins Labor, dann können Sie loslegen."

„Deuten Spuren auf einen sexuellen Missbrauch hin?"

„Nein, es gibt keine äußeren Anzeichen. Ob dem wirklich so ist, wird der Rechtsmediziner bei der Obduktion feststellen."

„Danke für die Infos", erwiderte Linda.

„Schade, ich hatte mir mehr erhofft", sagte Jörgen. „Und dann ist diese Stelle auch noch vierzig Kilometer von Nora Gunnarssons Fundort entfernt."

„Das muss noch lange nichts heißen", erwiderte Linda.

„Ich wollte es trotzdem nicht unerwähnt lassen."

„Mich beschäftigt mehr der Gedanke, dass Ella in einem Fahrzeug mitgenommen wurde. Aron Gunnarsson, unser Hauptverdächtiger, sitzt in Haft. Entweder hat er einen Komplizen oder er ist nicht der Täter."

„Sicher. Die Tote hier passt nicht ins Bild."

„Das Einzige, was mir auffällt, dass sie in Liljas Alter und ihr auch vom Typ sehr ähnlich ist."

„Das hast du ziemlich schnell erfasst, in dieser Hinsicht seid ihr Frauen unschlagbar", sagte Jörgen. „Ich hätte es wahrscheinlich erst beim Vergleich der Fotos bemerkt."

„Die Todesursache passt ebenfalls. Wir werden anschließend die Vermisstenanzeigen durchgehen, um eine Verbindung herzustellen."

„Alles klar. Dann fahren wir jetzt zurück und machen uns sofort an die Arbeit."

Unterwegs legte Jörgen einen kurzen Zwischenstopp ein, um sich mit Kaffee und Kuchen einzudecken. „Nervennahrung", sagte er, als er sich wieder hinters Steuer setzte.

„Ich hoffe, du hast mich nicht vergessen?“

„Wie könnte ich, liebe Linda.“

Er grinste breit und fuhr auf dem schnellsten Weg zurück.

Im Büro weckten sie ihre Rechner aus dem Schlafmodus und durchforsteten gemeinsam die Vermisstenanzeigen.

„Das gibt es doch nicht, keinen einzigen Treffer“, brummte Jörgen enttäuscht.

„Wahrscheinlich wird die Frau noch gar nicht vermisst. Manchmal dauert es zwei bis drei Tage, bis sich mögliche Kollegen einschalten. Bei Verwandten kann die Zeitspanne sogar noch größer sein.“

„Das sagt viel über unsere Gesellschaft aus, wir grenzen uns immer mehr ab.“

„Da gebe ich dir recht, wir verlieren die wichtigsten Dinge aus den Augen“, erwiderte Linda.

Ein Klopfen an der Tür unterbrach das Gespräch.

„Ich habe hier eine Frau, die eine Anzeige gegen unbekannt erstatten möchte“, sagte eine Kollegin.

„Dafür sind wir nicht zuständig, das wissen Sie doch“, antwortete Linda.

„Selbstverständlich, aber ich wollte Sie in diesem Fall nicht übergehen. Die Frau fühlt sich seit einigen Tagen beobachtet und verfolgt und da heute eine weitere Leiche gefunden wurde …“

„Schon gut“, winkte Linda ab. „Ich werde mich darum kümmern, schicken Sie die Frau bitte herein.“

Eine hochgewachsene, schlanke Frau betrat das Büro. „Guten Tag, ich bin Jara Hansen“, sagte sie und setzte sich vor Lindas Schreibtisch. Dann nahm sie ihre Tasche auf den Schoß und zurrte nervös den Reißverschluss auf und zu.

„Mein Dienst beginnt gleich, ich habe nicht viel Zeit“, fügte sie hastig hinzu.

„Kein Problem, wir machen es kurz. Was ist der Anlass Ihrer Anzeige?“

„Ich lebe allein und am Abend kontrolliere ich wie üblich noch einmal alle Fenster und Türen“, sagte Jara Hansen. „Dabei ist mir ein Wagen aufgefallen, in dem eine Person gegessen hat.“

„Mann oder Frau?“, hakte Linda nach.

„Das konnte ich nicht genau erkennen“, antwortete Jara Hansen. „Am Morgen stand das Fahrzeug immer noch da und ist mir bis zur Firma gefolgt. Das war schon sehr unheimlich.“ Sie atmete tief durch. „Beim Einkaufen habe ich den Wagen dann auf dem Parkplatz wiedererkannt und ich wusste, das kann kein Zufall mehr sein.“

„Haben Sie sich das Nummernschild gemerkt?“

„Das ist ärgerlich, aber darauf habe ich gar nicht geachtet.“

„Und wie haben Sie das Fahrzeug wiedererkannt?“

„Da war ein Aufkleber am Heck in Form eines Herzens.“

„Farbe und Fabrikat?“

„Ein Volvo, in Metallicgrün, glaube ich.“

„Ein ziemlich auffälliger Wagen“, merkte Linda an.

„Ja.“

„Wurden Sie in irgendeiner Art und Weise tätlich angegriffen?“

„Nein. Aber mehrmals angerufen, ohne dass sich eine Person gemeldet hätte.“

„Ach ja, wo arbeiten Sie überhaupt?“, fragte Linda geistesgegenwärtig.

„Ich bin Sekretärin in der Firma Johansson.“

„Danke. Ihre Personalien sind schon aufgenommen worden?“, fragte Linda am Schluss.

„Ja“, bestätigte Jara Hansen und verabschiedete sich.

„Sag mal Linda, ist das nicht die Firma, in der auch

Gunnarsson angestellt ist?", fragte Jörgen, nachdem Jara Hansen das Büro verlassen hatte.

„Stimmt, jetzt wo du es sagst."

„Der Volvo könnte durchaus ein typisches Frauenfahrzeug sein, Metallicgrün mit einem Herzaufkleber am Heck."

„Hm, muss er aber nicht zwangsläufig", widersprach Linda. „Trotzdem behalten wir das im Hinterkopf. Aber ohne das Nummernschild wird die Suche aufwändig und wir müssen uns erst um die Identität der Toten kümmern."

Wiederholt klopfte es an der Tür und eine Kollegin händigte Linda einen Umschlag aus. „Die Tatortfotos", sagte sie.

„Vielen Dank."

Linda öffnete sofort den Umschlag und breitete die Fotos auf dem Schreibtisch aus.

„Abgeladen, wie ein Stück Dreck", bedauerte Jörgen, der sich neben Linda gestellt hatte. „Wenn wir doch nur wüssten, wer die Fremde ist."

„Ja, Geduld ist nicht unsere Stärke", erwiderte Linda und hielt inne, als ihr Diensthandy zu klingeln begann. „Hej, Alex, schön dass du dich meldest. Du rufst sicher nicht grundlos an?" Linda lauschte seinen Worten. „Du bist wie immer auf Zack, wir sehen uns in einer halben Stunde."

„Wie hat er nur so schnell wieder herausgefunden, dass wir eine weitere Tote haben?", fragte Jörgen.

„Der Mann mit dem siebten Sinn", antwortete Linda. „Aber, er hat einen Vorschlag gemacht, den ich durchaus interessant finde."

„Und der wäre?"

„Wir sollen Aron Gunnarsson mit einem Foto der Toten konfrontieren und schauen, wie er reagiert."

„Ich weiß ja nicht …", zweifelt Jörgen.

„Einen Versuch ist es wert und es könnte uns eine Menge Arbeit ersparen. Parallelen sind auf jeden Fall vorhanden."

„Gut, wie du meinst."

Gunnarssons ungepflegte Gesamterscheinung hatte sich kaum verändert. Er wirkte verhärmt, die Tage in der Untersuchungshaft schienen ihn zu zermürben.

„Es hat einen weiteren Todesfall gegeben", eröffnete Linda die Vernehmung.

„Dafür kann ich ja wohl kaum verantwortlich gemacht werden", erwiderte Gunnarsson.

„Natürlich nicht, aber Sie sollten dennoch einen Blick auf die Frau werfen."

Linda schob ihm das Foto zu, doch Gunnarsson blieb reglos sitzen.

„Und was habe ich davon?", fragte er desinteressiert.

„Sie könnten zum Beispiel entlastet werden", antwortete Linda.

Er beugte sich nach vorn und griff nach dem Foto. Als er es anschaute, zuckte er kaum merklich zusammen.

„Sie kennen die Frau?" Linda musterte ihn mit festem Blick.

„Ich bin mir nicht sicher."

Gunnarsson rang um Fassung und weder Linda noch Jörgen entging, dass seine Hände leicht zitterten.

„Wer ist diese Frau?"

Gunnarsson schluckte, blieb aber stumm.

„Warum wollen Sie nicht mit uns kooperieren?", fragte Linda. „Wissen Sie, wer am Vormittag bei uns war?"

„Ich bin kein Hellseher", erwiderte Gunnarsson abweisend.

„Jara Hansen."

„Kenne ich nicht", blieb Gunnarsson stur.

„Sie arbeitet als Sekretärin in der Firma, in der auch Sie angestellt sind."

Allmählich schien Gunnarsson zu dämmern, dass sich die Schlinge zuzog.

„Was wollte Sie?"

„Eine Anzeige erstatten, weil sie sich verfolgt fühlt."

Plötzlich schien eine Wandlung in ihm vorzugehen und seine Schultern strafften sich. „Lilja", sagte er.

„Was ist mit ihr?"

„Ich hatte ein Verhältnis mit Jara Hansen", gestand Gunnarsson.

„Ach, und Sie nehmen an, dass Ihre Frau wiederholt als Racheengel agiert?"

Er nickte.

„Kommen wir jetzt zu der Frau auf dem Foto. Wer ist sie?", wiederholte Linda ihre Frage.

„Andrea Sjögren."

„Und woher kennen Sie sie?"

„Ich hatte mit ihr ebenfalls eine Affäre", antwortete er kaum hörbar.

„So schließt sich der Kreis." Linda atmete geräuschvoll aus. „Mit wem waren Sie noch intim?"

„Nur mit diesen zwei Frauen", antwortete er knapp.

„Und Sie verdächtigen weiterhin Ihre Frau?"

„Wer käme sonst infrage?"

„Herr Gunnarsson, Ihre Frau war schwanger und ich kann mir beim besten Willen nicht vorstellen, dass sie körperlich dazu in der Lage gewesen wäre, Andrea Sjögren zu töten und im Wald abzulegen."

„Da kennen Sie Lilja aber schlecht. Sie ist kräftiger, als Sie denken."

„Wusste Ihre Frau von den Affären?"

Gunnarsson errötete. „Sie hat es mir an diesem besagten Abend erzählt."

„Also hätten wir ein Motiv für den Mord an Ihrer Frau und Ihren Töchtern."

„Ich war es nicht, wie oft soll ich das noch wiederholen", rief Gunnarsson aufgebracht.

„Wenn Sie es nicht waren, wer dann?", hakte Linda nach,

doch Gunnarsson zuckte nur ratlos mit den Schultern. Egal, wie oft sie die Fragen auch wiederholte, er blieb bei seiner Aussage.

Linda saß nach dem Abendessen auf der Couch und lehnte ihren Kopf an die Schulter von Alex.

„Was für ein bescheidener Tag", sagte sie. „Ella bleibt nach wie vor unauffindbar ebenso wie ihre Mutter. Eine weitere Tote ist aufgetaucht und Gunnarsson will nicht reden."

Alex strich ihr sanft durchs Haar. „Der Mann hat einen Verdacht, schiebt aber aus irgendeinem Grund seine Frau vor. Ich bin mir ziemlich sicher, dass er bei der Anzahl seiner Gespielinnen ordentlich geflunkert hat."

„Du bist also der Meinung, dass noch weitere Frauen existieren, mit denen er eine Affäre gehabt hat?"

„Davon gehe ich aus. Jedes zweite Wort von ihm ist unglaubwürdig, das verrät schon seine Körpersprache."

„Meine Güte, was ist nur in diesen Mann gefahren?", fragte Linda. „Er hatte das perfekte Leben – einen guten Job und eine wunderbare Familie."

„Vielleicht ist ihm dieses perfekte Leben irgendwann zu langweilig geworden und er hat den Nervenkitzel gesucht. Und nun versucht er mit allen Mitteln, den Schaden zu begrenzen, denn letztlich werden seine Frau und seine Töchter die Opfer sein."

„Hast du eine Vermutung, was mit Ella geschehen sein könnte", fragte Linda.

„Da sie eine wichtige Zeugin in diesem Fall ist, wird sich der Täter auf die Suche nach ihr gemacht haben. Und ich fürchte, dass er damit Erfolg gehabt hat."

„Was haben wir nur übersehen? Ich meine, wir haben fast den gesamten Wald auf den Kopf gestellt."

„Wahrscheinlich wusste derjenige genau, wo er suchen musste."

„Aber wir hatten die Hunde, verdammt."

„Ach Linda, bitte quäle dich nicht so. Hätte Aron Gunnarsson von Anfang an die Wahrheit gesagt, dann wärt ihr in einer ganz anderen Ausgangsposition gewesen. Doch selbst jetzt hält er die Wahrheit hinterm Berg zurück."

„Schade, dass du schon morgen wieder fahren musst. Ich werde dich vermissen", murmelte Linda.

„Das musst du nicht", erwiderte Alex mit einem Lächeln. „Ich habe noch zwei weitere Tage hintendran gehängt."

Linda richtete sich auf und strahlte. „Wirklich?"

Er nickte. „Sag mal, Liebes, hast du schon einmal darüber nachgedacht, hier deine Zelte abzubrechen, um mit mir nach Stockholm zu gehen? Ich möchte euch gern in meiner Nähe haben."

„Ja, das eine oder andere Mal ist mir der Gedanke schon gekommen", gestand Linda. „Aber die Mädchen sind hier aufgewachsen und ich will sie nicht aus dem gewohnten Umfeld herausreißen und von ihren Freunden trennen."

„Ja, das verstehe ich. Ich hätte schon längst meine Koffer gepackt, wenn ich in Ludvika eine Anstellung finden würde, die meinen Fähigkeiten entspricht. Doch hier gibt es weder einen Lehrstuhl für mich noch eine Verwendung in der Polizeibehörde."

Linda sah ihn dankbar an. „Ich wusste gar nicht, dass du dir schon so viele Gedanken darüber gemacht hast, und ich weiß das sehr zu schätzen, weil es mir zeigt, wie viel wir dir bedeuten."

„Ach Linda, ich bin an einem Punkt in meinem Leben angekommen, wo ich Nägel mit Köpfen machen möchte. Mir ist klar, dass du es mit einem eingefleischten Junggesellen nicht leicht haben wirst, aber ich verspreche dir, mein Bestes zu geben."

Er küsste Linda leidenschaftlich, bis ihr die Luft wegblieb.

„Wir werden einen Weg finden, denn auf Dauer ist so eine Wochenendbeziehung auch nicht das Wahre“, sagte sie und schmiegte sich an ihn.

18

Finna starrte gebannt auf den Fernseher und konnte ihren Blick kaum abwenden, als der Nachrichtensprecher verkündete, dass eine Frauenleiche gefunden worden war. Lilja?

Ihr Herz klopfte bis zum Hals, als sie mit zittrigen Fingern die Nummer von Ingrid eintippte.

„Hallo Ingrid, Finna hier. Ich habe gerade die Nachrichten gesehen und …"

„Die Kommissarin hat vor einigen Minuten angerufen, es ist nicht Lilja."

„Gott sei Dank", rief Finna. „Ich habe schon mit dem Schlimmsten gerechnet."

„Auf der einen Seite ist es gut, auf der anderen bringt

mich diese Ungewissheit noch um den Verstand. Ich bin an einem Punkt angelangt, wo ich nicht mehr weiterkann."

„Ach Ingrid, ich verstehe dich nur zu gut. Aber im ersten Moment war ich einfach nur erleichtert, bitte verzeih."

„Ich weiß doch, dass du es nicht böse meinst, dennoch sollte niemand seine Kinder zu Grabe tragen. Immer wenn das Telefon klingelt, werden meine Knie weich und meine Augen füllen sich mit Tränen. Keine Ahnung, wie Anders und ich das auf Dauer bewältigen können."

„Bitte melde dich, wenn du Hilfe oder Trost brauchst. Lars und ich sind immer für euch da."

„Danke Liebes, ich werde in naher Zukunft darauf zurückkommen", antwortete Ingrid gequält. „Mittlerweile denke ich, dass Aron sehr wohl über einiges Bescheid weiß, aber die Beamten wollen mir keine Details verraten. Irgendetwas muss zwischen ihm und Lilja vorgefallen sein."

Finna musste unwillkürlich an den Zettel denken. Sie wollte Ingrid nicht unnötig beunruhigen, solange sie nicht wusste, worum es überhaupt ging. Nacht für Nacht hatte sie sich das Hirn zermartert, ohne dass der zündende Gedanke übergesprungen wäre.

„Ich weiß leider auch nicht mehr als du", sagte sie und ihr war gar nicht wohl bei dieser Lüge.

„Finna, ich muss wieder in die Küche, mein Essen brennt an."

„Kein Problem, passt auf euch auf."

Nachdenklich blieb Finna zurück. Dass Lilja und Ella nicht gefunden wurden, bereitete ihr große Sorgen. Sie griff das Stichwort *Essen* auf und öffnete den Kühlschrank. Gähnende Leere. Seit Tagen verkroch sie sich im Haus und vermied es, vor die Tür zu gehen. Nur die Nachforschungen hatten sie nach draußen getrieben.

Ob sie wollte oder nicht, ein anständiger Großeinkauf ließ sich nicht länger aufschieben. Sie schnappte sich ihre Tasche, verabschiedete sich von Felix und stieg in den

Wagen. Das Geschäft, wo sie vorzugsweise frische Waren kaufte, lag nur einige Straßen entfernt. Sie schob den Wagen durch die Gänge und arbeitete kontinuierlich ihre Einkaufsliste ab.

„Hast du in den Nachrichten von der Toten gehört, die man gefunden hat?“

Finna blieb unvermittelt stehen, um das Gespräch von zwei älteren Damen zu belauschen, und tat so, als würde sie die Auslagen betrachten.

„Furchtbar, nicht wahr. Erst das kleine Mädchen und dann die Frau. Ob ein Serienkiller in Ludvika sein Unwesen treibt?“

„Das wäre doch eher unwahrscheinlich. Außerdem soll die Frau nicht aus Ludvika stammen, hat mir zumindest eine Nachbarin erzählt.“

„Ach ja? Weiß man schon, wer sie ist?“

„Die Cousine meines Mannes kennt sie.“

„Ist nicht wahr?“

„Doch, doch. Sie waren früher einmal Arbeitskolleginnen.“

„Nun sag schon, wer die Tote ist.“

„Die kennst du sowieso nicht.“

„Himmel, nun rück endlich den Namen raus.“

„Na gut, es ist Andrea Sjögren.“

„Kenne ich nicht.“

„Sagte ich doch …“

Finna war wie paralysiert, als sie den Namen hörte. Das konnte kein Zufall sein und tausend Gedanken schossen ihr durch den Kopf. Neben Tove Berg hatte sich auch Andrea Sjögren sehr abweisend verhalten.

Die zwei älteren Damen waren schon längst in Richtung Kasse verschwunden, als Finna sich endlich aus ihrer Starre löste. Am liebsten wäre sie aus dem Laden gestürmt und sie musste sich dazu zwingen, die fehlenden Lebensmittel in den Wagen zu legen. Wie in Trance fuhr sie nach Hause zurück und schob Felix, der sie wie immer überschwänglich begrüßte, abwesend zur Seite. „Jetzt nicht, mein Kleiner."

Spätestens jetzt war ihr klar geworden, dass sie Ingrid gegenüber die Wahrheit nicht länger verschweigen konnte, und griff zum Telefon.

„Hallo Finna, alles in Ordnung?", fragte Ingrid besorgt.

„Wie man es nimmt", antwortete Finna zögerlich. „Felix hat sich in seinem Körbchen übergeben, weil er unterwegs wieder etwas gefressen hat, was er nicht sollte."

„Ach, mach dir darüber nicht so viele Gedanken. Ich weiß doch, wie gut du dich um ihn kümmerst", erwiderte Ingrid.

„Darum geht es nicht."

„Nein?"

„Ich musste den Bezug seines Körbchens abnehmen, um ihn zu waschen. Im Inlett habe ich einen Zettel mit Frauennamen und den dazugehörigen Adressen gefunden, die sich Lilja notiert hatte."

„Die gleichen Frauennamen, die auch auf dem Blatt Papier im Kosmetikkoffer standen?"

„Ganz genau, Ingrid."

„Was hat das wohl zu bedeuten?"

„Bei der Toten handelt es sich um eine dieser Frauen."

„Wie bitte?"

Finna hörte, wie Ingrid geräuschvoll die Luft ausstieß.

„Ich wollte dich fragen, ob du eine Kopie möchtest?"

„Eine Kopie wäre sinnvoll und dann solltest du das Schriftstück zur Polizei bringen. Die können mit Sicherheit mehr damit anfangen. Sind die Adressen vollständig?"

„Ja", bestätigte Finna.

„Mir wird ganz schwindelig bei dem Gedanken, dass ausgerechnet eine von ihnen tot aufgefunden worden ist. Hast du irgendeine Vermutung?"

„Tut mir leid Ingrid, da bin ich genauso unwissend wie du. Ich werde rasch mit Felix rausgehen und dann zur Polizeibehörde fahren. Wünsch mir Glück."

„Auf jeden Fall."

Finna saß vor dem Schreibtisch von Linda Sventon, die eingehend die Namen und Adressen prüfte.

„Warum haben Sie sich nicht sofort an uns gewandt, als Sie den ersten Zettel gefunden haben?", fragte die Kommissarin.

„Weil wir angenommen haben, dass sich Lilja die Mädchennamen für den erwarteten Nachwuchs aufgeschrieben hat", antwortete Finna.

„Es sollte doch ein Junge werden."

„Ja, natürlich, aber es stand schließlich kein Datum drauf", rechtfertigte sich Finna, die sich in die Enge getrieben fühlte.

„Kennen Sie eine der Frauen persönlich?", fragte die Kommissarin und Finna verneinte. „Wir werden uns sofort mit den Frauen in Verbindung setzen. Nochmals vielen Dank, dass Sie zu uns gekommen sind."

Finna verabschiedete sich und saß nur wenige Minuten später wieder in ihrem Wagen. Eigentlich hätte sie noch eine Menge zu erledigen gehabt, verschob es aber. Der Tag war gelaufen.

Sie beschloss, sich stattdessen eine Auszeit zu gönnen, und fuhr mit Felix in Richtung Wald. Ein entspannter Spaziergang inmitten der Natur würde sie mit Sicherheit ablenken.

Sie legte Felix die Leine an, der sich gern taub stellte, sobald er eine Fährte aufgenommen hatte, und schlenderte mit ihm den Forstweg entlang. Der Wald strahlte eine kraftvolle Ruhe aus, die Finna als besonders wohltuend empfand. Der Wind fuhr leise wispernd durch das Blätterdach und die Vögel zwitscherten. Auch Felix zerrte nicht mehr an der Leine und spazierte mit hocherhobener Rute freudig neben Finna her.

„Das tut gut, nicht wahr, das sollten wir öfter machen", sagte sie und spürte, wie sie sich zusehends entspannte. Zum ersten Mal nach all der Zeit hatte sie ihr seelisches Gleichgewicht wiedererlangt.

Mit einem Mal blieb Felix stehen und begann, drohend zu knurren. Dann machte er einen Satz nach vorn und die Leine spannte sich ruckartig. Nur Sekunden später echauffierte sich der Mischling lautstark.

„Felix, was soll denn das?", schimpfte Finna und schaute sich erschrocken um. Aufmerksam scannte sie die nähere Umgebung mit Blicken, konnte aber nicht die Ursache für den plötzlichen Stimmungswechsel von Felix ausmachen. „Schluss jetzt", rief sie verärgert und drückte das Hinterteil des Hundes auf den Boden. „Sitz!"

Felix dachte jedoch nicht daran und drehte sich wie ein Kreisel, weil ihn die Leine am Weglaufen hinderte. Finna gab schließlich nach und folgte ihm. Der Rüde zerrte Finna ins Dickicht, wo sie nur wenige Meter entfernt eine Gestalt ausmachen konnte.

„Hallo?", rief sie und blieb stehen.

Die Gestalt, die sich hinter einem Baumstamm verborgen hatte, trat plötzlich hervor und stürmte in Finnas Richtung.

„Hey, was soll das!"

Finna wich erschrocken zurück, um nur einen Atemzug später die Flucht anzutreten. Sie hetzte davon, bis eine Baumwurzel, die aus dem Boden herausragte, die wilde Jagd stoppte. Finna stolperte und noch im Fallen rutschte ihr die Leine aus der Hand. Felix nutzte die Gunst der Stunde und machte sich auf und davon.

„Felix, bleib hier!", schrie Finna und rappelte sich auf. Sie hatte sich beim Sturz ihr Knie aufgeschlagen und die Jeans verfärbte sich an dieser Stelle rot. Scheiß drauf, dachte sie und stürmte Felix hinterher, der seinen Vorsprung hatte deutlich ausbauen können.

Plötzlich löste sich ein Kaninchen aus dem dichten

Gestrüpp, schlug einen Haken und hoppelte davon. Felix ließ sich nicht zweimal bitten und jagte hinterher. Nur Sekunden später war er aus ihrem Blickfeld verschwunden. Was nun?

Sie musste sich in Sicherheit bringen und bog entschlossen nach rechts, um zurück zum Weg zu gelangen. Auf ihrer Flucht riskierte sie einen kurzen Blick über ihre Schulter und bemerkte, dass sie von einer Frau verfolgt wurde. Verwundert blieb sie stehen und musterte die Fremde, die eigentlich gar keine Fremde für sie war. Tove Bergs grimmiger Gesichtsausdruck ließ bei Finna alle Alarmglocken schrillen und sie setzte ihre Flucht fort.

Ihr Atem ging stoßweise, als sie das Tempo erhöhte. Sie sprang über Steine, zertrampelte Pilze und knickte Farnwedel um. Tove Berg war ein wenig fülliger und Finna hoffte, ihren Vorsprung ausbauen zu können. Zweige kratzen über ihre nackte Haut und hinterließen blutige Striemen. Finna spurtete, was das Zeug hielt, doch der Vorsprung schrumpfte zusehends.

Finna kämpfte sich verbissen durch das Gestrüpp und musste sich alsbald eingestehen, dass es nur noch eine Frage von wenigen Metern war, bis Tove Berg sie eingeholt hätte. Ein letztes Mal gab sie alles und es gelang ihr tatsächlich, Tove Berg abzuhängen. Mit hängenden Schultern trottete sie zu der Stelle zurück, an der sie Felix zum letzten Mal gesehen hatte. Ein wenig mulmig war ihr schon zumute, so ganz allein und ohne einen Hund, der rechtzeitig die Gefahr anzeigen könnte.

„Na super, du Gernegroß", murmelte sie frustriert und schlug die Richtung ein, in der der Rüde verschwunden war. Unwillkürlich musste sie an einen Spruch denken: Wenn dir das Leben Zitronen schenkt, dann mach Limonade daraus. Verbittert lachte sie auf, sie hatte das alles so satt. Egal wie sehr sie sich auch anstrengte, sie landete immer in einer Sackgasse. Und zu allem Überfluss musste sie sich auch noch um Felix kümmern, der sich in egoistischer Weise aus dem Staub gemacht hatte, um seinem Jagdtrieb zu frönen.

Als plötzlich hinter Finna ein vertrockneter Ast knackte, fuhr sie herum und starrte in Tove Bergs Gesicht, die gerade zu einem Schlag ausholte. Geistesgegenwärtig sprang Finna zur Seite.

„Bist du verrückt geworden", schrie sie zornig und machte einen Schritt auf Tove Berg zu, um sie zur Seite zu stoßen. Doch Tove war schneller. Der harte Tritt traf Finna direkt in die Magengrube und sie krümmte sich schmerzerfüllt.

„Bist du übergeschnappt? Was willst du überhaupt von mir?", keuchte sie.

„Ich hasse es, wenn mir Leute hinterherschnüffeln", zischte Tove.

„Andersherum wird eher ein Schuh draus." Finna richtete sich auf und musterte Tove mit einem hasserfüllten Blick. „Warum bist du mir in den Wald gefolgt?"

„Das geht dich nichts an. Mich würde viel mehr interessieren, woher du meine Adresse hast?"

„Wenn ich mich recht entsinne, dann hatte ich schon damals erwähnt, dass sich Lilja mehrere Namen und Adressen auf einen Zettel notiert hat."

„Wie viele Namen waren es insgesamt?", fragte Tove und schwang drohend einen Ast, um notfalls mit ihm zuzuschlagen.

„Sechs."

Tove erblasste.

„Was hat es mit den Namen auf sich?", fragte Finna und machte behutsam einen Schritt rückwärts, um dem Ast ausweichen zu können.

„Je mehr du weißt, desto gefährlicher wird es für dich, " zischte Tove.

„Das ist mir egal. Ich will, dass du endlich Klartext mit mir redest."

„Keine Chance“, antwortete Tove und ließ den Ast auf Finna niedersausen.

Finna versuchte im letzten Moment auszuweichen, doch sie wurde getroffen. Ein brennender Schmerz jagte durch Finnas rechte Schulter, als sie zu Boden ging. Diese Frau hatte eine enorme Kraft in den Armen. Noch bevor sich Finna wieder aufrappeln konnte, wurde sie von einem weiteren Schlag getroffen, der die Wucht eines Vorschlaghammers hatte.

„Hör auf!“, kreischte sie, als sie wiederholt zu Boden ging. Panisch robbte sie vorwärts, um Tove zu entkommen, doch diese Frau kannte kein Erbarmen. Der Knüppel sauste abermals auf Finna nieder und sie fasste sich wimmernd an die Schläfe. Ihre Fingerspitzen verfärbten sich rot. „Du Monster“, stöhnte Finna und wich kriechend zurück.

„Du willst ein Monster? Kannst du haben.“

Tove riss Finna an den Haaren zurück und trat ihr wahllos mit den Füßen in die Eingeweide. Finna krümmte sich schützend, doch als ein Tritt sie in der Nierengegend traf, heulte sie auf. Tove Berg befand sich regelrecht in Rage und prügelte so lange auf Finna ein, bis diese das Bewusstsein verlor.

19

„Wir sind da."

Erschrocken hob Ella orientierungslos ihren Kopf und schaute sich um. Sie hatte tief und fest geschlafen.

„Na los, aussteigen", forderte der Fremde sie auf.

Ella löste den Gurt, den der Mann nur provisorisch um sie gelegt hatte, und krabbelte von der Rückbank. Im Auto ihrer Eltern hatte sie immer im Kindersitz gesessen, aber der Mann schien wohl kinderlos zu sein.

Mit seiner Aussage, nicht direkt in Ludvika zu wohnen, hatte er recht behalten. Das Haus stand mutterseelenallein im Nirgendwo. Hüfthohes Unkraut wucherte auf dem eingezäunten Grundstück und dazwischen stand Gerümpel jeglicher Art. Ein trostloser Ort und Ella hätte am liebsten kehrtgemacht.

„Rufen Sie jetzt meine Eltern an?“, bat sie leise.

„Ich hatte dir doch gesagt, dass ich in Ruhe darüber nachdenken muss.“

Ella schluckte den dicken Kloß, der in ihrem Hals steckte, hinunter.

„Worauf wartest du? Willst du Wurzeln schlagen?“

Er öffnete das Tor, das mit einem Vorhängeschloss gesichert war, und schob Ella hinein. Ein Weg aus grobem Schotter führte zu einem Holzhaus, das baufällig und abgewohnt aussah. Graue Gardinen hingen vor den blinden Fenstern, die von einer dicken Schmutzschicht bedeckt waren.

„Ich kann nicht laufen, meinen Füße tun so weh“, klagte Ella, als er sie über den Schotterweg zerrte.

„Himmelherrgott“, fluchte er und hob Ella hoch. Mit verärgerter Miene stapfte er zum Haus. Auf halber Strecke kam ein dunkles Etwas angeschossen und fletschte knurrend seine Zähne. Ella kreischte vor Schreck und verbarg ihr Gesicht schutzsuchend an der Schulter des Mannes.

„Hör auf, meine Ohren …“, brüllte er und versetzte dem Hund einen Tritt, sodass dieser aufjaulte und sich mit eingeklemmter Rute trollte. „Der Köter liegt an der Kette. Aber solltest du je auf den Gedanken kommen, von hier zu verschwinden, wird er dich in Stücke reißen.“

Ella riss verängstigt die Augen auf. „Aber ich will doch zu Mama und Papa.“

„Was du willst, ist momentan zweitrangig“, brummte der Mann und setzte Ella vor der Haustür ab, um diese aufzuschließen. Ein muffiger Geruch schlug ihnen entgegen, als sie eintraten. Das Innere des Hauses war völlig verdreckt und jetzt ahnte Ella auch, warum der Mann so unangenehm roch.

Ein alter Teppich verdeckte das rissige Linoleum und auf

den Möbeln lag eine dicke Schicht Staub. Spinnweben in den Zimmerecken, schmutziges Geschirr, das sich in der Spüle stapelte und mehrere Stapel bunter Zeitschriften mit nackten Männern und Frauen auf der abgewetzten Couch.

„So, da wären wir."

Die Worte hätte sich der Mann sparen können, Ella war schockiert. Sie verglich diesen Ort mit ihrem Zuhause, das hell, sauber und freundlich eingerichtet war. Schluchzend schlug sie die Hände vors Gesicht und begann, hemmungslos zu weinen.

„Was ist denn nun schon wieder los?", stöhnte der Mann und griff sich an den Kopf. „Du bist ein richtiges kleines Biest und mit nichts zufrieden."

Ella weinte lauter und lauter und schrie ihren Schmerz in die Welt hinaus. Das war zu viel, viel zu viel für ihr kleines Gemüt …

Ella kam allmählich wieder zu sich. Alles um sie herum war weich und warm und sie glaubte schon, wieder zu Hause zu sein, bis sie ihre Augen öffnete. Nein, was für ein Irrtum. Statt auf die zarten Farbtöne ihrer geliebten Blumentapete, starrte sie auf braune Wandpaneele, an der vergilbte, wellige Poster klebten. Wo war sie nur?

Ihr Kopf glühte und die Zunge war zu einer dicken Kröte mutiert, die das Schlucken erschwerte. Ein unkontrolliertes Zittern durchfuhr ihren Körper und eine schemenhafte Gestalt legte ihr ein feuchtes Tuch auf die Stirn.

„Gott sei Dank, du bist endlich wach. Du musst dringend Medikamente nehmen, es sieht ganz und gar nicht gut aus."

Sie erkannte die Stimme des Mannes und wollte antworten, aber nur ein hohles Krächzen verließ ihre Kehle.

„Komm, setz dich auf."

Er schob seine Hand unter ihren Rücken, um sie beim

Aufrichten zu unterstützen. Ella war kaum dazu in der Lage, ihr Gleichgewicht zu halten. Sie kippte immer wieder seitlich weg und hatte keinerlei Kontrolle mehr über ihre Gliedmaßen.

„Du hast wahrscheinlich eine Blutvergiftung und ich müsste dich eigentlich in ein Krankenhaus bringen. Nur leider käme da einiges an Ärger auf mich zu", murmelte er. „Nimm die Tablette. Das ist ein starkes Antibiotikum und wird dich retten."

Ella öffnete brav den Mund und der Mann schob ihr die Tablette in den Rachen. Anschließend setzte er ein Glas Wasser an ihre Lippen. „Trink", forderte er sie auf.

Ella würgte und würgte, bis sie die viel zu große Tablette endlich hinuntergeschluckt hatte.

„Wann … Mama … Papa … kommen …", nuschelte sie und sank erschöpft aufs Kissen zurück.

„Nein, nein, ich bin jetzt dein Papa und du bist meine kleine Lina", widersprach er mit einer säuselnden Stimme, die Ella dem Mann gar nicht zugetraut hätte.

„Ich … Ella …"

„Werd erst einmal wieder gesund, meine kleine Lina. Und sobald du kein Fieber mehr hast, können wir gemeinsam etwas spielen, nicht wahr?"

Ella murmelte etwas Unverständliches, dann fiel ihr Kopf zur Seite. Sie war wieder eingeschlafen.

Als Ella diesmal zu sich kam, fühlte sie sich ein klein wenig besser. Aber das Bauchweh war zurückgekehrt und bereitete ihr Höllenqualen.

„Mir ist so schlecht", jammerte sie.

Im Zimmer war es stockdunkel und sie musste dringend auf die Toilette. Sie rollte sich auf die Seite und streckte die Beine unter der Bettdecke hervor. Es kam einem Kraftakt gleich, sich aufzusetzen, und sofort wurde ihr wieder schwindelig.

„Hallo?", piepste sie, doch im Haus blieb es still. Warum kam der Mann nicht zu ihr, um ihr zu helfen?

Es wollte ihr nicht gelingen, auf eigenen Beinen zu stehen, und sie sank kraftlos zu Boden.

„Hilfe!"

Nichts.

Auf keinen Fall konnte sie auf dem Boden liegenbleiben. Noch immer wurde sie von Fieberschüben ordentlich durchgeschüttelt und fror erbärmlich, obwohl es mitten im Hochsommer war.

Neben dem Bett stand ein Stuhl und sie zog sich keuchend an der Lehne hoch. Ausgerechnet in dem Moment, als sie sich endlich wieder aufgerichtet hatte, kippte der Stuhl polternd zur Seite. Mama, bitte hilf mir und rette mich, flehte sie stumm.

Plötzlich wurde die Tür aufgerissen und das grelle Licht der Deckenlampe blendete sie.

„Was veranstaltest du denn hier? Wolltest du etwa abhauen?", raunzte der Mann griesgrämig.

„Toilette …", nuschelte sie.

„Ah, ja."

Er brachte Ella in ein winziges Bad, das den Namen eigentlich nicht verdiente. Es roch ganz grauenvoll, als er sie vor dem WC absetzte.

„Ruf mich, wenn du fertig bist. Okay?"

Ella nickte und setzte sich. Sie hatte schlimmen Durchfall und war kaum dazu in der Lage, sich ordentlich zu säubern. Mit letzter Kraft drückte sie auf die Spülung.

„Fertig."

Der Mann trat ein. „Herrje, das muss ich morgen putzen." Er hob Ella hoch, aber diesmal mit einem gebührenden Abstand, und trug sie zum Bett. Dann deckte er sie zu und stieß einen tiefen Seufzer aus. „Wahrscheinlich verträgst du das Antibiotikum nicht, ich sollte die Menge halbieren", brummte er. „Immerhin bist du wieder bei Bewusstsein."

Er reichte Ella ein Glas Wasser, das auf dem Nachtschränkchen stand. Sie ließ das erquickende Nass durch ihre ausgedörrte Kehle rinnen. Wann würde sie sich endlich wieder besser fühlen? Ihr Haar klebte schweißnass an der Stirn und irgendetwas stimmte mit ihren Füßen nicht, die sich wie dicke Baumstämme anfühlten.

„Gleich morgen nach dem Aufstehen werde ich dir Wadenwickel machen, weil deine Beine stark geschwollen sind. Aber jetzt wird geschlafen. Gute Nacht, Lina."

Ella, ich bin Ella, dachte sie und schloss erschöpft die Augen.

Jemand rüttelte grob an ihrer Schulter.

„Meine Güte, endlich schlägst du die Augen auf. Ich habe schon gedacht, du hättest wieder dein Bewusstsein verloren." Der Mann zog ihr das Kopfkissen weg, um es aufzuschütteln. „So, jetzt einmal hinsetzen, bitte."

Er stopfte es hinter ihren Rücken, damit sie aufrecht sitzen blieb. Dann zerteilte er die Tablette. „Und jetzt bitte brav den Mund aufmachen."

Ella gehorchte, weil sie sowieso keine andere Wahl hatte, und spülte das Medikament mit mehreren Schlucken Wasser hinunter.

„Lina, möchtest du etwas essen?", fragte er.

Sie zuckte nur ratlos mit den Schultern.

„Hm, ich könnte dir eine Haferschleimsuppe kochen. Diese esse ich auch immer, wenn es mir einmal nicht gut geht." Er erhob sich. „Ja, das wird wohl das Beste sein", murmelte er im Zwiegespräch und schlurfte aus dem Zimmer.

Ella schlug die Bettdecke zurück, um sich die schmerzenden Beine anzusehen. Der Anblick ihrer stark geschwollenen Knöchel verschlug ihr den Atem. Würde sie je wieder gesund werden?

„So, da bin ich wieder. Bevor es etwas zu essen gibt, werde ich dir die Wadenwickel anlegen." Er setzte sich auf die Bettkante. „Puh, das sieht gar nicht gut aus. Die Wunden haben sich entzündet und eitern, obwohl ich sie gesäubert habe."

Er wickelte die feuchten Handtücher um die Waden, deckte Ella wieder zu und verließ wortlos das Zimmer. Gelangweilt schaute sich Ella im Zimmer um. Verstaubte und verblichene Plüschtiere hockten auf einem Regal an der gegenüberliegenden Wand und sie wirkten genauso traurig und trostlos wie der Rest des Hauses.

Ellas Herz zog sich schmerzhaft zusammen und die Sehnsucht drohte ihr Innerstes zu zersprengen. Sie wollte nach Hause zurück, damit Mama sie wieder liebevoll umsorgen konnte, so wie sie es immer getan hatte. Im Haus des alten Mannes war einfach nur alles schrecklich.

„So, da bin ich wieder." Der Mann balancierte unbeholfen ein Tablett durchs Zimmer und stellte es auf dem Nachtschränkchen ab. Dann setzte er sich auf den Stuhl neben dem Bett und nahm eine dampfende Schüssel in die Hand. „Und jetzt den Mund schön weit aufmachen", sagte er und näherte sich mit einem vollen Löffel ihren Lippen.

Ella kam wie üblich brav seiner Aufforderung nach, spuckte aber den Brei sofort wieder aus.

„Du bist ein richtiges Ferkel", rief er erzürnt und putzte sein ohnehin schon fleckiges Shirt sauber.

„Es war zu heiß", hauchte sie eingeschüchtert.

„Papperlapapp", herrschte er sie an. „Iss oder stirb. Du hast die Wahl."

20

Linda hielt den Zettel mit den Frauennamen in ihrer Hand, um ihn nochmals zu studieren.

„Mir schwant nichts Gutes“, sagte sie zu Jörgen, der dabei war, die dazugehörigen Adressen auf ihre Richtigkeit zu überprüfen.

„Nun ja, Andrea Sjögren können wir schon einmal von der Liste streichen.“

„Spar dir deinen Sarkasmus, mein Lieber, Lilja wird die Namen nicht ohne Grund notiert haben. Sollen wir Gunnarsson die Liste vorlegen.“

„Der Kerl wird doch sowieso wieder mauern“, murrte Jörgen. „Ich kenne diese Frauen nicht, ich habe sie noch nie gesehen …“, äffte er Gunnarsson nach. „Erst wenn wir ihm die Affären schwarz auf weiß nachweisen können, wird er klein beigeben."

„Du bist also der Meinung, dass wir uns den Konfrontationskurs mit ihm sparen können?", fragte Linda.

„Ja, ohne Beweise wird's eng für uns. Aber ich bin an der Sache dran und werde diese Damen nacheinander anrufen, um einen Befragungstermin zu vereinbaren."

„Hört sich nach einem guten Plan an", antwortete Linda.

Während Jörgen telefonierte, ging sie noch einmal die Informationen durch, die sie über Andrea Sjögren gesammelt hatten. Warum hatte ausgerechnet sie sterben müssen? Und waren die anderen Frauen auf der Liste ebenfalls in Gefahr? Könnte es tatsächlich sein, dass sich Lilja auf einem Rachefeldzug befand?

Lindas Wut auf Gunnarsson wuchs, weil er mit seinem Schweigen die Ermittlungen behinderte. Aber sie schwor sich, ihn nicht so leicht davonkommen zu lassen. Er hatte seine schwangere Ehefrau bis zur Bewusstlosigkeit gewürgt, und kein Richter der Welt würde in so einem Fall Gnade walten lassen.

„Wir können los, ich wäre jetzt so weit", sagte Jörgen.

„Zu wem fahren wir zuerst?" Linda sah in fragend an.

„Anna Bäcklund. Sina Karlsson ist direkt nach dem Ende ihres Studiums wieder nach Östersund zurückgezogen. Sie hat zugegeben, eine kurze Romanze mit Gunnarsson gehabt zu haben, aber nichts von den jetzigen Vorfällen mitbekommen."

„Wusste ich's doch", rief Linda verächtlich. „Gunnarsson ist ein richtiges Ar…"

„Spar dir deine Worte", fiel Jörgen ihr ins Wort. „Kostet dich nur unnötige Nerven." Er warf den Autoschlüssel spielerisch in die Luft und fing ihn wieder. „Auf geht's."

Anna Bäcklund wohnte am weitesten von Ludvika entfernt, hatte aber sofort zugesagt, die Beamten zu empfangen. Linda und Jörgen stiegen vor einem hübschen Einfamilienhaus aus. Anna Bäcklund stand in der Tür und erwartete sie bereits.

„Kommen Sie schnell rein“, sagte sie mit freundlicher Stimme und schloss hinter ihnen rasch die Tür. Sie führte Linda und Jörgen in das Wohnzimmer, das mit vorwiegend weißen Möbeln modern und gemütlich eingerichtet worden war. „Bitte setzen Sie sich doch. Möchten Sie einen Kaffee oder Tee?“

„Nein danke“, verneinten Linda und Jörgen beinahe gleichzeitig.

Anna Bäcklund wirkte sehr nervös und ihr Blick pendelte unruhig zwischen Linda und Jörgen hin und her. „Worum geht es denn genau?“, fragte sie.

„Ihnen ist sicher nicht die Suchmeldung von Lilja Gunnarsson und ihren Töchtern entgangen“, sagte Linda.

„Nein, natürlich nicht“, bestätigte Anna Bäcklund.

„Ich will auch nicht lange um den heißen Brei herumreden. Ihr Name steht auf einer Liste, die Lilja Gunnarsson angefertigt und aufbewahrt hat. Ich denke, Sie werden den Grund dafür kennen.“

Anna Bäcklund schluckte. „Es ist mir ausgesprochen peinlich, weil ich eigentlich glücklich verheiratet bin. Aber Gunnarsson hat mir den Hof gemacht und all die Dinge gesagt, die ich von meinem Mann nach zehn Ehejahren nicht mehr zu hören bekommen habe. Ich gebe zu, dass es ein großer Fehler gewesen ist, nur kann ich das Rad der Zeit leider nicht zurückdrehen.“

„Vielen Dank für Ihre offenen Worte“, erwiderte Linda. „Haben Sie sich in letzter Zeit vielleicht beobachtet oder bedroht gefühlt.“

„Nein, nicht dass es mir aufgefallen wäre“, antwortete Anna Bäcklund. „Ich war besorgt über das Verschwinden von Arons Ehefrau und den gemeinsamen Töchtern und habe mir diesbezüglich viele Fragen gestellt.“

„Wie lange liegt Ihre Affäre mit ihm zurück?“

„Fünfzehn Monate, um genau zu sein, und ich bereue es jeden einzelnen Tag“, gestand Anna Bäcklund.

„Wie lange waren Sie mit ihm liiert?“, wollte Linda wissen.

„Ein Vierteljahr. Dann wurde mir das alles zu viel, weil sich auch mein schlechtes Gewissen zu Wort gemeldet hat.“ Anna Bäcklund knetete nervös ihre Hände. „Wie viele Frauen sind denn auf dieser Liste?“, fragte sie vorsichtig.

„Sechs“, lautete Lindas knappe Antwort.

„Oh …“, hauchte sie überrascht und errötete. „Ich habe bereits mit einer gewissen Finna Löv telefoniert, aber nicht glauben wollen, was sie behauptet hat.“

„Warum haben Sie sich nach diesem Telefonat nicht an uns gewandt?“ Linda musterte Anna Bäcklund mit strengem Blick.

„Ich wollte unbedingt verhindern, dass meine Ehe in die Brüche geht und die Leute anschließend mit dem Finger auf mich zeigen, wenn die Affäre ans Tageslicht kommt.“ Beschämt senkte sie ihren Blick. „Außerdem saß mir die Angst im Nacken, dass ich verdächtigt werden könnte.“

„Gibt es einen Grund dafür?“, hakte Linda nach.

„Selbstverständlich nicht. Aber man weiß ja nie …“

„Noch zwei letzte Fragen. Haben Sie einen begründeten Verdacht, warum Lilja Gunnarsson und ihren Töchter das angetan wurde? Und trauen Sie Aron Gunnarsson diese Tat zu?“

„Ich habe mich in diesem Mann getäuscht und bin davon ausgegangen, dass das Fremdgehen auch bei ihm nur eine einmalige Sache gewesen ist. Er ist sehr selbstverliebt aufgetreten, war aber nie gewalttätig mir gegenüber. Ich kenne keine dieser anderen Frauen, und lege auch keinen Wert darauf“, lauteten Anna Bäcklunds abschließende Worte.

„Dann bedanke ich mich für das Gespräch“, sagte Linda. Jörgen und sie erhoben und verabschiedeten sich.

„Ich bringe Sie zur Tür“, bot Anna Bäcklund an.

Draußen im Wagen tauschten Linda und Jörgen einen Blick.

„Ein kleiner mieser Vorstadtcasanova", brummte Jörgen.

„Du sagst es. Welche Frau steht als nächste auf der Liste?"

„Tove Berg. Aber ich warne dich schon einmal vor, die Dame hat Haare auf den Zähnen und ist wenig begeistert von unserem Besuch."

„Das ist nicht mein Problem", erwiderte Linda. „Wir haben schließlich einen Mordfall aufzuklären."

Das Haus von Tove Berg lag direkt auf dem Rückweg. Die Frau stand gebückt zwischen den Beeten und jätete Unkraut. Als der Wagen vorfuhr, richtete sie sich auf und Linda erkannte am mürrischen Gesichtsausdruck, dass Jörgens Aussage der Wahrheit entsprach.

„Hej, hej, wir hatten einen Termin", rief Linda über den weiß gestrichenen Gartenzaun.

Tove Berg kam zum Tor, öffnete es aber nicht. „Ja, ich weiß", antwortete sie knapp.

„Möchten Sie uns nicht hereinbitten?", fragte Linda.

„Das können wir auch hier besprechen."

„Ich dachte nur wegen der Nachbarn."

„Ich gebe darauf nichts, was andere von mir denken", erwiderte Tove Berg abweisend.

„Leben Sie allein?", erkundigte sich Linda, obwohl sie über die Lebensumstände der Frau schon Bescheid wusste.

„Ja."

„Waren Sie mit Aron Gunnarsson liiert?", kam Linda sofort auf den Punkt.

„Warum wollen Sie das wissen?"

„Weil wir in einem Mordfall ermitteln."

„Ja", gab Tove Berg schulterzuckend zu.

„Wann haben Sie ihn kennengelernt?"

„Vor über einem Jahr."

„Und wie lange waren Sie mit ihm zusammen?" Linda

mochte es nicht, wenn sie ihrem Gegenüber jedes einzelne Wort abringen musste.

Tove Berg zögerte. „Im Prinzip sind wir immer noch zusammen", antwortete sie.

„Er hat sich nicht von Ihnen getrennt?", fragte Linda erstaunt.

„Warum sollte er?", antwortete Tove Berg mit einer Gegenfrage. „Uns trennen einzig und allein die Gefängnismauern."

„Warum sind Sie so lange mit einem verheirateten Mann zusammengeblieben?", wollte Linda wissen. Tove Berg war trotz ihrer eigenwilligen Art eine ausgesprochen attraktive Frau und sie konnte sich nur zu gut vorstellen, was Aron Gunnarsson an ihr gefallen haben könnte.

„Warum nicht?" Tove Bergs Augen funkelten.

„Hat er Ihnen Versprechungen gemacht?"

„Aron wollte sich von seiner Frau trennen, aber sie ist überraschend schwanger geworden."

„Lassen Sie mich raten, das hat seine Pläne diesbezüglich über den Haufen geworfen?"

„In gewisser Weise schon. Dennoch wollte er mit Lilja über eine mögliche Trennung sprechen."

„Für Sie ist nie infrage gekommen, sich von dieser Beziehung zu lösen?", wunderte sich Linda. „Ich meine, jetzt wo sich ein drittes Kind angekündigt hat?"

„Aron wollte keine weiteren Kinder mehr, das hat er immer wieder deutlich zum Ausdruck gebracht", antwortete Tove Berg in gereiztem Tonfall.

„Uns wurde erzählt, dass er sich schon immer einen Sohn gewünscht hat", entgegnete Linda.

„Darüber weiß ich nichts. Ich kann keine eigenen Kinder bekommen und das war ihm recht."

„Und Ihnen?" Linda beobachtete Tove Berg, die wütend das Gesicht verzog.

„Was mischen Sie sich in die Beziehung ein? Wir können unser Leben so einrichten, wie wir es wollen", fauchte sie.

„Das mag schon sein. Nur ändert sich die Situation, wenn die Ehefrau und die gemeinsamen Töchter urplötzlich auf Nimmerwiedersehen verschwinden."

Feine Schweißtröpfchen perlten von Tove Bergs Schläfen. Ihr Gesicht war zorngerötet und die Hände zu Fäusten geballt.

„Damit habe ich nichts zu tun", wehrte sie die Anschuldigungen ab.

„Warum sind Sie mit Ihrem Wissen nicht zu uns gekommen? Das hätte uns eine Menge Ermittlungsarbeit erspart", sagte Linda frostig.

„Woher hätte ich ahnen sollen, dass diese Informationen wichtig für Sie sind."

„Wussten Sie über Arons Liebschaften Bescheid?"

„Er hatte einmal nebenbei erwähnt, dass er sich auch mit anderen Frauen getroffen hat, bevor er bei mir gelandet ist."

„Und Sie haben seinen Versprechungen geglaubt?"

„Warum hätte ich sie anzweifeln sollen?", erwiderte Tove Berg. „Unsere Beziehung verlief sehr harmonisch. Ich habe ihn nie unter Druck gesetzt so wie Lilja, seine Frau."

Tove Berg schien sich für etwas Besseres zu halten. Linda hatte da so ihre Zweifel, was die Harmonie in dieser Beziehung betraf, und nahm sich vor, Gunnarsson noch einmal genauer zu befragen.

„Hatten Sie je mit einer dieser anderen Frauen Kontakt?"

„Nein."

Die Antwort kam wie aus der Pistole geschossen und Linda wusste, dass Tove Berg log.

„Wenn Sie noch etwas zur Lösung dieses Falles beitragen möchten, dann melden Sie sich bitte." Linda reichte ihr die Visitenkarte mit der Telefonnummer.

Tove Berg warf einen Blick auf das Kärtchen. „War's das jetzt?"

Linda nickte. „Halten Sie sich bitte bereit, falls wir noch weitere Fragen an Sie haben."

„Werde ich", erwiderte Tove Berg knapp. Dann machte sie auf dem Absatz kehrt und verschwand im Haus, während Linda und Jörgen wieder in den Wagen stiegen.

„Es scheint so, als ob alle anderen Frauen die Beziehung zu Gunnarsson beendet hätten, nur Tove Berg nicht", sagte Jörgen nachdenklich. „Schade, dass Andrea Sjögren nicht mehr aussagen kann."

„Gunnarsson hatte mehrere Frauen gleichzeitig am Start und ich kann mir beim besten Willen nicht vorstellen, dass Tove Berg das kalt gelassen hat."

Jörgen räusperte sich. „Heikel und grenzwertig sage ich nur."

„Nun gut, fahren wir zurück. Ich will Gunnarsson unbedingt noch einmal dazu befragen."

Obwohl sich Linda nicht allzu viel davon versprach, saß sie Aron Gunnarsson erneut gegenüber. Er wirkte angeschlagen und genervt, als Linda ihm den Zettel mit den Frauennamen über die Tischplatte schob.

„Möchten Sie etwas dazu sagen?", fragte sie.

Aron Gunnarsson studierte die Namen und hob seinen Blick. „Sie wissen doch sowieso schon alles, sonst wären Sie schließlich nicht hier", antwortete er.

„Ich will von Ihnen persönlich hören, ob Sie mit diesen Frauen ein Verhältnis gehabt haben."

„Ja", erwiderte Gunnarsson gequält.

„Tove Berg hat uns erzählt, dass sie noch immer mit Ihnen liiert ist", brachte Linda die Frau ins Gespräch.

„So ein Blödsinn", widersprach Gunnarsson.

„Das behauptet sie aber", beharrte Linda.

„Nachdem ich erfahren habe, dass Lilja wieder schwanger

ist, habe ich sofort die Beziehung beendet", sagt er.

„Wie hat sie darauf reagiert?"

„Mit Entsetzen. Sie wollte einfach nicht wahrhaben, dass es vorbei ist."

„Wo Sie doch immer wieder beteuert haben, wie froh Sie sind, dass Tove Berg keine Kinder bekommen konnte. Das muss ein harter Schlag für Ihre Geliebte gewesen sein."

„Das Leben ist selten fair", brummte Gunnarsson.

„Sie haben die Frauen reihenweise ausgenutzt und sollten ernsthaft darüber nachdenken, ob nicht eine von ihnen für das Verschwinden Ihrer Ehefrau und Ihrer Töchter verantwortlich ist. Aber lassen Sie sich nicht zu viel Zeit."

Gunnarsson blieb stumm und Linda ließ ihn zurück in die Zelle bringen.

„Was meinst du, könnte Tove Berg als mögliche Täterin infrage kommen?", fragte Linda.

„So ganz allein und ohne Hilfe?" Jörgen sah sie skeptisch an. „Ich glaube nicht, dass Gunnarsson mit ihr gemeinsame Sache gemacht hat. Schon gar nicht nach der Trennung, die sie nicht akzeptieren wollte."

„Das Dumme daran ist, dass die Kriminaltechniker keinerlei DNA-Spuren am Tat- und am Ablageort gefunden haben. Gunnarsson war unterwegs und hätte jederzeit zurückkehren können. Tove Berg wäre allein niemals in der Lage dazu gewesen, die Leichen abzutransportieren und das Haus zu putzen", warf Linda ein.

„Ein Komplize oder eine Komplizin?"

„Davon gehe ich aus", erwiderte Linda.

„Dann nehmen wir einmal an, Andrea Sjögren wäre diejenige gewesen. Dann hätte Tove Berg zwei Fliegen mit einer Klappe geschlagen."

„Genauso ist es, eine von Gunnarssons Gespielinnen weniger", sagte Linda. „Aber das zu beweisen, wird schwer."

„Nun gut, dann packen wir es an." Jörgen klatschte enthusiastisch in seine Hände.

21

Schwärze, nichts als undurchdringbare Schwärze umgab Finna, als sie die Augen aufschlug. Hände und Füße waren gefesselt und ihr Mund mit einem Klebestreifen verschlossen. Schniefend atmete sie durch ihre Nase, die stark angeschwollen war.

Erst nach und nach war sie dazu in der Lage, das Puzzle der Erinnerungen zusammenzufügen. Der Waldspaziergang, Felix und Tove Berg. Finna hatte zwar den Kampf verloren, war aber am Leben. Nur für wie lange noch? Was hatte diese gemeingefährliche Frau mit ihr vor? Und war diese Attacke geplant gewesen?

Mit einem gequälten Stöhnen verlagerte Finna ihre Position. Die Hände waren auf dem Rücken fixiert und mit den Fußfesseln verbunden. Ich bin wie ein Paket verschnürt, dachte Finna in einem Anflug von Panik. Es gab so gut wie keinen Bewegungsspielraum und ihre Gliedmaßen kribbelten wie ein Ameisenhaufen. Wenn sie doch nur wüsste, wo sie sich befand?

Ihre Gedanken wanderten zu Felix. Ob sich der kleine Kerl in Sicherheit bringen konnte? Oder war er zurückgekehrt und hatte die Spur von Tove verfolgt? Diese Wahnsinnige würde sich auch nicht scheuen, mit einem Hund kurzen Prozess zu machen.

Finna gab einen unverständlichen Laut von sich, um auch ganz sicher zu sein, dass er nicht doch mit ihr eingesperrt worden war.

Erst jetzt bemerkte sie, dass ihr ein Schneidezahn fehlte. Ja, sie hatte Federn gelassen, aber die wichtigste Frage war, wie sie dieser Hölle entkommen könnte?

Finna hob den Kopf, um zu horchen, doch sie vernahm keinen einzigen Laut. Auch die geschwollene Nase machte ihr einen Strich durch die Rechnung, sie konnte keine Gerüche wahrnehmen. Befand sie sich nun in einem Keller, einem verdunkelten Raum oder ganz woanders? Auf jeden Fall sollte sie versuchen, ihre Position wechseln.

Sie benötigte mehrere Anläufe, um sich unter großem Aufwand und Schmerzen auf den Bauch zu drehen. Und jetzt noch einmal, spornte sie sich an und rollte auf die andere Seite. Was für ein erleichterndes Gefühl, sie musste schon seit Stunden so daliegen. Nach einer kurzen Verschnaufpause tastete sie mit den Fingerspitzen über den Boden und konnte Ziegelsteine spüren. Demnach war sie von Tove in einem Kellerraum abgeladen worden und die immerwährende Stille irritierte sie.

Erneut lauschte sie angestrengt und glaubte, das Zwitschern von Vögeln zu vernehmen. Dieser Ort musste außerhalb von Ludvika liegen, denn es war kein Verkehrslärm oder Ähnliches zu hören. So weit, so gut. Aber jetzt wurde es Zeit, sich eine Lösung zu überlegen.

Mit unkoordinierten Bewegungen rutschte Finna über den harten Boden. Zwar kam sie nur wenige Zentimeter voran und hätte vor Schmerzen am liebsten laut geschrien, aber das war immer noch besser, als auf den Tod oder Tove Berg zu warten.

Elendes Miststück, dachte Finna in Erinnerung an diese durchgeknallte Frau, die wahrscheinlich für den Tod von Nora verantwortlich war. Auch stellte sie sich die Frage, ob Tove mit Aron gemeinsame Sache gemacht hatte.

Der Gedanke an Nora, Ella und Lilja verlieh Finna neue Kräfte. Sie musste es irgendwie schaffen, sich aus dieser misslichen Lage zu befreien und die Polizei zu informieren.

Stöhnend schob sie sich wie eine Raupe über den Boden, bis sie eine Wand erreicht hatte. Der Kellerraum schien nicht sonderlich groß zu sein. Aber das Dumme daran war, dass sie durch die Dunkelheit nicht erkennen konnte, in welche Richtung sie sich fortbewegte.

Also beschloss Finna, sich an der Wand entlang zu tasten, um sich nicht im Kreis zu drehen. Es war so unfassbar mühsam und immer wieder musste sie innehalten, um zu verschnaufen. Was für eine grandiose Leistung, zehn Zentimeter in einer Stunde, dachte sie frustriert und spürte bittere Tränen aufsteigen. Sie hätte den Zettel sofort der Polizei aushändigen müssen, anstatt Tove Berg aufzuscheuchen und vorzuwarnen. Nun ja, hinterher war man immer schlauer.

Finna blieb eine Zeit lang liegen, dann robbte sie weiter. Mehr als einmal hatte sie das Gefühl, nicht vorwärtszukommen, und sie zweifelte am Erfolg ihrer Bemühungen. Als sich auch noch ihr Oberschenkel verkrampfte, glaubte sie, dem Tod geweiht zu sein.

Es dauerte eine Ewigkeit, bis sich der Krampf löste und die wahnsinnigen Schmerzen endlich verebbten. Schluchzend verfluchte sie diese Welt, die so viel Unheil über Lilja und sie gebracht hatte. Irgendwann fehlte ihr zum Weinen die Kraft und die Tränen versiegten.

Verdammt, wenn sie sich weiter so sinnlos verausgabte, würde sie das Tageslicht nie wiedersehen. Also blieb sie eine Zeit lang still liegen und konzentrierte sich ausschließlich auf ihre Atmung. Wenn sie einen weiteren Krampf vermeiden wollte, musste sie koordinierter vorgehen.

Sie hätte sich gern über die spröden Lippen geleckt und machte stattdessen erneut eine wellenförmige Bewegung. Der Oberschenkel hatte sich noch immer nicht entspannt und schmerzte wie der Rest ihres Körpers. Sollte sie dieser Hölle je entkommen, so schwor sie sich, dann würde sie mit Sport anfangen. Joggen, Kraftsport, Selbstverteidigung – das ganze Programm.

Finna schlug gedanklich vor lauter Freude Purzelbäume, als sie die nächste Wand erreicht hatte. Vielleicht würde sie schon bald auf einen Gegenstand stoßen, mit dem sie ihre Verschnürung lösen könnte.

Sie schloss kurz die Augen, um Kraft zu tanken, und döste tatsächlich ein. Kurz darauf erwachte sie wieder mit geschärften Sinnen. Nicht aufgeben, du schaffst das, spornte sie sich an.

Die Haut an ihren Armen war mittlerweile abgeschürft, doch das störte Finna nicht. Sie würde sich erholen können, sobald sie einen Ausweg gefunden hätte. Plötzlich prallte sie mit ihrem Kopf gegen eine Metallstrebe und keuchte auf. Das hatte verdammt noch einmal wehgetan.

Mühsam drehte sie sich, um mit den Fingern das Hindernis zu ertasten. Es schien sich um ein rostiges Regal zu handeln. Die Oberfläche der einzelnen Streben war rau und uneben und Finna versuchte, das Seil daran kaputt zu scheuern.

Doch was in Filmen so einfach aussah und in Sekundenschnelle gelang, war hier unmöglich. Ihre Bewegungsfreiheit war so stark eingeschränkt, dass es fast schon an ein

Wunder grenzte, dass sie überhaupt einen Finger krümmen konnte.

Während sie hilflos wie ein Wurm am Boden lag, schoss ihr ein Gedanke durch den Kopf. Das Seil war an den Knöcheln nicht so fest fixiert wie an den Handgelenken. Finna hatte bis ins Teenageralter Ballettunterricht genommen und war noch immer sehr gelenkig. Vielleicht könnte es ihr gelingen, zuerst die Beine zu befreien.

Sie rutschte mühsam in die entsprechende Position und streifte mit etwas Druck den linken Schuh ab. Jetzt musste sie nur noch versuchen, den Fuß durch die Schlinge zu manövrieren, doch das war leichter gesagt als getan. Das Seil hatte die Haut an den Gelenken bereits abgeschürft und jede Bewegung schmerzte noch stärker als zuvor.

Finna musste immer wieder das Seil an die Kante des Regals drücken, um den Fuß herauszuwinden. Doch ihre Ferse war stets im Wege. Der Schweiß rann ihr den Rücken herab und sie rang mühsam nach Luft. Aber die Aussicht darauf, den Druck auf ihre Gliedmaßen zu entlasten, verlieh ihr die nötige Ausdauer. Als sie nochmals ansetzte, konnte sie tatsächlich den Fuß aus der Schlinge ziehen.

Was für eine Gnade, dachte sie und streckte vorsichtig das Bein aus.

Tausende spitze Nadeln tanzten über ihre Haut, als das Blut wieder ungehindert zirkulieren konnte. Nach einer längeren Pause streifte sie den rechten Schuh von ihrem Fuß und das Spiel begann von vorn. Immerhin wusste sie jetzt, wie sie die Ferse aus der locker sitzenden Schlinge ziehen musste. Nach unzähligen Versuchen hatte sie endlich Erfolg und diesmal waren es Freudentränen, die von ihren Wangen perlten. Der enorme Druck auf die Arme hatte nachgelassen und Finna blieb einen Moment reglos liegen, um sich diesem heroischen Gefühl hinzugeben. Sie würde nicht klein beigeben, niemals!

Nachdem sie sich stark genug fühlte, kniete sie sich hin,

um aufzustehen. Doch das war gar nicht so einfach, denn die Beine wollten ihr einfach nicht gehorchen. Als sie endlich schwankend stand, musste sie sich am Regal anlehnen, um nicht umzufallen.

Nachdem das leichte Schwindelgefühl allmählich nachgelassen hatte, suchte sie ihre Schuhe und zog sie sich wieder über. Jetzt konnte es losgehen. Schritt für Schritt bewegte sie sich im Schneckentempo vorwärts und drehte sich immer wieder mit dem Rücken zu einem Hindernis, um es zu erfühlen. Auf der einen Seite befanden sich die rostigen Metallregale, auf der anderen alte Eimer, Schaufeln und Besen. Kurz darauf konnte sie ihr Glück nicht fassen, als sie eine Holztür ertastete. Würde diese in die Freiheit führen?

Ihr Herz klopfte wie bei einem Marathon, als sie versuchte, die Klinke mit dem Ellenbogen herunterzudrücken. Abgeschlossen, was auch sonst. Immerhin verfügte Finna über genügend Beinfreiheit und trat voller Wucht gegen das Holz. Die Tür erbebte zwar in ihren Angeln, saß aber fest.

Mit den zusammengebundenen Händen auf dem Rücken waren Finnas Tritte nur halb so stark und sie hockte sich erschöpft auf den Boden, um Kräfte zu sammeln. Sie musste unbedingt diese hinderlichen Fesseln loswerden und stand auf. Mit unsicheren Schritten tappte sie blind in die Richtung, in der sie die Regale vermutete und stieß mit dem Kopf gegen die Wand.

„Mist“, fluchte sie in Gedanken und schob sich nun mit dem Rücken an der Wand entlang, damit ihr das nicht noch einmal passierte. Die Blessuren, die sie bereits davongetragen hatte, mussten sich nicht weiter summieren.

Nachdem sie das Regal erreicht hatte, scheuerte sie mit dem Strick die Strebe rauf und runter. Ärgerlich war nur, dass sie nicht wusste, ob sie immer an der gleichen Stelle ansetzte, damit der Strick zerfranste. Außerdem zog sich das Seil noch fester zusammen und schnitt schmerzhaft in die

Haut. Wahrscheinlich würden hässliche Narben zurückbleiben, falls sie überhaupt überlebte.

Immer öfter musste Finna eine Pause einlegen, lange hielt sie diese Prozedur nicht mehr durch. Zwar konnte sie inzwischen mit den Fingerspitzen einzelne Fransen ertasten, das war aber auch schon alles. Erneut machte sie sich an die Arbeit und ihr Shirt klebte verschwitzt am Rücken. Plötzlich spürte sie, wie das Seil ein wenig nachgab. Vorsichtig bewegte sie ihre Arme und das Seil löste sich allmählich von selbst. Sie konnte ihr Glück kaum fassen, als sie die rechte Hand aus der Schlinge zog und darauf wartete, dass der immense Überdehnungsschmerz verebbte.

Sie setzte sich auf den Boden und lehnte sich mit dem Rücken an die Wand, um sich eine Weile auszuruhen. Doch der Freiheitsdrang war größer und siegte und Finna begann erneut damit, die Tür mit Tritten zu bearbeiten. Das dumpfe Poltern dröhnte in ihren Ohren und sie befürchtete, dass Tove Berg es vielleicht hören könnte. Aber um sie herum rührte sich nichts.

Nur wenige Atemzüge später splitterte das Holz und die Tür flog knarrend auf. Finna tastete sich an den Wänden entlang und erstarrte. Wo zum Teufel befand sich die Tür? Erneut durchsuchte sie den Raum, jedoch ohne Erfolg. Wie war das nur möglich? Sie musste doch irgendwie in den Keller gelangt sein.

Die eben noch gehegte Hoffnung auf Freiheit verflog in Sekundenschnelle und machte der Resignation Platz.

„Ich will hier raus!", brüllte Finna in ihrer Verzweiflung und sank schluchzend zu Boden. Sollten diese Qualen tatsächlich umsonst gewesen sein?

Dann hörte sie ein leises Stöhnen und hielt inne. Was war das? Ein Tier?

Sie lauschte angestrengt, das flatternde Atmen kam aus einer Ecke. Es verstrichen einige Augenblicke, bis Finna den ersten Schrecken überwunden hatte. Auf allen vieren kroch sie über den Boden und tastete sich mit der ausgestreckten Hand voran, bis sie ihr Ziel erreicht hatte. Zuerst spürte sie den seidigen Stoff zwischen ihren Fingerspitzen, dann die sanfte Wölbung des Bauches und Haare, die fächerartig um den Kopf ausgebreitet waren. Erst jetzt nahm sie den unangenehmen Geruch des Körpers wahr, der in seinen eigenen Exkrementen zu liegen schien.

„Hallo, wer bist du?“, flüsterte sie. Nur Sekunden später sackte die Erkenntnis. „Oh mein Gott, Lilja?“

Mit fliegenden Fingern untersuchte Finna den Körper, in dem kaum noch Leben zirkulierte. Ganz ohne Zweifel, es musste sich um Lilja handeln ... und sie atmete noch.

Die Gedanken rotierten hinter Finnas Stirn, sie war mit der Situation völlig überfordert. Sie musste nicht eins und eins zusammenzählen, um zu wissen, dass Lilja in Lebensgefahr schwebte. Nur wie sollte sie Hilfe holen, wenn sie noch nicht einmal wusste, warum keine Tür nach draußen führte?

Mit einem Mal schoss ihr der rettende Gedanke durch den Kopf und sie rappelte sich auf. „Halte durch, Lilja, ich kümmere mich um alles“, murmelte sie und stolperte in den Nebenraum, in dem sie aufgewacht war.

Dort griff sie nach einem Besen und begann kontinuierlich damit, mit dem Stiel die Decke abzuklopfen, die in Gewölbebögen gemauert worden war. Leider blieb ihre Suche erfolglos und sie begab sich zurück in den Kellerraum, in dem sie Lilja gefunden hatte. Hier begann das Spiel von vorn. Es war eine Herausforderung, sich in dieser undurchdringbaren Finsternis zurechtzufinden, aber irgendwann traf sie tatsächlich auf Holz. Das musste die Luke sein.

Erneut stieß sie kraftvoll gegen die Falltür, die sich tatsächlich ein Stück bewegte und ein klapperndes Geräusch von sich gab. Jetzt war guter Rat teuer, denn eine Leiter gab es nicht.

Im Blindflug hastete sie zurück, bis sie die Wand mit den Regalen erreicht hatte. Sie stemme sich gegen eines, das mit einem ohrenbetäubenden Knall zu Boden fiel. Finna horchte kurz, ob jemand die Erschütterung bemerkt hatte. Dann zerrte sie keuchend das Regal über den Boden, bis sie die Luke erreicht hatte, und richtete es auf. Anschließend griff sie Lilja unter die Arme, um sie zur Seite zu schleifen und in Sicherheit zu bringen, damit sie nicht vom Regal getroffen wurde, falls es kippte.

Es war eine absolut wackelige Angelegenheit, als Finna das Regal erklomm. Die Angst, dass es umfallen und sie unter sich begraben könnte, ließ sich nicht so leicht abschütteln. Daher wägte Finna jede ihrer Bewegungen genauestens ab. Als sie die letzte Ebene erreicht hatte, konnte sie nicht mehr aufrecht stehen und rüttelte und zerrte an der Falltür herum, die sich nicht öffnen ließ.

Mit ihren Fingerspitzen tastete sie das Holz ab und entdeckte, dass ein Brett gesplittert war. Sie beugte sich hinunter und griff nach dem Besen, den sie in weiser Voraussicht an das Regal gelehnt hatte. Diesen schob sie durch den Spalt, um die Falltür aufzuhebeln, doch der Stiel brach unter dem Druck in der Mitte entzwei. Finna verlor durch die Wucht das Gleichgewicht und konnte sich nur in letzter Sekunde vor einem Sturz retten, indem sie sich an einer Strebe festklammerte.

Himmel, das war verdammt knapp gewesen.

Nachdem sie sich vom ersten Schrecken erholt hatte, kam ihr endlich die zündende Idee. Sie legte sich auf den Rücken und trat mit ihren Füßen kraftvoll gegen das Holz der Luke. Mit jedem Schlag, der dumpf durch den Kellerraum hallte, vergrößerte sich der Spalt. Die Falltür musste mit einem Gegenstand beschwert worden sein, der langsam zur Seite rutschte. Dieser Umstand verlieh Finna neuen Auftrieb. Keuchend setzte sie Tritt für Tritt, bis über ihr etwas polternd zur Seite fiel.

Finna konnte es kaum fassen, der Weg war frei und sie kletterte nach oben. Ein alter Läufer hatte vormals die Luke bedeckt und das wenige Tageslicht zurückgehalten, das durch die mit Brettern verschlossenen Fenster ins Zimmer gelangte. Ein zerschlissenes Sofa stand in der Ecke und ein dreibeiniger Schemel lag neben der Tür. Das Holzhaus musste seit Jahren leer stehen und war mit Müll übersät.

Finna lief zur Vordertür, die sich nicht öffnen ließ. Wieder ein Hindernis, dachte sie gequält und durchstreifte die einzelnen Zimmer. Im hinteren Bereich des Hauses war das Dach undicht und teilweise einsturzgefährdet. Mit besorgtem Blick machte Finna kehrt und entdeckte dabei ein schmales Fenster, das nicht mit Brettern verschlossen worden war – ihre Rettung.

Hastig zwängte sie sich hindurch und verdrängte die Angst, ungünstig zu fallen. Der Aufprall war zwar hart, aber sie blieb unverletzt. Viel schlimmer war der Anblick, der sich ihr bot – sie war ringsum von dichtem Wald umgeben. Wie sollte sie aus diesem Labyrinth von Baumstämmen je herausfinden?

Sie umrundete das Haus, um zur Vordertür zu gelangen. Diese war mit einem Vorhängeschloss gesichert, was Finna aber nur am Rande zur Kenntnis nahm. Viel interessanter war die Reifenspur, die vom Haus wegführte. Tove Berg musste eine Schubkarre benutzt haben, um sie hierher zu transportieren.

Finna folgte der Spur, die sich endlos in die Länge zog. Obwohl der schmale Trampelpfad bequem zu begehen war, spürte sie, wie ihre Kräfte stetig schwanden. Sie wollte Lilja unbedingt retten und sich zwingen, ohne Pause durchzulaufen, aber das war einfach nicht möglich. Irgendwann gab sie der Erschöpfung nach und ließ sich ins weiche Moos fallen. Mit geschlossenen Augen lehnte sie sich gegen den rauen Stamm einer Fichte. Wenn sie doch nur einen Schluck Wasser zu sich nehmen könnte …

Der Tageszeit nach zu urteilen, musste es früher Abend sein und Finna bezweifelte, noch vor Beginn der Dämmerung einen rettenden Ort zu erreichen. Mühsam rappelte sie sich auf und taumelte vorwärts. Jeder Schritt war eine Qual, ihr Körper schrie förmlich nach Erholung und einem schmerzlindernden Mittel. Aber Finna gab der Erschöpfung nicht nach und hielt tapfer durch, bis sie endlich auf einem Parkplatz stand. Ein Hinweisschild klärte sie auf, wo genau sie sich befand – zwei Kilometer vom Ort Hagge entfernt.

Würde Lilja überhaupt noch so lange durchhalten?

22

Ella fühlte sich ein wenig besser und hockte nachdenklich auf der Bettkante. Ihre Beine waren noch immer geschwollen, aber dem Fieber hatte sie getrotzt. Die warmen Mahlzeiten taten ihr ausgesprochen gut und sie schien sich körperlich zu erholen. Doch ihre kleine Kinderseele litt mit jedem neu anbrechenden Tag.

Die Kleidung, die der Mann ihr zum Anziehen gegeben hatte, war viel zu groß, und so hatte er heute beschlossen, in die Stadt zu fahren. Wie üblich trat er, ohne anzuklopfen, ein.

„Ich habe Håkan von der Kette gelassen, damit er das Grundstück bewacht. Falls du mit dem irrsinnigen Gedanken spielst, dich aus dem Staub zu machen, dann wird er dich in Stücke zerreißen und auffressen“, drohte er. „Ich hoffe, du hast mich verstanden?“ Sein strenger Blick ruhte auf ihr.

„Mhm.“

„Gut so, meine Lina ist ein wirklich braves Mädchen“, brummte er wohlgefällig und wandte sich zur Tür. „Ich werde mich beeilen, keine Sorge. Und du wirst in deinem Zimmer bleiben, versprichst du mir das?“

„Mhm.“

„Kann ich auch eine anständige Antwort erhalten?“, tadelte er Ella missbilligend.

„Ja, ich verspreche es“, sagte sie und schluckte schwer. Sie hatte tatsächlich daran gedacht, wegzulaufen. Einfach nur weg von diesem traurigen Haus, in dem kein Lachen und keine Fröhlichkeit wohnten.

„Wenn du artig bist, werde ich dir auch Zimtgebäck mitbringen. Das magst du doch so gern, nicht wahr?“

„Ja, das mag ich sehr“, echote sie.

Er ging zur Tür und drehte sich dort noch einmal zu ihr um. „Warum willst du nie Papa zu mir sagen?“

„Ja, Papa.“

Mit einem zufriedenen Gesichtsausdruck verließ er das Zimmer und Ella drückte das Gesicht ins Kopfkissen, damit er ihr Weinen nicht hören konnte. Die Welt war zu einem düsteren Ort geworden, der aus öden und eintönigen Tagen bestand, und selbst das Essen schmeckte fad.

Keine Hoffnung, kein wärmendes Licht, keine Liebe.

Ella hörte, wie Håkan von der Kette gelassen wurde. In unbändiger Freude jagte er laut kläffend über das Grundstück. Bedauerlicherweise teilte sie Håkans Schicksal. Der Mann, den sie Papa nennen sollte, hatte auch um ihren Hals eine schwere Kette gelegt und wenn auch unsichtbar, so drückte ihr Gewicht Ella mehr und mehr zu Boden.

Ella hörte, wie der Motor des Wagens dröhnend ansprang und schließlich immer leiser wurde. Obwohl sie versprochen hatte, im Zimmer zu bleiben, humpelte sie zur Tür und drückte die Klinke herunter. Obwohl jeder einzelne Schritt eine Qual war, hatte schließlich die Neugier gesiegt.

Verloren stand sie im Wohnzimmer, das mit den zusammengewürfelten Möbeln seine besten Tage schon hinter sich hatte. Das dunkel gebeizte Büffet neigte sich bedrohlich zur Seite und eine der Glasscheiben hatte einen Sprung.

Ella trat näher an das wuchtige Möbelstück heran, um ein gerahmtes Foto genauer zu betrachten. Es zeigte eine fröhlich lächelnde Frau, die ihren Arm um ein etwa zehnjähriges Mädchen gelegt hatte, dass ebenfalls gut gelaunt in die Kamera strahlte. Ella vermutete, dass es sich um Mutter und Tochter handeln könnte, so ähnlich, wie sie sich sahen. Bestimmt bewohnte sie jetzt das Zimmer dieses Mädchens.

Eine schwarze Binde hing am Bilderrahmen, doch Ella war sich der Bedeutung nicht bewusst. Sie spürte nur die Trostlosigkeit, die alles zu verschlingen drohte.

Sie wandte sich ab und warf einen neugierigen Blick auf die unzähligen Zeitschriften mit den nackten Menschen. Die Frauen waren stark geschminkt und hatten riesengroße Brüste. Als Ella einen nackten Mann erblickte, schaute sie hastig weg. Sie mochte es, in bunten Zeitschriften zu blättern, aber das hier machte ihr Angst.

In den Schränken, in denen die übliche Unordnung herrschte, gab es nicht viel zu entdecken, bis auf ein Fotoalbum, dass Ella neugierig aufschlug. Dort entdeckte sie die Frau und das Mädchen wieder, die auch auf dem Foto abgelichtet worden waren. Allerdings existierten keine neuen Bilder, weshalb Ella das Album wieder zuschlug und es zurück an seinen Platz legte.

Im Schlafzimmer des Mannes herrschte das totale Chaos. In einer Ecke müffelte ein Berg Schmutzwäsche vor sich hin und die einstmals weiße Bettwäsche war grau und zerschlissen. Er ist das riesengroße Ferkel, dachte Ella zornig und ärgerte sich darüber, weil er sie stets auf diese Weise beschimpft hatte. Das gesamte Haus war unordentlich und verschmutzt, kein guter Ort zum Leben.

Der Anblick der Küche befeuerte Ellas Ekel erneut. Die Schränke waren von einer schmierigen Schicht überzogen und der Mann schien immer noch nicht abgewaschen zu haben. Über dem Abfalleimer schwirrten dicke Fliegen und Ella hielt sich die Nase zu. Nein, sie wollte auf gar keinen Fall hierbleiben und Lina genannt werden.

Sie warf einen Blick in den überwucherten Garten und beobachtete Håkan, der sich in der Sonne im hohen Gras suhlte. Jetzt sah er nur halb so gefährlich aus wie am ersten Tag und sie öffnete das Fenster.

„Hej, Hundi, komm doch mal her", rief sie in Håkans Richtung. Der große schwarze Hund hob seinen Kopf, spitzte die Ohren und schaute sie mit seinen braunen Augen an.

„Na los, komm her", rief Ella abermals.

Håkan erhob und schüttelte sich und trabte in Richtung Haus.

„Würdest du mich wirklich in Stücke reißen?", fragte Ella besorgt und der Rüde wedelte freundlich mit seiner Rute. „Hm, so böse siehst du gar nicht aus."

Håkan machte einen Satz nach vorn und legte seine großen Pranken aufs Fensterbrett. Bevor Ella einen entsetzten Schrei ausstoßen konnte, leckte der schwarze Hüne ihr einmal quer übers Gesicht.

„Ihhhh, du hast einen riesigen Waschlappen", lachte sie erleichtert und ihr Herzschlag beruhigte sich. Skeptisch neigte sie ihren Kopf. „Du bist gar nicht böse, stimmt's?"

Håkans Rute wirbelte wie ein Propeller. Er schien sich riesig über Ellas Aufmerksamkeit und Ansprache zu freuen.

„Ich darf leider nicht raus, weißt du, das ist richtig doof. Dabei würde ich so gern mit dir spielen."

Ella liebte Tiere und streichelte alles, was Fell hatte und nicht bei drei auf den Bäumen war. Sie wollte Håkan unbedingt etwas Gutes tun und lief zum Kühlschrank, der im Inneren genauso schmutzig wie der Rest des Hauses war. Ella fand eine angebrochene Wurstpackung, die sie an sich nahm. Mit den vier restlichen Scheiben fütterte sie den Hund, der sich sabbernd über die Lefzen leckte.

„Das war lecker, nicht wahr?"

Ella strahlte. Der Hund war genauso lieb wie Felix und sie humpelte zur Tür. Vorsichtig drückte sie die Klinke herunter und wurde enttäuscht – abgeschlossen. Schade.

Aber dann fiel ihr die Terrassentür ein, die von bodenlangen Blümchengardinen verdeckt wurde. Stück für Stück schob sie die Tür auf.

„Håkan, ich bin hier", rief sie in den hinteren Teil des Gartens und das dunkle Monster kam freudig um die Ecke gewetzt. Ella erhob mahnend den Zeigefinger. „Aber du darfst mich nicht anspringen oder beißen. Haben wir uns verstanden?"

Håkan bellte einmal laut, so als hätte er Ella verstanden, und trabte aufgeregt hin und her. Sie schob die Tür ganz auf und tippelte auf ihren geschwollenen Beinchen nach draußen. Oh, es war so wunderbar, sich die warme Sonne auf das Gesicht scheinen zu lassen.

Håkan umkreiste Ella mehrmals und schnüffelte dann an ihren Sachen.

„Du bist aber ein Lieber", sagte Ella freudestrahlend und strich dem Monsterhund über den Kopf. Zum ersten Mal seit einer Ewigkeit fühlte sie sich frei und losgelöst und konnte die Strapazen, die hinter ihr lagen, ausblenden.

Håkan schleckte ihr wieder quer durchs Gesicht und Ella wischte sich lachend über die Wange. Dann umarmte sie den Hund, der fast so groß war wie sie. Unter seinem verstrubbelten Fell konnte sie den knochigen Körper und jede einzelne Rippe spüren.

„Du hast bestimmt Hunger", flüsterte sie ihm ins Ohr. „Warte bitte, ich bin gleich wieder da."

Sie schlüpfte zurück ins Haus und humpelte schnurstracks in die Küche. Der Kühlschrank gab so gut wie nichts mehr her, aber es war noch ein Kanten Brot im Kasten. Glücklich über den Fund kehrte sie in den Garten zurück und reichte Håkan den Kanten.

„Lass es dir schmecken, Großer", strahlte sie und setzte sich neben ihn.

Sie beobachtete Håkan, der sich hingelegt hatte und den Kanten zwischen den Vorderpfoten hielt, um ihn zu verspeisen. Als er sein Mahl beendet hatte, griff Ella nach einem Stöckchen und warf es in die Luft. Und tatsächlich, Håkan sprintete dem Stöckchen hinterher und apportierte es genauso brav wie Felix.

„Feiner Junge", lobte Ella und warf das Stöckchen erneut.

Nicht nur Håkan hatte seine Freude daran, auch Ella juchzte und klatschte vergnügt in ihre Hände. Ausgelassen spielten Hund und Kind miteinander, bis sie dessen überdrüssig wurden.

„Wo schläfst du eigentlich?", fragte Ella, die sich nicht erinnern konnte, dass der Mann den Hund je mit ins Haus genommen hätte. „Legt er dich etwa ständig an die Kette?"

Sie stand auf und bückte sich, um die Kette hochzuheben. Meine Güte, ist die aber schwer, dachte sie traurig. Was für ein schlimmes Leben, der arme Hund musste sie tagtäglich tragen. Voller Mitleid tätschelte sie Håkan den Kopf und schaute sich um. Am Ende des eingezäunten Grundstücks entdeckte sie schließlich das Gitter des Hundezwingers.

„Komm, zeig mir deinen Schlafplatz", sprach sie zu Håkan und bahnte sich einen Weg durch das hüfthohe Gras.

Am Hundezwinger angekommen, stieß sie enttäuscht die Luft aus. Eine alte Regentonne mit Stroh diente dem Hund als Unterschlupf. Der Wassernapf war leer und Futter gab es keines.

„Du hast gar kein Spielzeug", stellte Ella nachdenklich fest und musste unwillkürlich an Felix denken, der bei ihnen wie im Paradies lebte und sogar am Fußende des Bettes schlafen durfte. Der kleine Mischling hatte ein weiches Körbchen mit vielen Kuscheltieren, die er fröhlich durch die Gegend schleppte und überall im ganzen Haus verteilte. Beim Futter war er sehr wählerisch und fraß von einem belegten Brot nur die Wurst herunter. Das Fell von Felix glänzte in der Sonne, während das von Håkan stumpf und schmuddelig war.

Ella legte nochmals tröstend ihre Arme um den Hals des Hundes. „Vielleicht kann ich dich mit nach Hause nehmen, dann hat Felix einen super Kumpel“, flüsterte sie hoffnungsvoll. Großmutter Ingrid hatte einmal gesagt, wer nicht an Wunder glaubt, dem passieren auch keine, und von nun an würde sie ganz fest daran glauben.

Ella ging wieder in den vorderen Teil des Gartens und Håkan folgte ihr wie ein Schatten.

„Was meinst du, sollen wir noch ein bisschen spielen? Aber vorher bringe ich dir noch etwas zu trinken.“

In der Küche suchte sie sich eine saubere Schüssel und stellte sich auf einen Stuhl, um den Wasserhahn aufzudrehen. Sie füllte die Schüssel und trug sie vorsichtig nach draußen.

„Bitteschön, du Lieber.“ Håkan schlabberte geräuschvoll den Napf leer und schüttelte sich. „Fein gemacht“, sagte sie und bückte sich nach dem Stöckchen, um es erneut zu werfen.

Håkan hechtete durchs hohe Gras und brachte das Stöckchen immer wieder zurück, bis Ella das Geräusch eines herannahenden Fahrzeugs vernahm. Der Schreck stand ihr ins Gesicht geschrieben, als sie sich umdrehte und ins Haus flüchtete. Mit zitternden Händen schob sie die Glastür wieder zu.

Erst jetzt fiel ihr ein, dass sie die Schüssel draußen vergessen hatte. Zu spät, dachte sie entsetzt und ihr kleines Herz pochte. Sie humpelte ins Zimmer und setzte sich aufs Bett, um über alles nachzudenken. Der Mann würde so oder so bemerken, dass die Wurst und das Brot fehlten. Sie fürchtete sich vor der Strafe, weil er immer sehr grob mit ihr umgesprungen war, und ihre Knie begannen unkontrolliert zu zittern.

Das Auto hatte nicht angehalten und war weitergefahren. Der Mann musste demnach noch unterwegs sein. Wenn sie jetzt ganz schnell nach draußen lief, könnte sie die Schüssel ins Haus holen, säubern und an ihren Platz stellen. Ein Ruck ging durch Ellas Körper und innerhalb weniger Sekunden stand sie wieder im Garten und bückte sich, um die Schüssel aufzuheben. Håkan tänzelte freudig um sie herum und wartete begierig darauf, dass sie sich um ihn kümmerte.

Und dann passierte das Unvermeidliche. Genau in diesem Augenblick fuhr der Wagen des Mannes vor. Ella erstarrte in ihren Bewegungen und ließ die Schüssel fallen, die in viele kleine Scherben zersprang. Der Mann stieg aus, schlug die Autotür zu und entdeckte Ella. Sein Blick verdüsterte sich und Ella wich zurück.

Wutentbrannt schloss er das Gartentor auf und stürmte in ihre Richtung. „Was habe ich dir gesagt, du verdammte kleine Kröte?“ Die Ader an seinem Hals war stark geschwollen und das Gesicht vor Zorn gerötet. Er holte aus, um ihr eine Ohrfeige zu verpassen.

„Nein“, kreischte Ella entsetzt, die noch nie in ihrem Leben geschlagen worden war.

Plötzlich hörte sie ein drohendes Knurren und das Reißen von Stoff. Håkan hing am Ärmel des Mannes, er hatte sich anscheinend festgebissen.

„Das gibt es doch nicht, jetzt greift mich mein eigener Köter an!“, brüllte er völlig außer sich und schlug auf den Kopf des Hundes ein, der irgendwann winselnd von ihm abließ und flüchtete.

„Rein ins Haus!“, schrie er Ella an, packte sie am Oberarm und riss sie mit sich. Dann stieß er sie in den Flur, wo sie hart zu Boden fiel. „Du bleibst gefälligst da und rührst dich nicht von der Stelle. Haben wir uns verstanden?“, keuchte er.

Ella nickte stumm und bittere Tränen rannen über ihre Wangen.

„Ich werde jetzt diesem Köter eine Lektion erteilen, die er nicht so schnell vergessen wird. Und falls ich ihn dabei totschlage, bist du daran schuld. Deine Abreibung kriegst du später, verlass dich drauf", kündigte er hasserfüllt an und stürzte nach draußen.

Ella schnappte nach Luft und hatte das Gefühl, gleich sterben zu müssen. Panik macht sich in ihrem Inneren breit. Sie hörte ihn schimpfen und brüllen, während Håkan herzzerreißend jaulte und wimmerte. Plötzlich wurde es schlagartig still.

„Håkan ...", hauchte Ella und steckte den Daumen in ihren Mund. Sie fürchtete sich wahnsinnig vor dem Moment, in dem der Mann wieder das Haus betreten würde. Sie wusste nun, zu was er fähig war. Schlotternd vor Angst hockte sie im Flur und wartete auf das Unvermeidliche.

„So, mein Mädchen, jetzt werden wir uns kurz unterhalten", sagte er und wischte seine mit Blut verschmierten Hände an einem Papiertaschentuch ab. „Warum hast du dich über meine Regeln hinweggesetzt?"

Ella war zu keiner Regung fähig. Sie sah, wie er ausholte, um ihr eine Ohrfeige zu verpassen. Der Schlag traf sie hart und bevor sie am Boden aufkam, prallte ihr Kopf gegen die Bank, die vor dem Flurfenster stand. Augenblicklich verlor Ella das Bewusstsein und versank in einer undurchdringbaren Schwärze.

23

Linda nahm das Telefongespräch einer aufgeregten Verkäuferin entgegen.

„Ich habe gerade die Vermisstenanzeige der kleinen Ella Gunnarsson gesehen und mir gedacht, dass da etwas nicht stimmen kann. Ein älterer ungepflegter Herr hat unser Geschäft aufgesucht und ausdrücklich nach Kleidung gefragt, die einer Fünfjährigen passen könnten", prasselten die Worte auf Linda herein.

„Das ist an sich nichts Ungewöhnliches", erwiderte Linda.

„Aber er wollte eine komplette Ausstattung, soll heißen – Unterwäsche, Strümpfe, Hosen, Shirts und Schuhe. Großeltern kaufen schon einmal etwas für ihre Enkel, gar keine Frage, aber das fand ich dann doch übertrieben", sagte die Angestellte. „Meine Kolleginnen sind übrigens derselben Meinung, weil das so gut wie noch nie vorgekommen ist."

„Hat der Mann mit Karte bezahlt?", fragte Linda.

„Mit Bargeld."

„Haben Sie im Laden Kameras installiert?"

„Ja, aber es funktioniert nur eine davon. Bei den anderen handelt es sich um Attrappen", erwiderte die Angestellte.

„Das macht nichts, ich schicke sofort jemanden vorbei", sagte Linda, deren Herz vor lauter Aufregung schnell klopfte. War das der lang ersehnte Durchbruch in diesem Fall, auf den das Team so sehr gehofft hatte?

Nach dem Telefongespräch lief sie wie ein aufgescheuchtes Huhn durch die Abteilung. „Gibt es Neuigkeiten? Hat sich jemand gemeldet?", fragte sie Vidar, einen Kollegen.

„Nein, noch nicht, aber das ist nur eine Frage der Zeit."

„Hoffentlich", erwiderte sie und atmete tief durch. Ruhig Linda, ganz ruhig, ermahnte sie sich.

Jörgen kam ihr auf dem Flur entgegen und reichte ihr einen Becher Kaffee.

„Jetzt mach mal halblang und gönn dir eine Pause", sagte er und öffnete die Tür zum Büro. „Hier, die Zeitung, falls du dich ablenken willst."

„Ich muss mich konzentrieren, die Zeit läuft", antwortete sie und setzte sich an ihren Schreibtisch.

„Du machst uns noch alle nervös", brummte er. „Fahr deine Energie bitte für einen Moment lang runter."

„Du hast ja recht, ich gebe mich geschlagen."

Linda stellte eine Packung Kekse auf den Tisch und schlug die Zeitung auf. Sie überflog die Überschriften und blieb auf der letzten Seite an einem Foto hängen.

„Schau mal, der Fundhund sieht wie der von den Gunnarssons aus."

„Zufälle gibt's", antwortete Jörgen abwesend und starrte weiterhin auf seinen Bildschirm.

„Jetzt komm schon, wirf einen Blick drauf", forderte Linda ihn nochmals auf.

„Ich habe absolut keine Erinnerung mehr, wie der Vierbeiner von denen aussah."

Linda wollte gerade die Nummer der Tierhilfe eintippen, um sich zu erkundigen, wo der Hund gefunden worden war, als das Telefon klingelte. Sie nahm den Hörer ab und lauschte wortlos ihrem Gegenüber. Dann legte sie mit ernster Miene auf.

„Finna Löv wird vermisst."

„Ist nicht wahr …", platzte es aus Jörgen heraus.

„Die Frage lautet nun, was wir in dieser Sache unternehmen werden?"

„Ruf die Tierhilfe an, das wolltest du doch sowieso."

Nur wenige Minuten später wusste Linda, wo der Rüde aufgelesen worden war. In einem Waldgebiet nahe Ludvika war er Spaziergängern hinterhergelaufen, die ihn schließlich mitgenommen und bei der Tierhilfe abgegeben hatten.

„Soll ich erneut die Mantrailer anfordern?", fragte sie und fuhr sich mit beiden Händen nervös durchs Haar. „Ich habe das Gefühl, dass sich alles wie am Murmeltiertag wiederholt, ohne dass wir Schlüsse daraus ziehen könnten."

„Schick die Mantrailer hin, solange die Spuren noch frisch sind. Ich werde Finna Lövs Ehemann informieren, dass er einige Kleidungsstücke seiner Frau bereithalten soll."

„Mach das", nickte Linda ihm zu.

Genau in diesem Moment klopfte es an die Tür. „Wir haben zwei Zeugen im Fall Ella Gunnarsson", sprudelte es aus Vidar heraus. „Darf ich sie zu euch schicken?"

„Aber sicher."

Ein Ehepaar um die sechzig betrat das Büro und nahm vor Lindas Schreibtisch Platz.

„Wir sind Elise und Herman Andersson", stellte die Frau sich vor. „Ich bin mir nicht sicher, ob ein Zusammenhang besteht, aber wir haben ein etwa fünfjähriges

Mädchen bei einem Nachbarn im Garten spielen sehen. Die Beschreibung passt haargenau auf das vermisste Kind."

„Wann war das", fragte Linda.

„Gestern, als Herman mich zum Arzt gefahren hat", antwortete Elise Andersson. „Auf dem Rückweg haben wir ein Mädchen auf dem Grundstück Ole Fredriksson gesehen, das mit dem Hund gespielt hat."

„Vielleicht eine Familienangehörige?"

„Eben nicht, Ole hat keine Verwandtschaft mehr. Seit dem Unfalltod seiner Frau und seiner Tochter lebt er sehr zurückgezogen und ist …", sie tippte sich mit dem Zeigefinger an die Stirn, „… nicht mehr ganz dicht im Oberstübchen."

„Haben Sie eine Erklärung dafür, woher das Kind stammen könnte?"

„Ole wandert sehr viel, das ist seine einzige Beschäftigung", erwiderte Elise Andersson.

Linda reichte dem Ehepaar ein Foto von Ella. „Könnte es dieses Mädchen gewesen sein?"

„Ich habe die Kleine zwar nur im Vorbeifahren gesehen, aber sie hatte die gleiche Haarfarbe und Statur."

„Danke. Jetzt benötige ich nur noch die Adresse des Herrn, damit wir sofort einen Streifenwagen losschicken können."

Linda griff zum Hörer, um die nötigen Instruktionen weiterzugeben, und hoffte inständig, dass diese Mission zur Abwechslung einmal erfolgreich wäre. Dann wandte sie sich wieder den Anderssons zu.

„Mein Kollege wird jetzt Ihre Personalien aufnehmen, und ich bedanke mich, dass Sie vorbeigekommen sind."

Linda verabschiedete sich und eilte aus dem Büro. Sie hatte sicherheitshalber einen Krankenwagen zu besagter Adresse geschickt, weil die kleine Ella mit Sicherheit einige Strapazen hinter sich hatte. Auf dem Weg zu Ole Fredriksson hielt sich Linda nur selten an die Geschwindigkeitsbegrenzungen und jagte die Landstraße entlang.

Als endlich das verwilderte Grundstück vor ihr auftauchte, schnellte ihr Puls in die Höhe. Streifen- und Krankenwagen parkten bereits auf dem Seitenstreifen. Da kein Beamter zu sehen war und die Haustür offen stand, lief Linda zum Haus. Im ehemaligen Kinderzimmer waren die Sanitäter gerade dabei, das Mädchen zu versorgen. Ein Blick genügte, um zu sehen, dass es sich tatsächlich um Ella handelte.

Doch die Erleichterung wich der Bestürzung, als der Sanitäter ihr mitteilte, dass Ella eine mittelschwere Kopfverletzung erlitten hatte und umgehend ins Krankenhaus eingeliefert werden musste. Linda trat einen Schritt zur Seite, als Ella aus dem Haus getragen wurde.

Dann suchte sie die Küche auf, in der die Beamten Ole Fredriksson in Schach hielten. Nachdem es ihnen gelungen war, dem wehrhaften Mann die Handschellen anzulegen, beruhigte er sich.

„Können Sie sich ausweisen?“, fragte Linda.

„Warum?“, erwiderte Fredriksson schroff. „Sie können mir nicht ohne Grund meine Lina wegnehmen“, beschwerte er sich lautstark und Linda ahnte, wie es um den Geisteszustand dieses Mannes beschaffen sein musste.

„Ihren Ausweis bitte“, forderte sie erneut.

„Draußen im Flur in der Joppe“, knurrte Fredriksson und einer der Beamten lief dorthin, um die Jacke an sich zu nehmen und Linda den Ausweis zu reichen.

„Wo haben Sie das Mädchen gefunden?“, fragte Linda mit scharfer Stimme.

„Meine Lina? Die wohnt doch hier.“

„Dieses Kind ist nicht Ihre Tochter. Bitte antworten Sie mir“, forderte sie ihn unmissverständlich auf.

„Im Wald bei Burens war das, glaube ich.“

Seine Aussage entsprach der Wahrheit, denn genau dort hatte das Team mit den Hunden die Spuren verfolgt.

„Bringen Sie Herrn Fredriksson zur Behörde und fordern Sie gleichzeitig einen Arzt an. Wir müssen seine Zurechnungsfähigkeit abklären lassen, bevor er vernommen werden kann", sprach Linda.

Nachdem die Beamten Ole Fredriksson abgeführt hatten, durchstreifte Linda die Räume des Hauses, ohne etwas zu berühren. Alles war verkommen und verdreckt, der Mann hätte schon längst von staatlicher Seite betreut werden müssen. Zum Glück war Ella dieser Hölle entkommen. Aber das Team hatte noch eine Menge Ermittlungsarbeit vor sich, und ausgerechnet jetzt war auch noch Finna Löv verschwunden.

Linda ging nach draußen, um das Gelände rund ums Haus genauer unter die Lupe zu nehmen. Die Natur hatte sich das Grundstück wieder einverleibt und nur vereinzelt ragten Metallskelette aus dem Wildwuchs heraus. Im hinteren Bereich befand sich ein leerer Hundezwinger und Linda fragte sich, wo der Hund wohl abgeblieben war. Gestern musste Ella noch mit ihm gespielt haben.

Linda wandte sich ab, um zum Wagen zurückzulaufen, als sie auf dem Weg dorthin ein leises Wimmern vernahm. Suchend drehte sie sich um die eigene Achse, doch das Geräusch war verstummt. Wahrscheinlich hatte sie sich getäuscht.

Auf dem Weg zum Tor raschelte es plotzlich neben ihr und sie glaubte, ein angestrengtes Hecheln zu hören. Der Hund?

Sie bahnte sich einen Weg durch das Gestrüpp und entdeckte ein apathisches schwarzes Ungetüm zwischen einer ausrangierten Waschmaschine und einem rostigen Autowrack auf dem Boden liegen. Sein Fell am Kopf war verklebt und das geronnene Blut auf den Halmen getrocknet.

„Himmel, wer hat dir das angetan?", rief Linda entsetzt

und zog ihr Smartphone aus der Hosentasche, um die Notrufnummer der Tierklinik zu wählen. Nachdem sie alle relevanten Daten durchgegeben hatte, strich sie dem Hund übers Fell. „Ich muss dummerweise wieder ins Büro. Aber gleich wird jemand bei dir sein, um dich aus dieser misslichen Lage zu erlösen."

Vor dem Tor warf sie mit Unbehagen einen letzten Blick zurück und stieg in den Wagen. Sie brauchte dringend einen Plan B, um den Fall zu lösen. Hoffentlich war die kleine Ella vernehmungsfähig.

Linda schob einen Stuhl neben Ellas Krankenbett, setzte sich und griff nach der Hand des kleinen Mädchens.

„Geht es dir gut? Hast du noch starke Schmerzen?", fragte sie mit sanfter Stimme.

„Ich will zu meiner Mama", antwortete Ella mit weinerlicher Stimme.

„Deine Großeltern sind schon auf dem Weg, sie werden bald eintreffen."

„Wirklich?", fragte das Mädchen ungläubig.

„Aber sicher, du kannst auf mein Wort zählen", sagte Linda. „Wir haben deinen Großeltern sofort Bescheid gesagt, damit sie dich in ihre Obhut nehmen können. Aber zuerst möchte ich dich bitten, mir meine Fragen zu beantworten. Wirst du das schaffen?"

Der behandelnde Kinderarzt stand am Fuße des Bettes, um ein wachsames Auge auf Linda zu werfen. Nur unter Vorbehalt hatte er ihrem Wunsch nach einer Befragung zugestimmt.

„Mein Kopf tut so schrecklich weh", jammerte Ella. „Alles dreht sich."

„Sie hat eine schwere Gehirnerschütterung davongetragen", fügte der Arzt ergänzend hinzu.

„Ich werde ganz behutsam an die Sache herangehen“, versprach Linda und wandte sich wieder Ella zu. „Wir sind auf deine Hilfe angewiesen, um denjenigen zu finden, der dir das angetan hat. Kannst du dich an den Abend erinnern, als du entführt worden bist?“

„Mhm.“

„Was ist passiert?“

„Mein Papa war sehr böse zu Mama und ich habe mich dann in meinem Zimmer unter der Bettdecke versteckt.“

„Was hat er getan?“

„Er hat Mama am Hals gepackt, bis ihr die Luft weggeblieben ist“, antwortete Ella mit Tränen in den Augen.

„Und danach?“

„Danach bin ich eingeschlafen und erst wieder wach geworden, als mir jemand ein Kissen auf das Gesicht gedrückt hat.“

„Konntest du die Person erkennen.“

„Nein“, hauchte Ella.

„Wie ging es weiter?“, fragte Linda sanft.

„Das weiß ich nicht, weil ich erst in einer Höhle wieder aufgewacht bin. Nora hat ganz komisch neben mir gelegen und keinen Mucks gesagt.“

Linda schloss für einen Moment die Augen. Die kleine Ella würde dieses Martyrium ihr ganzes Leben mit sich herumtragen.

„Du bist über alle Maßen tapfer“, lobte sie das Mädchen.

„Ist Nora tot?“, fragte Ella bang.

Linda hielt einen Moment lang inne. War sie berechtigt dazu, dem Mädchen die Wahrheit zu sagen? Hilfesuchend schaute sie zum Arzt, der kaum merklich den Kopf schüttelte.

„Deine Großeltern werden dir alle wichtigen Fragen beantworten“, sagte sie und strich Ella zärtlich über die Wange. „Möchtest du mir von deinen Erlebnissen erzählen?“

Ella nickte und hob ihre Stimme. „Ich habe einen Weg

nach draußen gefunden und im Wald Beeren und einen Pilz gegessen. Danach bin ich sehr krank geworden, bis mich ein böser Mann mitgenommen und geschlagen hat."

Ellas Augen füllten sich abermals mit Tränen und ihr kleiner Körper bebte. Der Kinderarzt hob warnend die Hand, als Ella ihren Tränen freien Lauf ließ. Linda beugte sich nach vorn und drückte das Mädchen tröstend an ihre Brust. Sie wartete geduldig, bis die Kleine sich beruhigt hatte. Genau in diesem Moment klopfte es an die Tür und Ellas Großeltern traten ein. Das Timing hätte nicht besser sein können.

„Oh mein Schatz, da bist du ja." Ellas Großmutter ließ ihre Tasche fallen und eilte zum Bett, um ihre Enkelin in die Arme zu schließen und behutsam zu wiegen. „Ich kann dem Universum nicht oft genug danken, dass wir dich wiederhaben." Sie küsste und herzte ihre Enkelin überschwänglich und selbst der Großvater wischte sich die Freudentränen mit dem Handrücken fort. Ella klammerte sich schluchzend an ihrer Großmutter fest.

„Lass es raus, meine Kleine", flüsterte sie und schlang die Arme fester um Ella.

Dieser Moment war auch für Linda sehr beglückend. Ein Leben rechtzeitig gerettet zu haben, bedeutete ihr unendlich viel.

Nachdem wieder ein wenig Ruhe in das Krankenzimmer eingekehrt war, erklärte Linda ihre Anwesenheit und verabschiedete sich gleichzeitig. Mit leeren Händen in die Abteilung zurückzukehren, schmerzte. Wieder war kein Licht am Ende des Tunnels zu sehen.

24

Die Strecke von zwei Kilometern erschienen Finna unüberwindbar, dennoch trabte sie los. Sie musste ohne Wenn und Aber die Straße erreichen, um nach Fahrzeugen Ausschau zu halten. Das war ihre einzige Chance.

Der Schotterweg wand sich wie eine Schlange durch das Waldgebiet und die Sonne färbte den Himmel in ein zartes Orange. Die Dunkelheit würde Liljas Rettung zweifelsfrei erschweren, falls es nicht schon zu spät dafür war.

Endlich lichtete sich der Bewuchs und Finna konnte vereinzelt Motorengeräusche wahrnehmen. Das spornte sie an und sie mobilisierte ihre letzten Kräfte. Als sie die rettende Straße erreicht hatte, ließ sie ihren Tränen freien Lauf. Auf einem abgeernteten Getreidefeld entdeckte sie einen Traktor und rannte über die Stoppeln in dessen Richtung.

„Anhalten, bitte sofort anhalten!“, schrie sie und winkte wie besessen mit den Armen.

Der Fahrer stoppte den Traktor und beugte sich aus der Kabine. „Gibt es ein Problem? Ist Ihr Wagen liegengeblieben?“, fragte er höflich.

„Haben Sie ein Handy dabei?“, brüllte sie, um den laufenden Motor zu übertönen.

„Ja“, nickte der Fahrer.

„Würden Sie für mich den Notruf wählen? Ich brauche dringend einen Krankenwagen und auch die Polizei muss verständigt werden.“

Der Landwirt musterte sie irritiert.

„Gab es einen Unfall?“

„Bitte, für Erklärungen habe ich keine Zeit“, flehte Finna. „Wählen Sie sofort den Notruf.“

Der Mann zog das Smartphone aus der Brusttasche seines karierten Hemdes und tippte ungelenk auf dem Display herum.

„Was genau soll ich sagen?“, fragte er Finna, die kurzerhand die Tür zur Fahrerkabine öffnete und ihm das Smartphone aus der Hand riss.

Mit einem Schwall unzähliger Wörtern beschrieb sie die Situation und musste sich mehrmals wiederholen, bis der Person am anderen Ende der Leitung endlich klar war, worum es ging. Zwei Krankenwagen und ein Notarzt wurden sofort losgeschickt. Anschließend wählte Finna die Nummer der Polizeibehörde und sank nach dem Telefonat erschöpft zu Boden.

Der Landwirt stellte den Motor ab und sprang besorgt aus der Kabine, um Finna zu helfen.

„Durst …“, hauchte sie. Jetzt, wo die gesamte Anspannung von ihr abfiel, machte sich eine grenzenlose Erschöpfung breit.

„Einen Moment bitte“, sagte der Mann und nahm ihr behutsam das Smartphone wieder ab. „Mette, könntest du mit dem Wagen raus aufs Feld kommen? Bringe bitte eine Wasserflasche und etwas Süßes mit ... und beeil dich, wir haben hier einen Notfall.“

Nur wenige Minuten später näherte sich ein in eine Staubwolke gehülltes Fahrzeug. Eine schlanke Frau stieg aus dem Wagen und hatte einen Korb dabei. Sie öffnete die Wasserflasche und schenkte ein Glas ein, um es Finna zu reichen.

Dankbar trank Finna Zug um Zug und hielt das Glas hoch, um es nachfüllen zu lassen.

„Meine Güte, wer hat Sie denn so zugerichtet?“, fragte die Frau des Landwirtes entsetzt.

„Das ist eine längere Geschichte“, murmelte Finna, die am liebsten tagelang durchgeschlafen hätte.

In der Ferne ertönte die Sirene des ersten Krankenwagens. Er hielt auf gleicher Höhe zum Traktor an.

„Wer hat uns informiert?“, fragte der Sanitäter und Finna streckte den Arm nach oben. „Sie müssen mitkommen und uns den Weg weisen.“

Finnas Beine knickten wie Streichhölzer ein und der Landwirt trug sie kurzerhand zum Krankenwagen. Sie stieg ein und navigierte das Fahrzeug, bis sie den Parkplatz erreicht hatten.

„Von hier aus müssen wir zu Fuß gehen“, sagte Finna.

„Fühlen Sie sich dazu in der Lage, uns zu begleiten?“, fragte der Sanitäter, der am Steuer saß.

„Das geht schon“, antwortete sie, obwohl ihr vor diesem endlos langen Weg graute. Aber auch die Angst, Lilja nicht mehr lebend vorzufinden, machte ihr zu schaffen.

Obwohl Finna von zwei Sanitätern gestützt wurde, hatte sie das Gefühl, nur sehr langsam voranzukommen. Als endlich das alte Holzhaus vor ihnen auftauchte, brach sie in Tränen aus. Ein breitschultriger Sanitäter warf sich gegen die Tür, die nach dem dritten Versuch splitterte und aufflog. Dann stürmten die Männer ins Haus.

„Bitte warten Sie hier, damit wir in Ruhe unsere Arbeit machen können", lautete die knappe Anweisung, bevor auch der Notarzt durch die Luke in den Keller verschwand.

Finna hörte scharrende Schritte und knappe Anweisungen, die sich die Sanitäter gegenseitig zuriefen.

„Haben wir einen Puls?"

„Vorhanden."

„Gut, vorsichtig umbetten und einen Venenzugang legen."

Nicht zu wissen, wie es um Lilja stand, brachte Finna fast um den Verstand. Inzwischen war auch die Mannschaft des zweiten Krankenwagens eingetroffen und Finna deutete auf die Falltür. Dann hockte sie sich kraftlos auf den Boden und harrte der Dinge, die da kommen würden.

Es verstrichen nur wenige Minuten, bis die Trage endlich aus der Luke gehoben wurde.

„Wie geht es ihr?", fragte Finna bang.

„Ihr Leben hängt am seidenen Faden, mehr kann ich momentan nicht dazu sagen", antwortete eine junge Sanitäterin bedauernd, die ihr blondes Haar zu einem Pferdeschwanz gebunden hatte. „Aber jetzt sind Sie erst einmal an der Reihe."

Sie kümmerte sich rührend um Finna und kontrollierte ihre Vitalfunktionen. Der Notarzt begleitete Lilja und so blieb Finna mit zwei Sanitätern allein zurück.

„Fühlen Sie sich stark genug, um den Rückweg anzutreten."

„Ich denke schon. Hauptsache, nur weg von hier."

Finna war so in ihre Gedanken vertieft, dass sie den Weg wie in Trance zurücklegte. Als das Trio den Parkplatz erreicht hatte, warteten ein Streifenwagen und Linda Sventon bereits auf Finna.

„Ich will nicht lange um den heißen Brei herumreden,

aber wir sind auf Ihre sofortige Aussage angewiesen“, sagte die Kommissarin.

„Wir müssen die Frau erstversorgen“, warf die Sanitäterin ein.

„Bitte Finna, erzählen Sie uns, was geschehen ist“, drängte Linda Sventon und Finna willigte gerne ein.

25

Linda wartete ungeduldig, bis Finna ein kreislaufstabilisierendes und schmerzstillendes Mittel verabreicht bekommen hatte.

„Schießen Sie los, wer ist für Ihre missliche Lage verantwortlich?“

„Tove Berg. Sie hat mich wohl die ganze Zeit über beobachtet und bei einem Waldspaziergang angegriffen. Ich habe nach dieser Attacke das Bewusstsein verloren und bin in dieser verfallenen Hütte aufgewacht.“

„Danke, Ihre Aussage wird für die Beantragung eines Haftbefehls reichen. Ich melde mich wieder bei Ihnen.“

Linda verabschiedete sich und lief mit schnellen Schritten zum Wagen, um per Funk den Haftbefehl für Tove Berg beim zuständigen Richter zu erwirken. Die Schlinge hatte sich zugezogen. Endlich.

Aufgewühlt startete sie den Wagen und schickte ein stilles Stoßgebet zum Himmel. Sie hoffte von ganzem Herzen, dass Lilja und ihr ungeborenes Kind überleben würden.

Jörgen war schon eingetroffen, als sie das Büro betrat.

„Was für eine Fügung des Schicksals", sagte er und wirkte unendlich erleichtert. „Diese Finna Löv hat sich ordentlich ins Zeug gelegt."

„Ja, das hat sie und ich beneide Lilja Gunnarsson um ihre überaus loyale Freundin. Aber jetzt muss ich mich voll und ganz auf Tove Bergs Vernehmung vorbereiten. Hat der Richter dem Antrag zugestimmt?"

Jörgen nickte. „Ja, zwei Streifenwagen sind bereits auf dem Weg zu ihr. Die Frau hat wirklich Nerven."

„Sie wird ihre gerechte Strafe erhalten", antwortete Linda. „Ich bin wirklich froh über den Ausgang dieses Falles und kann es kaum erwarten, die Pressemitteilung herauszugeben."

Keine fünfzig Minuten später wurde Tove Berg in den Vernehmungsraum geführt. Ihre Augen funkelten zornig und das Gesicht war gerötet. Auf die Frage nach einem Anwalt reagierte sie unwirsch.

„Den brauche ich nicht, ich bin unschuldig."

Das werden wir ja noch sehen, dachte Linda im Stillen und eröffnete die Vernehmung.

„Frau Berg, Sie werden des Mordes an Nora Gunnarsson und der Entführung von Lilja Gunnarsson sowie ihrer jüngsten Tochter Ella Gunnarsson und Finna Löv beschuldigt. Dazu kommen schwere Körperverletzung und unterlassene Hilfeleistung. Ich bitte Sie, sich dazu zu äußern."

Linda straffte ihre Schultern und richtete den Blick fest auf Tove Berg, die es jedoch vorzog zu schweigen.

„Frau Berg, es kann sich strafmildernd für Sie auswirken, wenn Sie mit uns kooperieren", sagte Linda, um das Schweigen zu brechen. Schon die verstockte Art von Aron Gunnarsson hatte sie etliche Nerven gekostet, das wollte sie diesmal unbedingt vermeiden.

„Ich habe nichts zu sagen."

Linda stieß Jörgen leicht mit ihrem Knie an und stand auf. „Gut, wie Sie möchten. Dann werden Sie jetzt in Ihre Zelle geführt." Sie schnappte sich ihre Unterlagen und verließ den Vernehmungsraum.

„Sag mal, was sollte denn das?", fragte Jörgen irritiert, der Linda nach draußen gefolgt war.

„Ich habe dieses Schweigen so satt. Wenn Tove Berg erst einmal zwei Stunden in ihrem eigenen Saft schmort, wird sie vielleicht zur Besinnung kommen."

„Das wird eine lange Nacht", stöhnte er. „Wer wird sich um deine Mädchen kümmern?"

„Alex ist bei ihnen, und dafür bin ich ihm unendlich dankbar."

„Dumme Frage, habt ihr eigentlich schon Zukunftspläne geschmiedet?", wollte Jörgen plötzlich wissen.

„Schwieriges Thema", gestand Linda. „Er hat einen festen Job in Stockholm und ich möchte nicht von hier fort."

„Denke ja nicht daran, hier deine Zelte abzubrechen", drohte Jörgen mit ernstem Blick. „Wir sind das beste Team, das Ludvika je hatte."

„Als ob ich das nicht wüsste. Aber in nicht allzu langer Zeit werden meine Mädchen flügge und was mache ich dann?"

„Zerbrich dir jetzt darüber nicht den Kopf. Noch steht das glücklicherweise nicht zur Debatte."

„Du hattest gefragt, mein Lieber."

„Okay, okay." Jörgen hob beschwichtigend die Hände und

grinste. Dann wurde er wieder ernst. „Wollen wir uns Pizza und einen Espresso vom Italiener liefern lassen?"

„Super Idee, ich bin dabei", antwortete Linda und ließ sich in ihren Bürostuhl fallen. „Ich hoffe ja, das Tove Berg von sich aus das Gespräch sucht, ohne dass wir eingreifen müssen."

„Schön wär's", erwiderte Jörgen und gab die Bestellung auf.

Sie mussten nur zwanzig Minuten auf den Lieferanten warten, der die Pizzen am Eingang ablieferte. Linda zahlte ein großzügiges Trinkgeld und kehrte vollbeladen ins Büro zurück.

„Guten Appetit, Jörgen."

„Danke, ebenso."

Linda hatte gerade den Salat verspeist, als das Telefon klingelte.

„Gute Nachrichten", strahlte sie, „Tove Berg hat einen Anwalt herzitiert."

„Dann können wir hoffentlich in Kürze mit der Vernehmung loslegen."

„Davon gehe ich aus", zeigte sich Linda positiv gestimmt.

Endlich war es so weit, Tove Berg wurde erneut in den Vernehmungsraum geführt.

„Ich möchte ein Geständnis ablegen", sagte sie und ihr hektischer Blick sprach Bände.

Nachdem Linda einige Fragen gestellt hatte, bat sie Tove Berg, ihr den Ablauf des Abends zu schildern.

„Aron hatte mir fest versprochen, die Ehe mit Lilja zu beenden. Aber es zog sich in die Länge und dann ist sie auch noch schwanger geworden."

„Hat er die Beziehung zu Ihnen beendet", fragte Linda.

Tove Berg verneinte. „Er hat mich vertröstet, dass er die

Geburt seines Sohnes erst abwarten wolle, und mir war von vornherein klar, dass er danach viel zu feige für eine Trennung gewesen wäre. Ich habe dann angefangen, ihn auszuspionieren, doch seine Frau hatte wohl die gleiche Idee gehabt. Ich weiß nicht, wie es ihr gelungen ist, uns auf die Schliche zu kommen."

„Lilja Gunnarsson wusste also über die Affären ihres Mannes Bescheid?", hakte Linda nach.

„Ja. Sie hat mich aus der Ferne beobachtet."

„Wann ist Ihnen aufgefallen, dass Sie nicht seine einzige Affäre sind?"

„Schon recht bald, und es hat mich innerlich zerrissen."

„Spätestens jetzt hätten Sie diese Beziehung beenden können. Warum haben Sie daran festgehalten?"

„Ich habe es versucht und sogar einen Therapeuten aufgesucht." Tove Berg kämpfte mit den Tränen. „Aber ich konnte mir ein Leben ohne Aron nicht vorstellen, es hat einfach nicht funktioniert."

„Was ist an besagtem Abend geschehen?", lenkte Linda das Gespräch wieder in eine andere Richtung, um auf das ursprüngliche Thema zurückzukommen.

„Ich habe mich im Garten zwischen den Sträuchern versteckt, um herauszufinden, welche Gefühle Aron tatsächlich noch für seine Frau empfindet. Am Abend hatten sie einen heftigen Streit, weil Lilja ihn mit seinen Affären konfrontiert hat."

„Und weiter?"

Tove Bergs Atmung wurde hektischer. „Er muss sie wohl geschlagen und gewürgt haben, dann wurde es plötzlich still. Zu still."

Linda beugte sich nach vorn. „Warum haben Sie nicht die Polizei wegen häuslicher Gewalt informiert?"

„Weil ich nun wusste, dass Aron Lilja nicht mehr liebt", antwortete sie.

„Und Sie haben geglaubt, diese Chance nutzen zu

können, um ihn zurückzugewinnen?“, fragte Linda ungläubig.

„Genau so war es.“ Tove Berg strich sich eine Strähne hinters Ohr. „Jedenfalls hat Aron nur wenige Minuten später das Haus verlassen.“

Linda ahnte, was nun folgen würde.

„Ich bin kurzerhand durch das offene Küchenfenster ins Haus eingestiegen. Der Hund hat mich freudig begrüßt, so dass es überhaupt kein Problem war, unbehelligt in die obere Etage zu gelangen.“ Tove Berg stockte kurz.

„Jetzt kommen Sie schon, erzählen Sie uns den Rest“, forderte Linda sie auf.

„Lilja war im Badezimmer. Sie hat weinend vor dem Spiegel gestanden und die Würgemale an ihrem Hals betrachtet. Sie muss so in Gedanken vertieft gewesen sein, dass sie mich nicht hat kommen hören. Erst als mein Gesicht neben ihrem im Spiegel aufgetaucht ist, hat sie mich bemerkt und geschrien. Damit sie aufhört, habe ich ihr mit der Vase aus dem Flur auf den Kopf geschlagen und sie ist bewusstlos zu Boden gesunken.“

„Wie ging es weiter?“ Linda spielte nervös mit dem Kugelschreiber. Es tat ihr in der Seele weh, dass Nora Gunnarsson nicht überlebt hatte. Diese Lücke würde sich niemals schließen.

„Die Mädchen haben in ihren Betten geschlafen und so brauchte ich nur ein Kissen auf ihre Gesichter zu drücken.“

Die Emotionslosigkeit, mit der Tove Berg den Tathergang schilderte, verblüffte Linda. Trotz ihrer langjährigen Berufserfahrung war sie jedes Mal aufs Neue überrascht, mit wie viel Berechnung und Kälte die Täter zu Werke gingen.

„Allerdings war ich nicht gründlich genug“, fuhr Tove Berg fort. „Obwohl ich beim Ablegen der Mädchen wiederholt den Puls gefühlt habe, musste er bei Ella noch vorhanden gewesen sein. Es ist dem enormen Zeitdruck geschuldet, dass sie noch am Leben ist.“

Linda versuchte, sich ihre Emotionen nicht anmerken zu lassen. „Warum haben Sie Lilja Gunnarsson nicht sofort getötet?"

„Gute Frage. Die Mädchen waren nur unbeteiligte Figuren in diesem Spiel, aber Lilja hat Aron mit ihrer Besserwisserei und ihrer bestimmenden Art das Leben zur Hölle gemacht. Sie sollte leiden und elend zugrunde gehen, allein schon deshalb, weil sie all das besessen hat, was mir ein Leben lang verwehrt geblieben ist."

„Sie meinen eigene Kinder?"

„Ja, unter anderem auch", erwiderte Tove kühl.

„Was hat Sie zu diesen grausamen Taten veranlasst?" Linda konnte absolut nicht nachvollziehen, was im Kopf von Tove Berg vorgegangen war.

„Ich wollte den Weg freimachen für eine gemeinsame Zukunft mit Aron", antwortete sie.

„Sie haben dann also Lilja Gunnarsson und ihre Töchter aus dem Haus gebracht. Richtig?"

„Ja", bestätigte Tove Berg. „Ich habe meinen Wagen vor das Gartentor auf der hinteren Seite gefahren und mit der Schubkarre die drei zum Fahrzeug transportiert. Lilja war ein ganz schöner Kraftakt gewesen, aber ich konnte von Glück reden, dass mich niemand gesehen hat."

Linda atmete tief durch und schluckte eine bissige Bemerkung hinunter.

„Hey, was starren Sie mich so an?", blaffte Tove Berg. „Haben Sie noch nie um Ihre Liebe gekämpft?"

Du verwechselst Besessenheit mit Liebe, dachte Linda erzürnt und war sich sicher, dass Tove Berg nach dem Prozess wahrscheinlich wegen verminderter Schuldfähigkeit in einer Psychiatrie landen würde.

„Sie haben also Lilja, Nora und Ella Gunnarsson in Ihr Fahrzeug verbracht. Wie ist es danach weitergegangen?"

„Ich bin die gesamte Nacht durch die Gegend gefahren, um die Mädchen und ihre Mutter weit entfernt voneinander an verschiedenen Orten abzulegen. Lilja sollte durch die Hölle gehen, sobald sie zu sich gekommen war."

„Sie haben also auch den Tod des ungeborenen Kindes billigend in Kauf genommen?"

„Das war doch noch nicht so weit entwickelt."

Die Kaltschnäuzigkeit von Tove Berg wurde immer unerträglicher und setzte nicht nur Linda zu. Auch Jörgen wurde zunehmend unruhiger.

„Lilja Gunnarsson trägt das Wunschkind ihres Mannes aus. War es das gewesen, was Sie zu diesen abscheulichen Handlungen veranlasst hat? Weil Ihnen das Familienglück verwehrt geblieben ist?"

„Ich liebe Aron, wie ihn keine Frau zuvor geliebt hat", behauptete Tove.

„Er wollte die Beziehung zu Ihnen beenden", widersprach Linda.

„Weil Lilja ohne sein Wissen schwanger geworden ist und ihn damit in die Enge getrieben hat", fauchte Tove Berg.

„Er hat mit seiner Frau geschlafen, wie das in einer Ehe so üblich ist. Und ja, es besteht durchaus die Gefahr – ob absichtlich oder nicht – schwanger zu werden. Lilja Gunnarsson war mit Aron verheiratet, nicht Sie."

„Glauben Sie wirklich, dass mich Ihre Maßregelung beeindruckt?" Tove Berg zog verächtlich die Mundwinkel nach unten.

„Sie haben dieser Familie großen Schaden zugefügt und den Gunnarssons eine Tochter, Enkelin und Schwester genommen. Dafür werden Sie sich verantworten müssen." Linda musterte Tove Berg mit festem Blick „Kommen wir nun zu Andrea Sjögren. Was war der Grund für ihren Tod?"

„Andrea hat plötzlich damit begonnen, herumzuschnüffeln. Sie hatte mich von Anfang an unter Verdacht und als sie die Polizei informieren wollte, habe ich rotgesehen."

„Sie kannten sich?", fragte Linda erstaunt.

„Ja. Ich habe Andrea aufgesucht und sie gebeten, die

Finger von Aron zu lassen. Sie war eine der misstrauischsten Personen, denen ich je begegnet bin."

Linda lehnte sich zurück und verschränkte die Arme. Was hatte sich Tove Berg nur dabei gedacht? Sie würde ihr restliches Leben ohne Aron hinter Gittern verbringen, das hätte ihr doch schon von Anfang an klar sein müssen.

„Aber war es nicht so, dass Sie Aron rund um die Uhr beschattet haben? Sonst wäre Ihnen doch niemals aufgefallen, dass er mehrere Liebschaften gleichzeitig hatte."

„Aron hat nur die Aufmerksamkeit gesucht, die Lilja ihm nicht geben wollte", rechtfertigte Tove das Verhalten ihres Liebhabers.

„Sie hätten sich aus dieser ungesunden Beziehung zurückziehen können, so wie es auch der Wunsch von Aron gewesen ist."

„Sie werden die wahre Liebe nie verstehen", erwiderte Tove Berg mit einem wissenden Lächeln, das geradezu grotesk wirkte.

„Sie gestehen also den versuchten Mord an Ella und Lilja Gunnarsson und Tötung von Nora Gunnarsson und Andrea Sjögren?"

„Ja. Es zu leugnen, hat keinen Zweck."

Linda beendete die Vernehmung. Nachdem Tove Berg abgeführt worden war, fiel die gesamte Anspannung von ihr ab. Sie fühlte sich kraftlos und erschöpft.

„Ich höre mein Bett rufen", sagte sie zu Jörgen, der nur matt mit dem Kopf nickte. „Fahren wir nach Hause."

Linda steuerte den Wagen durch die Nacht. Um diese Uhrzeit waren nur wenige Fahrzeuge unterwegs und die Stadt war so gut wie menschenleer. Nur zwei streunende Katzen wechselten die Straßenseite, um dort ihren Revierkampf fortzusetzen.

Linda stellte den Wagen auf dem Parkplatz ab und stieg die Stufen zur Wohnung hinauf. So leise wie möglich öffnete sie die Eingangstür und trat ein. Es herrschte eine friedliche

Atmosphäre, die sie aufatmen ließ. Nacheinander schaute sie in die Zimmer der Mädchen, die tief und fest schliefen.

„Schön, dass du da bist“, flüsterte Alex, der aufgestanden war, um sie zu empfangen und in den Arm zu nehmen. „Fall gelöst?“, fragte er.

„Ja. Lilja Gunnarsson ist im Krankenhaus und ich hoffe, dass sie und das Kind überleben werden.“

„Das sind doch gute Neuigkeiten, ich drücke Mutter und Kind die Daumen. Schade, dass ich diesmal nicht viel zum Fall beigetragen habe.“

„Das macht doch nichts. Ich werde übermorgen einen freien Tag beantragen, damit wir die Zeit noch sinnvoll nutzen können“, erwiderte Linda.

„Ich wüsste auch schon, wie“, raunte Alex ihr ins Ohr und sein warmer Atem streifte ihre Haut. Er griff nach ihrer Hand und zog sie sanft ins Schlafzimmer.

26

Ella lief mit zaghaften Schritten den langen Krankenhausflur entlang, der kein Ende zu nehmen schien. Ihr kleines Herz pochte wie verrückt, weil sie Mama heute zum ersten Mal wiedersehen durfte. Großmutter Ingrid hatte diese wunderbare Neuigkeit vor ein paar Minuten verkündet, und nun waren sie hier.

Ingrid drückte die Klinke herunter und sie traten ein. Der Anblick ihrer Mutter versetzte Ella einen Stich. Mama sah so blass und mager aus und ihr Brustkorb hob und senkte sich mit unruhigen Atemzügen. Zögerlich näherte sich Ella dem Bett und streckte ganz behutsam die Hand nach ihrer Mutter aus.

„Mami?", hauchte sie.

Lilja öffnete die Augen und neigte ihren Kopf. Ein wehmütiges Lächeln huschte über ihr Gesicht, als sie Ella erblickte.

„Schön, dass du endlich da bist, mein Schatz."

Ihre Stimme klang matt, während sie sanft über Ellas Wange strich.

„Wie geht es dir und dem Kleinen?", fragte Ingrid besorgt.

„Meine Werte sind stabil und sein kleines Herz schlägt kräftig. Ich werde über den Tropf mit zusätzlichen Nährstoffen versorgt und sollte bald wieder bei Kräften sein."

Ingrid hob Ella hoch, um sie aufs Bett zu setzen. Ella streckte die schmächtigen Ärmchen nach ihrer Mama aus, um sie zu umarmen. Glücklich schmiegte sie ihr kleines Köpfchen in die Kuhle zwischen Schlüsselbein und Hals und atmete den so unverwechselbaren Geruch ihrer Mutter ein, den auch das Desinfektionsmittel nicht überdecken konnte.

„Mami, ich habe dich so sehr vermisst", schluchzte Ella leise. „Und ich bin so traurig, dass ich Nora nie mehr wiedersehen werde."

Lilja drückte ihre Tochter an sich und wischte sich die Tränen verstohlen mit dem Handrücken fort. Auch Großmutter Ingrid schniefte in ein Taschentuch.

„Gehen wir heute nach Hause zurück?", fragte Ella hoffnungsvoll.

„Nein, mein Spatz. Wir werden eine Zeitlang bei Oma wohnen, bis dein Brüderchen das Licht der Welt erblickt hat", erwiderte Lilja.

Ella schluckte. „Und was ist mit Papa?"

Ingrid holte tief Luft und beugte sich zu Ella hinunter.

„Dein Papa wird bald aus der Untersuchungshaft entlassen, aber nicht mehr zu Mama und dir zurückkehren", sagte sie mit ernster Miene. „Er wird dich ab und zu besuchen, wenn du das möchtest."

„Mhm."

„Aber ich habe noch eine kleine Überraschung für dich",

fuhr Ingrid fort. „Finna wird Felix von der Tierhilfe abholen und ihn nachher zu uns bringen."

„Felix geht es gut?"

„Ja, er wird sich garantiert freuen, dich wiederzusehen."

„Ich freue mich auch."

Ella schmiegte sich wieder an ihre Mutter. Sie hörte ihr Herz schlagen und fühlte sich geborgen.

„Mami, wie lange musst du noch im Krankenhaus bleiben?"

„Nur noch ein paar Tage, bis die Ärzte ganz sicher sind, dass es mir und dem Baby gut geht."

„So lange noch?", fragte Ella mit weinerlicher Stimme.

„Oma Ingrid hat schon alles für dich vorbereitet, du musst dich nicht sorgen. Und irgendwann, das verspreche ich dir, wird auch die Sonne für uns wieder scheinen." Lilja küsste ihre Tochter auf die Stirn. „Aber jetzt bist du ein braves Mädchen und fährst mit Oma und Opa nach Hause. Ich bin wahnsinnig stolz auf dich, meine Kleine, und liebe dich über alles."

Ella klammerte sich jedoch an ihrer Mutter fest und weigerte sich zu gehen.

„Ich werde schon bald nachkommen, mein Mäuschen. Außerdem musst du Felix in Empfang nehmen."

Ella schürzte ihre Lippen. Ja, das klang durchaus vernünftig, wo sie sich doch so danach gesehnt hatte, ihr Gesicht wieder in seinem weichen Fell zu vergraben.

„Bis bald, Mami, und werd schnell gesund", hauchte sie mit ihrem zarten Stimmchen.

„Ich bin bald wieder bei dir, mein Engelchen."

Ella nahm die Hand ihrer Großmutter und lief mit ihr zur Tür. Dort drehte sie sich noch einmal um. „Ich habe dich ganz doll lieb, Mami."

„Und ich dich noch viel mehr."

Auf dem Weg zum Fahrstuhl drängte sich Ella an ihre

Großmutter. „Darf ich heut Nacht bei dir und Opa schlafen?“, fragte sie mit banger Stimme.

„Aber natürlich. Wir werden auch eine Therapeutin aufsuchen, die dir helfen wird, das Trauma zu überwinden. Ich möchte dich irgendwann wieder lachen sehen.“

Ingrid strich Ella liebevoll durchs Haar und drückte sie an sich. Sie würden noch einen langen und steinigen Weg vor sich haben.

27

Finna hatte einen bunten Blumenstrauß in ihrer Hand, als sie die Tür zu Liljas Krankenzimmer öffnete. Sie war Ingrid und Ella an der Rezeption begegnet und froh darüber, dass Ella so schnell entlassen werden konnte.

„Lilja? Bist du wach?", flüsterte sie und näherte sich auf leisen Sohlen dem Krankenbett.

Lilja drehte den Kopf in ihre Richtung und setzte sich auf. „Danke, dass du mir das Leben gerettet hast", sagte sie unter Tränen und die Freundinnen fielen sich in die Arme.

„Du kannst dir gar nicht vorstellen, was ich für eine Panik hatte, es nicht rechtzeitig zu schaffen", antwortete Finna und ihre Stimme zitterte leicht.

„Es ist alles gut, jetzt bin ich ja hier."

Finna legt den Strauß zur Seite und setzte sich auf die Bettkante.

„Wird Aron freikommen?", fragte sie.

„Ja, aber unter Auflagen", erwiderte Lilja. „Sobald ich das Krankenhaus verlassen habe, werde ich mir einen Anwalt suchen und die Scheidung einreichen."

„Und dein Zuhause?"

„Wird verkauft." Lilja klang frostig, aber entschlossen. „Ich bin ein Stehaufmännchen, du kennst mich doch. Und meine Kinder werde ich keine Sekunde mehr aus den Augen lassen."

„Ich bin immer für dich da und jederzeit bereit", versicherte Finna.

„Das musst du nicht, du hast schon genug für uns getan", entgegnete Lilja. „Ohne dein schnelles Handeln wäre wahrscheinlich alles ganz anders ausgegangen."

„Okay, Themawechsel. Wie geht es dem Kleinen da drinnen?" Finna tippte sanft auf die Wölbung von Liljas Bauch.

„Es war verdammt knapp, aber die Werte sind jetzt wieder im normalen Bereich. Ich werde Aron niemals verzeihen, dass er uns wegen seiner Allüren in Lebensgefahr gebracht hat." Liljas Augen füllten sich wiederholt mit Tränen. „Ich vermisse Nora so schrecklich", weinte sie.

Finna reichte ihr stumm ein Taschentuch. Sie hätte gern etwas Tröstliches gesagt, aber ausgerechnet in diesem Moment fehlten ihr die richtigen Worte. Auch sie schmerzte der Verlust, den die Familie erlitten hatte. Nora war ein liebes, aufgewecktes Mädchen gewesen, das ihr Leben noch vor sich gehabt hatte. Nichts entschuldigte diese grausame Tat.

„Wirst du je wieder nach Ludvika zurückkehren?", fragte Finna und Lilja zuckte ratlos mit den Schultern.

„Ich weiß es nicht. Jeder Grashalm wird mich hier an

Nora erinnern und ob ich dem auf Dauer gewachsen bin, kann ich jetzt noch nicht sagen."

„Zum Glück gibt es Internet", lächelte Finna.

„Ja."

„Lilja, falls du etwas brauchst, dann melde dich bitte. Ich werde dich jeden Tag besuchen kommen, solange du noch in Ludvika bist."

„Danke Finna, es ist schön, dich zur Freundin zu haben."

„Dann werde ich mich jetzt auf den Weg machen, um Felix abzuholen. Morgen komme ich wieder."

Lilja griff nach Finnas Hand. „Ich bin wirklich dankbar, dass du dich um alles kümmerst, und freue mich auf jeden einzelnen deiner Besuche."

Finna umarmte Lilja zum Abschied. „Komm schnell wieder auf die Beine, versprichst du mir das?"

„Und ob", erwiderte Lilja.

Finna fuhr an den Rand der Stadt, wo die Tierhilfe ein Haus mit großem Grundstück gepachtete hatte. Sie wurde von einer Mitarbeiterin freundlich hineingebeten und schaute sich um. Es waren zum Glück nur wenige Hunde in den Zwingern.

„Kommen Sie, ich werde Sie zu Felix bringen. Er hat kaum gefressen und scheint seine Familie schmerzlich zu vermissen", sagte die junge Frau in Jeans-Overall und Clogs.

Felix war im hinteren Teil untergebracht und teilte sich den Zwinger mit einem großen schwarzen zotteligen Hund. Gemeinsam lagen sie auf einer Matte.

„Felix hat einen neuen Freund gefunden, die zwei haben sich auf Anhieb prima verstanden."

Als Felix seinen Namen hörte, hob er ruckartig den Kopf. Er witterte den Geruch von Finna und nur Sekunden später setzte das Erkennen ein. Laut winselnd flitzte er zum Gitter und sprang wie ein Flummi daran hoch. Dann drehte er sich vor lauter Freude im Kreis und seine Rute wirbelte wie ein Propeller.

Die junge Frau öffnete den Zwinger und ließ Felix ins Freie. Der kleine Mischling hatte Gewicht verloren und sein Fell wirkte ungepflegt. Finna beugte sich zu ihm hinunter, um ihn freudig in Empfang zu nehmen und zu herzen.

„Da bist du ja, du kleiner Schlingel“, säuselte sie.

„Sie müssten anschließend im Büro noch die Übergabepapiere unterschreiben“, sagte die junge Frau.

„Kein Problem, ich bin froh, dass Sie sich so gut um ihn gekümmert haben“, antwortete Finna und redete beruhigend auf Felix ein, der sich noch immer unbändig freute.

Im Büro sprang Felix auf Finnas Schoß und war sehr darauf bedacht, sie nicht mehr aus den Augen zu lassen. Auch er hatte eine Menge durchgemacht. Finna unterschrieb den Übergabevertrag, ließ noch eine Spende da und verabschiedete sich. Dann fuhr sie auf dem schnellsten Weg zu Ingrid. Felix würde für Ella eine große Stütze sein und ihr helfen, das Erlebte zu verarbeiten.

Der Mischling hatte sich auf dem Beifahrersitz zusammengerollt und schlummerte selig, während Finna auf der Schnellstraße das Gaspedal durchtrat. Sie war sehr glücklich darüber, dass Lilja und Ella überlebt hatten. Das Wunder war überhaupt nur möglich gewesen, weil Lilja das Regenwasser aufgefangen hatte, das sich einen Weg durch das undichte Dach gebahnt hatte.

Finna setzte den Blinker und bog auf eine schmale Nebenstraße, die von hübschen Einfamilienhäusern gesäumt wurde. Sie stellte den Wagen vor dem Haus von Ingrid und Anders. Ella hatte das Motorengeräusch gehört und stürzte aus dem Haus.

„Felix ist wieder da! Felix ist wieder da“, rief sie überglücklich und klatschte aufgeregt in ihre Hände.

Kaum hatte Finna die Beifahrertür geöffnet, sprang Felix aus dem Wagen und stürmte in Ellas Richtung. Das Mädchen beugte sich zu ihm hinunter und der Rüde schleckte ihr vor lauter Überschwang einmal quer übers Gesicht.

„Komm rein, Finna", rief Ingrid und winkte sie ins Haus. Im Flur umarmten sie einander. „Ich weiß gar nicht, was ich sagen soll", seufzte sie. „Wir sind dir zu großem Dank verpflichtet."

„Das ist doch selbstverständlich", wehrte Finna ab.

„Möchtest du einen Kaffee oder einen Tee?", fragte Ingrid.

„Nein danke, ich will gleich zurückfahren. Es war doch alles ein wenig anstrengend für mich."

„Das kann ich gut verstehen", antwortete Ingrid. „Komm schnell wieder auf die Beine."

„Aber sicher."

Finna ging ins Wohnzimmer, um sich von Ella zu verabschieden. Sie saß auf dem Sofa und kuschelte mit Felix, der es sichtlich genoss, wieder verwöhnt zu werden.

„Mach's gut, Ella, ich hab dich sehr, sehr lieb." Finna umarmte das Mädchen und strich ihm übers Haar. „Du bist die tapferste fünfjährige aller Zeiten."

„Wann kommst du uns wieder besuchen?", fragte Ella.

„Schon bald. Wie wäre es am Wochenende?"

„Oh ja."

Finna kraulte Felix zwischen den Ohren. „Tschau, du kleiner Rabauke, und pass gut auf Ella auf."

Der Mischling bellte kurz, so als hätte er Finna verstanden. Anschließend verabschiedete sie sich von Ingrid und Anders.

„Wir freuen uns auf deinen Besuch am Wochenende", sagte Ingrid, „und ich werde extra einen Kuchen für dich backen."

„Danke, das ist lieb von dir."

Ingrid begleitete Finna nach draußen und winkte so lange, bis der Wagen hinter einer Kurve verschwunden war.

Während der Rückfahrt schossen Finna tausend Gedanken durch den Kopf. Die letzten Tage hatte sie ständig unter Strom gestanden und keine Zeit zum Durchatmen gehabt. Jetzt graute ihr regelrecht davor, in ein leeres Haus zurückzukehren.

Lilja würde nach ihrer Entlassung bei Ingrid wohnen und sie nicht mehr darum bitten, auf eine Tasse Kaffee vorbeizukommen oder auf die Mädchen aufzupassen. Finna wurde sich der Folgen erst jetzt richtig bewusst und eine Welle der Wehmut erfasste sie. Sie musste unbedingt etwas dagegen unternehmen, sie würde es keine Minute allein in den eigenen vier Wänden aushalten.

Also wendete sie kurzerhand den Wagen und steuerte nochmals die Tierhilfe an. Energisch drückte sie auf den Klingelknopf und die junge Frau im Overall öffnete ihr erstaunt.

„Alles in Ordnung?“, fragte sie besorgt.

„Nein, eigentlich ganz und gar nicht“, antwortete Finna. „Ich … ich möchte einen Hund adoptieren.“

„Ah, ich verstehe“, sagte die junge Frau lächelnd. „Sie haben sicher schon einen im Hinterkopf?“

„Ja, und zwar den schwarzen Zottel, der sich mit Felix angefreundet hat.“

„Tatsächlich?“, fragte die Frau. „Die meisten Interessenten bevorzugen kleinere Hunde, kaum jemand interessiert sich für die Großen. Kommen Sie, gehen wir zu Håkan.“

Zu zweit standen sie vor dem Zwinger. Håkan lag apathisch auf der Matte und rührte sich nicht.

„Sein Herrchen hat ihn halb totgeschlagen, aber wir haben ihn wieder gesund gepflegt. Håkan wird noch eine Weile unter den gesundheitlichen Einschränkungen zu leiden haben. Aber wenn Sie das nicht abschreckt, dann würde einer Vermittlung nichts im Wege stehen.“

„Das macht mir nichts aus, er soll es gut bei uns haben.“

„Das freut mich. Wir haben schon befürchtet, dass es

ewig dauern wird, bis sich eine Familie für ihn interessiert." Die junge Frau öffnete die Zwingertür. „Übrigens, das ist der Hund, der mit dem kleinen Mädchen im Garten gespielt hat."

Verblüfft musterte Finna ihr Gegenüber. „Das glaube ich jetzt nicht", platzte es aus ihr heraus.

„Doch." Die junge Frau lächelte. „Na, Håkan, willst du dein neues Frauchen nicht begrüßen?"

Der große Rüde erhob sich schwerfällig und trottete heran. Finna bemerkte, dass er einen Hinterlauf etwas nachzog.

„Er wird noch eine Weile ein schmerzstillendes Medikament einnehmen müssen, das wird Sie doch sicher nicht stören?"

„Keineswegs", versicherte Finna und strich dem Rüden durchs Fell, der sein neues Frauchen neugierig beschnupperte.

„Na wunderbar, die Chemie scheint jedenfalls zu stimmen", freute sich die junge Frau. „Wollen wir den Vertrag unterzeichnen?"

Finna hatte unterwegs angehalten, um rasch das Nötigste für Håkan zu besorgen. Inzwischen waren die Futternäpfe gefüllt und die extra weiche Schlafmatte hatte im Wohnzimmer ihren Platz gefunden.

„Was meinst du, Håkan, wird es dir hier gefallen?"

Der Hund wedelte mit seiner Rute und legte sich brav auf seinen Platz.

„Ich wusste doch, dass wir uns verstehen. Jetzt müssen wir nur noch abwarten, was Lars dazu sagen wird."

Ein wenig mulmig war Finna schon zumute, so ganz allein diese Entscheidung getroffen zu haben, und als der Wagen ihres Mannes vorfuhr, schnellte ihr Puls in die Höhe. Er hatte die gemeinsame Tochter von seinen Eltern abgeholt und gleich würde sie der Wahrheit ins Auge sehen, ob Håkan bleiben dürfte.

„Hallo, ihr zwei", begrüßte sie Lars und Isa an der Tür und hätte sie am liebsten nicht ins Haus gelassen.

„Was ist los?", fragte er. „Du hast doch irgendetwas ausgefressen?"

„Ja … und ich weiß nicht, wie ich es dir erklären soll", druckste Finna herum.

„Das musst du auch nicht mehr", sagte Lars und schüttelte den Kopf. „Irgendwie habe ich es ja schon geahnt", lachte er.

„Was willst du mir damit sagen?", fragte Finna irritiert, die nicht bemerkt hatte, dass Håkan mittlerweile direkt neben ihr stand.

Lars streckte seine Hand aus und tätschelte den Kopf des Rüden, während Isa einen überraschten Schrei ausstieß. „Wäre es nicht eine Nummer kleiner gegangen?", scherzte er. „Dieser Kerl ist ja ein halbes Kalb."

„Bist du sehr böse auf mich?"

„Nein, nicht wirklich." Lars hauchte ihr einen Kuss auf die Wange.

„Mami, Mami, endlich haben wir einen Hund", klatsche Isa begeistert in die Hände. Wie heißt er denn?"

„Håkan."

Isa schlang ihre Arme um den Hals des Hundes. „Ab heute bist du mein bester Freund und musst mich beschützen", sagte sie und hob ihren Blick. „Danke Mami, mein größter Wunsch ist in Erfüllung gegangen."

Håkan wedelte zustimmend mit seiner Rute.

„Das ist übrigens der Hund, der Ella zur Rettung verholfen hat", ergänzte Finna.

„Was für ein Zufall", antwortete Lars. „Dann hat er sich ein tolles Zuhause redlich verdient",

„Er darf also bleiben?"

„Selbstverständlich. Nach alldem, was wir erlebt haben, kann ein Wachhund nicht schaden."

Finna stieß erleichtert die Luft aus. „Fein, dann werde ich mich jetzt um das Abendessen kümmern."

„Sehr gut. Ich erwarte nämlich ein Drei-Gänge-Menü, nachdem du mir diesen zotteligen Riesen untergejubelt hast", sagte Lars und umarmte Finna. „Vertrauen wir darauf, dass die Zeit alle Wunden heilt."

NACHWORT

Liebe Leserinnen und Leser,

ich hoffe, ich konnte Ihnen einige spannende Stunden bescheren.

Dieses Buch ist an einen wahren Fall angelehnt und die Stimmen und das Kinderlachen wurden tatsächlich von einer Polizeikamera aufgenommen. Die Hundeführerinnen haben besonders auf das Kichern reagiert und sich gegenseitig gefragt, ob die jeweils andere es gehört hätte.

Allein schon deshalb habe ich mich dazu entschlossen, dieses Buch zu schreiben, weil mich dieses Phänomen so unglaublich fasziniert.

Herzliche Grüße

Ihre Ana Dee

WEITERE BÜCHER DER AUTORIN

- Sommer voller Angst – Teil I
- Sommer voller Angst – Teil II
- Das Böse in mir
- Kaltes Herz
- Soulless Places
- Vermächtnis der Schuld
- Verborgene Sünden
- Ich heirate keinen Millionär
- Winterschatten
- Zwillingsschmerz
- Zwillingszorn
- Verschollen in den Bergen
- Tödliche Amnesie
- So still ruht der See
- Sündenkinder
- Die Kälte im Herzen
- Tränenherz
- Opferkinder
- Dunkle Schatten auf deiner Seele

Erfahren Sie mehr über Ana Dee unter: www.anade-e.jimdo.com

IMPRESSUM

© 2021 Alle Rechte bleiben beim Autor
Autorin: Ana Dee/Elin Svensson
Titel: Todeswispern
© Text: Ana Dee
© Coverdesign: Ana Dee
© Foto: shutterstock.com
Korrektorat/Lektorat: Heidemarie Rabe
autorinanadee@aol.com
Ana Dee
Postfach 11 26,
33026 Brakel

FSC
www.fsc.org
MIX
Papier aus verantwortungsvollen Quellen
Paper from responsible sources
FSC® C141904

Druck:
Customized Business Services GmbH
im Auftrag der
KNV Zeitfracht GmbH
Ein Unternehmen der Zeitfracht - Gruppe
Ferdinand-Jühlke-Str. 7
99095 Erfurt